Mindfulness para asesinos

Karsten Dusse

Mindfulness para asesinos

Traducción de María José Díez Pérez

ESPASA

Título original: *Achtsam Morden*

Espasa, un sello editorial de Editorial Planeta, S. A.
Avda. Diagonal, 662-664, 08034 Barcelona (España)
www.espasa.com
www.planetadelibros.com

Primera edición: enero de 2023
ISBN: 978-84-670-6866-5
Depósito legal: B. 6-2023
Composición: Realización Planeta
Impresión y encuadernación: Rotativas de Estella, S. L.
Printed in Spain - Impreso en España

Para Lina

1

Mindfulness

Si está usted esperando frente a la puerta de alguien, espere frente a la puerta de alguien.

Si discute con su mujer, discuta con su mujer. Eso es *mindfulness*.

Si está esperando frente a la puerta de alguien y aprovecha el tiempo de espera para discutir mentalmente con su mujer, eso no es *mindfulness*.

Eso solo es una estupidez.

Joschka Breitner,
Desacelerar en el carril de adelantamiento:
mindfulness *para ejecutivos*

Ante todo: no soy una persona violenta. Al contrario. No me he pegado ni una sola vez en mi vida, por ejemplo. Y la primera vez que maté a alguien fue a los cuarenta y dos años, lo cual, si miro en mi entorno laboral actual, es más bien tarde. También es cierto que la semana siguiente ya casi había llegado a la media docena.

Puede que así, de buenas a primeras, no suene bien, pero todo lo que he hecho, lo he hecho con la mejor de las intenciones. Fue el resultado lógico de adoptar una actitud vital nueva, regida por una atención plena. Para conciliar mi vida profesional con la familiar.

Mi primer contacto con el *mindfulness* fue de lo más estresante. Mi mujer, Katharina, quería obligarme a relajarme para que trabajase mi poco aguante, mi nula formalidad, mi absurdo mundo de valores. Para dar una oportunidad a nuestro matrimonio.

Katharina quería recuperar al joven equilibrado, con empuje y lleno de ideales del que se había enamorado hacía diez años. De haberle dicho yo a mi mujer en algún momento que a mí también me habría gustado recuperar el cuerpo del que me enamoré hacía diez años, nuestro matrimonio habría terminado en ese mismo instante. Y con toda la razón. Naturalmente, está permitido que el tiempo deje huellas en el cuerpo de una mujer, pero a todas luces no en el alma de un hombre. Y, por eso, mi mujer no acudió con su cuerpo a un cirujano plástico, pero yo sí tuve que ir con mi alma a un curso de *mindfulness*.

Entonces, el *mindfulness* para mí no era más que otra infusión de la misma tisana esotérica que en cada década se recalienta, cambia de nombre y se vende a la gente como si fuese nueva. El *mindfulness* era una técnica de autorrelajación sin que hiciera falta tumbarse. Yoga sin contorsionarse. Meditación sin sentarse en la postura del loto. O como decían en el artículo de la revista de negocios *Manager*, que un día mi mujer me puso delante ostensiblemente mientras desayunaba: «*Mindfulness* es dirigir la atención al momento presente, sin juzgarlo y con amabilidad». Una definición que a mí me pareció tan plana como las piedras que les gusta apilar absurdamente en la playa a las personas que se sienten relajadas hasta extremos absurdos.

¿Me habría apuntado a la historia esta del *mindfulness* si solo se hubiese tratado de nosotros dos, de mi mujer y de mí? No lo sé. Pero tenemos una hija pequeña, Emily, y por ella incluso habría dejado que me enviaran de Sodoma a Gomorra si en alguna de esas ciudades hubiese habido una oportunidad para nosotros como familia.

Por eso, un jueves de enero por la tarde acudí a mi primera cita con mi nuevo *coach* de *mindfulness*. Cuando llamé al timbre de la puerta de madera maciza de su «consulta» para hablar de cómo gestionaba el tiempo, entre otras cosas, ya llegaba veinticinco minutos tarde.

El *coach* tenía la consulta en la planta baja de una casa antigua que había sido objeto de una lujosa reforma y se hallaba en un barrio elegante de nuestra ciudad. Había visto su folleto en el balneario de un hotel de cinco estrellas. El listado de precios lo consulté en internet. Alguien que sacaba a otras personas un dineral para enseñarles a relajarse probablemente pudiese servirse de la meditación para tomarse con calma retrasos que, a fin de cuentas, ya estaban pagados, pensé yo. Pero después de llamar al timbre no pasó nada de nada.

A decir verdad, hasta el momento en que el gurú de la relajación se negó a abrir la puerta, yo estaba de lo más relajado, ya que mi retraso era del todo perdonable. Yo era abogado —penalista— y a media tarde me habían citado por una posible prisión preventiva. Después de comer habían sorprendido a un empleado de mi cliente más importante, Dragan Sergowicz, en una joyería a la que había ido a escoger un anillo de compromiso. Sin embargo, en lugar de dinero solo llevaba una pistola cargada. Como no le gustaron los anillos que le enseñaron, el hombre golpeó en la sien al joyero con el arma. Puesto que el joyero ya había pulsado la alarma silenciosa, cuando llegó la policía se encontró a un joyero tirado en el suelo y a un hombre delante que, al ver que lo apuntaban dos pistolas ametralladoras, no opuso ninguna resistencia. Se lo llevaron a comisaría y dieron conocimiento de lo sucedido al juez de instrucción y a mí.

Con los ideales que yo tenía cuando estudiaba Derecho, habría considerado que estaba absolutamente justificado que un energúmeno así permaneciese en prisión preventiva hasta el juicio y después lo metieran en chirona unos cuantos años.

Con mi dilatada experiencia de abogado defensor de energúmenos, dos horas después el idiota estaba libre de nuevo.

Así que no había llegado tarde sin más a la sesión. Había llegado tarde victorioso. Y si el flipado ese de la relajación no se empeñaba en desperdiciar el resto de la hora con su cabezonería, también le podría contar por qué había salido victorioso.

El joven con propensión a ir de compras armado tenía veinticinco años y aún vivía con sus padres. Hasta ese momento no tenía antecedentes por delitos violentos, solo por drogas. No existía peligro de fuga, reincidencia o entorpecimiento del ejercicio de la autoridad judicial. Y compartía los valores sociales del matrimonio y la familia, ya que precisamente por eso había ido a la joyería: con la sustracción de un anillo quería demostrar que estaba dispuesto a contraer un firme compromiso familiar.

Vale, al joyero, que estaba en el hospital, y a los agentes que estaban de servicio seguramente les costase entender que una persona que, sin lugar a dudas, era un agresor pudiera estar de nuevo esa misma tarde con sus amigos haciéndose el gallito y riéndose del Estado. En este sentido, incluso a mi mujer de vez en cuando mi trabajo le parecía más que cuestionable. Pero mi cometido no era explicar a otras personas cómo funcionaba nuestro sistema jurídico. Mi trabajo era aprovecharme de ese sistema sirviéndome de todas las reglas del oficio. Yo me ganaba la vida haciendo el bien a personas malas. Punto. Y lo dominaba a la perfección. Era un abogado defensor excelente. Empleado en uno de los bufetes especializados en derecho mercantil de más renombre de la ciudad. Disponible las veinticuatro horas.

Y eso era estresante, claro. Y no siempre compatible con mi vida familiar. Por eso estaba ahora en la puerta del tipo ese del *mindfulness*. Que no me abría... Empezaba a sentir tensión en el cuello.

Claro que a cambio de ese estrés tenía muchas cosas: coche de empresa, trajes a medida, relojes caros. Antes nunca había concedido mucha importancia a los símbolos de estatus, pero si es usted abogado y representa al crimen organizado, tiene que adquirir símbolos de estatus. Aunque solo sea porque, como abogado, usted mismo es el símbolo de estatus de sus clientes.

Tenía un despacho grande, una mesa de diseño y un sueldo de cinco cifras al mes para mi familia: mi maravillosa hija, mi estupenda mujer y yo.

Cierto es que, de ese dinero, una elevada cantidad de cuatro cifras se destinaba a la mensualidad de la casa. Una casa en la que vivía una niña maravillosa a la que yo no veía nunca debido a mi jornada laboral. Con una madre amantísima con la que lo único que yo hacía era discutir. Yo, porque estaba irritado debido al trabajo, del que no podía hablar a mi mujer porque esta lo odiaba, y ella, porque tenía que pasarse el día entero cuidando a nuestra pequeña, para lo que había tenido que renunciar a su respetable trabajo de jefa de departamento en una aseguradora. Si el amor entre nosotros era una planta delicada, estaba claro que al cambiarla a la gran maceta familiar no la habíamos cuidado lo suficiente. En suma, nos iba como a tantas otras familias jóvenes de triunfadores: de pena.

Para poder compaginar mi trabajo y la familia, y puesto que de nosotros dos yo era el único que disponía de ambas cosas, mi mujer me había elegido a mí para que trabajase en mi persona. Me mandó al *coach* de *mindfulness*. Que no abría la puerta. El muy idiota. La tensión que sentía en el cuello empezó a manifestarse con leves crujidos cada vez que movía la cabeza.

Llamé de nuevo a la puerta de madera maciza. Parecía recién barnizada. O al menos olía a eso.

La puerta se abrió por fin. Y al otro lado apareció un hombre que daba la impresión de haber estado detrás de ella todo ese tiempo, esperando a que llamara por segunda vez. Era unos años mayor que yo, así que tendría cincuenta y pocos.

—La cita era a las ocho —se limitó a decir antes de dar media vuelta y enfilar el pasillo pelado. Fui tras él y entramos en un despacho con pocos muebles y luz indirecta.

El hombre parecía un asceta. Ni un gramo de grasa en ese nervudo cuerpo. La clase de persona en la que ni siquiera una tarta de nata podría obrar un cambio sustancial si se la infiltrasen por vía subcutánea. Su aspecto era cuidado. Vestía un pantalón vaquero desgastado, una chaqueta de lana de punto grueso, una sencilla camisa blanca de algodón y pantuflas sin calcetines. Ni reloj. Ni joyas.

El contraste no podría haber sido mayor. Yo llevaba un traje a medida azul marino, camisa blanca con gemelos, corbata azul y gris plata con un alfiler con diamantes, reloj Breitling, alianza de boda, calcetines negros, zapatos de cordones. El número de prendas de vestir, mayor en mi caso que en el suyo, era superior al número de muebles que había en la consulta: dos butacas, una mesa. Una estantería con libros y una mesa auxiliar con bebidas.

—Ya, lo siento. Había mucho tráfico.

El mero hecho de que no me saludase hizo que me entraran ganas de irme por donde había llegado. Para que me echasen en cara retrasos ocasionados por el trabajo ya tenía a mi mujer, que lo hacía gratis. Sin embargo, para lidiar con el estrés que me causaría Katharina cuando se enterara de que no solo había llegado tarde al curso de *mindfulness*, sino que además, ofendido, me había marchado en el acto, al final necesitaría dos *coaches* más.

—Tuve que acudir a una cita repentina por una posible prisión preventiva. Robo con lesiones. No podía... —¿Por qué no paraba de hablar? El anfitrión era él. ¿No tendría que invitarme a tomar asiento, como mínimo? ¿O decir algo? No obstante, el tipo se limitaba a mirarme, y ya está. Más o menos con la cara que pone mi hija cuando ve un escarabajo en el bosque. Mientras que el escarabajo se queda paralizado de miedo instintivamente cuando se siente observado por una especie desconocida, a mí me dio por hablar—. Podemos ir más deprisa y listo... por el mismo dinero —probé a reformular el mal pie con el que había empezado.

—Un camino no es más corto si uno corre —fue la respuesta que obtuve.

Había leído aforismos con más sustancia en las tazas del café de mi secretaria. Y el del tipo ese ni siquiera se veía compensado con un buen café. El comienzo no podía ser peor.

—Siéntese, por favor. ¿Le apetece una taza de té?

Vaya, por fin. Me senté en una de las butacas, que daba la impresión de haber ganado un premio de diseño a finales de los años setenta del siglo pasado y que básicamente era un único tubo cromado al que habían endosado un asiento de pana marrón gruesa. Para mi sorpresa, la butaca era cómoda.

—¿No tendría un expreso?

—¿Le vale té verde?

El *coach* pasó por alto mi petición y me sirvió algo de una tetera de cristal. El color lechoso del vidrio me dijo que llevaba usando el mismo recipiente a diario desde hacía años.

—Aquí tiene. Tibio.

—Bien, si quiere que le diga la verdad, ni siquiera estoy muy seguro de qué hago aquí... —empecé.

Cogí la taza con fuerza. Confiaba en que el tipo me interrumpiera, pero no lo hizo. Mi balbuceo quedó inconcluso en la habitación, donde se topó con la mirada franca del *coach*, sentado frente a mí. Solo cuando quedó claro que yo no iba a seguir hablando bebió también él un sorbo de té.

—Lo conozco a usted desde hace treinta minutos y creo que aquí podría aprender muchas cosas.

—No es posible que me conozca desde hace treinta minutos, porque apenas llevo aquí tres —observé con perspicacia.

El *coach* repuso con una suavidad provocadora:

—Pero podría haber estado aquí desde hace treinta minutos. Es evidente que los primeros veinticinco más o menos los ha pasado haciendo otra cosa. Después ha estado tres minutos delante de la puerta, pensándose si volver a llamar. ¿Me equivoco?

—Eh...

—Cuando por fin se ha decidido a hacerlo, en los tres minutos que lleva usted en mi consulta he averiguado que no considera firmes los compromisos que, de manera excepcional, tienen que ver solo con usted, que sus prioridades vienen determinadas exclusivamente por circunstancias externas, que cree tener que justificarse con un completo desconocido, que no soporta el silencio, que no es capaz de entender de manera intuitiva una situación que se desvía de las normas habituales y que es usted prisionero de sus costumbres. ¿Cómo se siente?

Vaya. El tipo tenía razón.

—Si precisamente por estos motivos ahora no quiere usted tener sexo conmigo, me sentiré del todo como en casa —espeté.

El *coach* se atragantó con el té verde y empezó a toser y luego a reírse con ganas. Después de que se le pasaran ambas cosas, me tendió la mano.

—Joschka Breitner. Me alegro de que haya venido.

—Björn Diemel. Un placer.

El hielo se había roto.

—Ahora, dígame, ¿por qué ha venido? —quiso saber Joschka Breitner.

Me paré a pensar. Se me ocurrieron mil motivos y ninguno. Pensé que con un experto en *mindfulness* quizá lo suyo fuese mostrar cierto grado de sinceridad. Además, desde que le había dado el ataque de risa, el señor Breitner me caía muy bien. Sin embargo, distaba mucho de estar preparado para revelar detalles íntimos de mi vida privada así, a bote pronto. El señor Breitner se percató de mi vacilar interno.

—Simplifiquemos un poco: dígame cinco cosas que tengan que ver con el hecho de que esté usted aquí.

Cogí aire con fuerza y solté:

—El día no tiene suficientes horas, no soy capaz de

desconectar, soy susceptible, estoy estresado, mi mujer me da la lata, no veo nunca a mi hija y la echo de menos. Y cuando tengo tiempo para mi hija, siempre estoy con la cabeza en otra parte. Mi mujer no valora mi trabajo, mi trabajo no me valora...

—Usted no sabe contar.

—¿Perdone?

—Nueve de estas cinco cosas son síntomas clásicos de sobrecarga. ¿Me podría describir alguna situación en la que se sienta así?

No tuve que pensar mucho para saber cuándo había sido la última vez que me había sentido sobrecargado, y le describí la situación que había vivido hacía unos instantes ante su puerta, que me había resultado de lo más estresante. Incluida mi montaña rusa mental.

Él asintió.

—Como ya le he dicho, creo que el *mindfulness* puede serle de ayuda.

—Bien, pues empecemos.

—¿Sabe usted qué es *mindfulness*?

—Supongo que lo voy a averiguar en las próximas sesiones a cambio de un pastizal.

—Ya lo ha averiguado, y gratis, cuando estaba frente a la puerta —adujo él con una sonrisa indulgente.

—Creo que no estaba a lo que estaba.

—Exacto: ha estado unos tres minutos frente a la puerta pensándose si volver a llamar o no. ¿Cuántos de esos ciento ochenta segundos ha estado con la cabeza en otra parte?

—Si le soy sincero, yo diría que unos ciento setenta y seis.

—Y ¿dónde tenía usted la cabeza durante ese tiempo?

—En la joyería, en la comisaría de policía, en el bufete, con mi cliente, con mi hija, discutiendo con mi mujer.

—Así que en tres minutos como máximo ha estado usted con la cabeza en seis sitios distintos. Junto con todas las emociones que despiertan esos sitios. ¿Le ha servido de algo?

—La verdad es que no...

—Entonces, ¿por qué lo ha hecho? —preguntó él con interés genuino.

—Ha pasado, sin más.

Si un cliente mío hubiese soltado algo así durante un juicio, le habría prohibido que dijera una palabra más.

—*Mindfulness* es, lisa y llanamente, que no le pase a usted eso.

—Ya. ¿Me lo podría explicar mejor?

—Es muy sencillo: si está usted frente a la puerta, esté frente a la puerta. Si discute con su mujer, discuta con su mujer. Eso es *mindfulness*. Si prefiere usted utilizar el tiempo que está frente a mi puerta para discutir mentalmente con su mujer, su atención no es plena.

—Y ¿cómo se está frente a una puerta con atención plena?

—Estando, sin más. No haciendo nada durante esos tres minutos. Verá que solo estando toma usted conciencia de que está allí y su mundo no sucumbe al caos. Todo lo contrario. Si no valora usted el momento, este tampoco puede tener nada negativo en sí. Dirija su atención hacia las cosas como son: al olor a madera recién barnizada de la puerta, al aire que le da en el pelo, hacia usted mismo. Y si dirige la atención hacia usted mismo con amabilidad, después de esos tres minutos se habrá liberado de todo el estrés.

—¿No tendría que haber vuelto a llamar?

—No tendría que haber vuelto a llamar. Estar frente a esa puerta sin ninguna intención basta y sobra.

Presentí que con ese principio básico podía hacer algo útil. Por lo menos ya no sentía la tensión en el cuello. Sin embargo, tardé semanas en ser consciente de que, escasos minutos después, el señor Breitner me desvelaría el mantra para el primer asesinato que iba a cometer.

2

Libertad

Una persona que siempre hace lo que quiere no es libre. La sola idea de tener que hacer siempre algo, aprisiona. Solo es libre la persona que sencillamente no hace lo que no quiere.

Joschka Breitner,
Desacelerar en el carril de adelantamiento:
mindfulness *para ejecutivos*

Joschka Breitner sirvió más té en las tazas.

—Casi todo el estrés nos lo causamos porque tenemos una idea de libertad completamente distorsionada.

—Ya.

—Es un error pensar que la libertad consiste en poder hacer lo que uno quiere.

—¿Qué hay de falso en eso?

—Pensar que siempre hay que hacer algo. Ese es el principal motivo del estrés que siente usted. Está ante la puerta y cree que es de lo más normal hacer todo lo posible mentalmente. Al fin y al cabo, el pensamiento es libre. Ja, ja, ese precisamente es el problema: capturar el pensamiento libre cuando escapa de usted. Pero lo cierto es que no tiene usted que pensar. Al contrario: también le está permitido no pensar cuando no quiere pensar. Solo entonces será realmente libre su pensamiento.

—Pero ahora mi día no consiste solo en pensar —me atreví a objetar—. La mayoría de las broncas me las llevo por lo que hago.

—El mismo principio es válido: solo será usted libre

cuando haya interiorizado que no tiene que hacer lo que no quiere hacer.

«No tengo que hacer lo que no quiero hacer. Soy libre.»

Menos de cuatro meses después me tomaría precisamente esta libertad con todas sus consecuencias: me tomaría la libertad de no hacer lo que no quería hacer. Por desgracia, para ello tendría que limitar la libertad de otro... quitándole la vida. Pero, a fin de cuentas, tampoco hice ese curso de *mindfulness* para salvar el mundo, sino para salvarme a mí mismo.

Mindfulness no es «vive y deja vivir». *Mindfulness* es: «¡Vive!». Y un imperativo así puede afectar a la vida sin atención plena de los otros.

Hoy día, lo que me sigue llenando de alegría de mi primer asesinato es el hecho de que pude disfrutar del momento sin juzgar y con amabilidad. Justo lo que mi *coach* me dijo que era deseable ya en la primera sesión. Mi primer asesinato fue una satisfacción espontánea de mis necesidades, de vivir el momento presente. Y, visto así, fue un ejercicio de *mindfulness* sumamente eficaz. No para el otro, sino para mí mismo.

Pero cuando estaba sentado en la butaca del señor Breitner tomándome el segundo té, todavía no había muerto nadie. Al fin y al cabo, yo solo estaba allí para poder controlar mejor el estrés laboral que sufría.

—Hábleme de su trabajo. ¿Es usted abogado? —quiso saber el señor Breitner.

—Sí. Penalista.

—Conque se ocupa de que cualquier persona de este país reciba un juicio justo, con independencia de lo que se le acuse. Es muy gratificante.

—Pues sí, eso quería hacer al principio. Me refiero a cuando estudiaba la carrera, durante las prácticas e incluso al comienzo de mi vida profesional. Por desgracia, la realidad de un abogado defensor de éxito es completamente distinta.

—¿En qué es distinta?

—Me ocupo de resolverles la papeleta a capullos que no lo merecen. Y en términos morales no es nada gratificante, pero sí extremadamente lucrativo.

Le conté que entré a trabajar en DED —el bufete de Von Dresen, Erkel y Dannwitz— en cuanto pude ejercer la abogacía. DED era un bufete de tamaño medio especializado en derecho mercantil. Incluidos todos los aspectos penales. Una panda de encorbatados que se las daban de respetables, pero que durante todo el día no hacían otra cosa que buscar constantemente lagunas fiscales para asesorar a clientes podridos de dinero que, pese a todos los esfuerzos por evitarlo, se las tenían que ver con un procedimiento penal por fraude fiscal, delincuencia económica, desfalco o estafa a gran escala. Para poder jugar en esta liga siendo novato, cada principiante tenía que aprobar los dos exámenes que se requerían para ejercer en Alemania y realizar varias prácticas no remuneradas. E incluso de los candidatos que reunían estas condiciones solo aceptaban a uno de cada diez. Poder trabajar allí nada más aprobar el segundo examen era como si a uno le tocara el Gordo de la lotería laboral. Yo tuve suerte. O eso pensé entonces.

—¿Hoy ya no lo ve así? —inquirió Joschka Breitner.

—Bueno, con los años las cosas han tomado un rumbo distinto al que yo esperaba cuando me contrataron.

—A eso se le llama vida. ¿Qué pasó en la suya?

Le hablé de mi carrera a grandes rasgos. Le hablé del

desmedido sueldo que empecé ganando y de las desmedidas condiciones laborales. Seis días y medio a la semana. Catorce horas al día. Rodeado en todo momento de borregos y trepas endurecidos que perseguían la zanahoria en la rueda de hámster en la que se hallaban atrapados para poder ser socios del bufete algún día.

Sé de lo que hablo, yo era uno de ellos.

Mi primer cliente fue un tipo al que hasta entonces no había representado el bufete. Al abogado nuevo se le asignó el cliente nuevo. El cliente era Dragan Sergowicz, pero eso no lo mencioné. Solo dije que el cliente era «turbio», y eso que ese adjetivo se quedaba muy corto para la clase de negocios a los que se dedicaba. Sus negocios eran más sucios que la más mugrienta de las alcantarillas.

Sin embargo, Dragan era un empresario de éxito y algunos de los clientes del «respetable» DED que le debían un favor intercedieron por él.

La primera vez que nos vimos, Dragan dijo que estaba allí por fraude fiscal, lo cual era una verdad a medias, pero tampoco se correspondía con la acusación de la fiscalía. Dragan había mandado al hospital al responsable de su caso en la delegación de Hacienda por formular preguntas críticas. Curiosamente, cuando estuvo lo bastante recuperado para poder ingerir alimentos sólidos y declarar para que constara en acta, el funcionario no quiso acordarse ni de las sospechas de fraude fiscal ni de la visita de Dragan. Se limitó a declarar que había sufrido una mala caída.

A lo largo de los años que siguieron, los puños de Dragan a menudo resultarían bastante más efectivos que los dos exámenes que aprobé yo.

Él era no solo un proxeneta brutal, sino también un traficante de altos vuelos de drogas y armas. Cuando yo lo conocí, disimulaba sus negocios más mal que bien tras una serie de empresas de importación y exportación semilegales. En suma, incluso para el amplio concepto de respetabilidad que tenían mis jefes, Dragan era un denominado cliente «caca»: inyectaba mucho dinero al bufete, pero no vestía mucho.

Naturalmente, ello no impidió que los socios del bufete me iniciaran en todas las triquiñuelas financieras habidas y por haber para que las utilizase, a su debido precio, con él.

Dragan fue mi primer reto profesional. Volqué toda mi ambición en modernizar su cartera de negocios para ocultar sus actividades a la fiscalía. Sus principales fuentes de ingresos siguieron siendo, como hasta ese momento, las drogas, las armas y el proxenetismo, pero a partir de entonces desvié sus ganancias a través de numerosas empresas de transportes, franquicias u operaciones mercantiles al contado, de las que yo adquirí participaciones en nombre de Dragan. Además, le enseñé a embolsarse dinero de subvenciones de la UE para una plantación de berenjenas inexistente en Bulgaria y a hacerse con opciones de compra para adquirir derechos de emisión, con lo que, aunque eran actos como mínimo igual de delictivos que el tráfico de drogas, no había que partirle los huesos a nadie. Y ambas cosas contaban con el respaldo del Estado. Con mi ayuda, en cuestión de pocos años Dragan transformó su imagen pública de traficante y proxeneta brutal a empresario mediamente respetable.

Perfeccioné todo cuanto no había aprendido en la carrera: «influir» en testigos, «apaciguar» a fiscales, «meter en cintura» a colaboradores. En resumen: se me daba muy bien convencer a la gente.

—Y ¿sabe por qué? —planteé al señor Breitner.

—Dígamelo usted.

—Al principio porque así lo estipulaba mi contrato de trabajo. No soy mala persona, de veras. Más bien soy miedoso y aburrido. Y cumplidor. Ser cumplidor quizá sea mi peor cualidad. Soy perfectamente consciente de que el sistema que yo he contribuido a diseñar no es bueno. Ni para los demás, ni para mí. No puede ser bueno un sistema en el que se premian la violencia, la injusticia y el engaño, y en el que el amor, la justicia y la verdad son valores negativos. Pero, pese a ello, yo podía ser bueno. Al menos dentro del sistema. Como soy cumplidor, lo he dado todo durante años para que este sistema funcione. Y, mientras tanto, no me daba cuenta de que, sin prisa pero sin pausa, he pasado de ser un ambicioso estudiante de Derecho al abogado perfecto para el crimen organizado.

En su día me divertía dominar este oficio a la perfección, pero el perfeccionismo no lo es todo. Cualquier abogado medianamente bueno conseguía salvarle el pellejo a su cliente. Pero eso no cambiaba en nada la situación. Dragan no parecía ni por asomo un empresario respetable, ni siquiera con el más caro de los trajes. Era y sigue siendo un loco violento.

Obligado por el secreto profesional, tuve que escuchar de su boca más atrocidades enfermizas que el confesor de Charles Manson. Al mismo tiempo cubría con cubos de mierda a competidores y posibles testigos de sus delitos, y lo raro es que me extrañase que acabara adquiriendo un olor desagradable. Es decir, yo ni siquiera me di cuenta, me lo tuvo que decir mi mujer, que tiene un fino sentido del olfato. Fue Katharina quien al fin constató que yo no podía seguir viviendo así.

3

Respiración

La respiración conecta nuestro cuerpo con el alma. Mientras seguimos vivos, respiramos. Mientras seguimos respirando, vivimos. Podemos recurrir a la respiración. Si nos concentramos en la respiración, nos concentramos en la conexión de cuerpo y alma. Con la respiración podemos moderar la influencia de las emociones negativas en ambas cosas.

Joschka Breitner,
Desacelerar en el carril de adelantamiento:
mindfulness *para ejecutivos*

Le conté a Joschka Breitner mi sospecha, que rozaba la certeza, de que precisamente por el rotundo éxito con el que he asesorado a un denominado cliente «caca» nunca sería socio del bufete. Me había convertido en un abogado «caca». Un abogado «caca» de éxito, pero los abogados «caca» nunca llegaban a ser socios.

Me di cuenta de que, ya solo contándolo, mi respiración era entrecortada, el estómago me dolía y el cuello se me tensaba.

—¿Cuándo fue consciente por primera vez de que sus valores habían cambiado?

Me paré a pensar un instante y no tardó en aparecer una escena clave en mi cabeza.

—Hubo un momento, una noche. Nuestra hija, Emily, era muy pequeña, tendría unos dos meses. Y aún no dormía de un tirón, naturalmente. Como desde el principio a Emily le dimos biberón, mi mujer y yo podíamos turnarnos por la noche. Para variar, yo había tenido un día cargadito, pero eso lo hacía con gusto. Esos minutos por la noche en silencio, a solas con mi hijita en su cuarto, eran como un mundo propio, apacible... Bueno, la cosa es que una de esas noches estaba agotado y tenía a Emily en brazos, que acababa de echar los gases y balbucía, y yo intentaba dormirla contándole lo bonito que era el mundo. Y de pronto me asusté al darme cuenta de que era el mundo de mi infancia, no el mundo en el que vivía yo.

Joschka Breitner asintió con aire pensativo y permaneció en silencio un instante antes de preguntar:

—Y ¿por qué se hace usted eso? ¿Es el dinero?

Me paré a pensar. No, sería mentira afirmar que el dinero era lo único que me atraía de mi trabajo.

—Me encanta lo que hago, pero odio a las personas para las que lo hago.

—¿Cómo se manifiesta eso?

—¿El amor o el odio?

—¿Por qué está usted aquí?

—Por lo último.

—¿Y? ¿Cómo le afecta físicamente?

—Tensión en el cuello, dolor de estómago, respiración entrecortada...

—Siendo así, será mejor que terminemos la sesión de hoy con un ejercicio para combatir esa respiración entrecortada.

Breitner dejó su taza en la mesa, relajó los dedos y se levantó con un movimiento fluido. Yo también me puse de pie, mirándolo con escepticismo. ¿De verdad me quería enseñar a combatir con la respiración mis problemas con un criminal psicópata y con una mujer que no me entendía?

—Póngase derecho. La espalda recta, el pecho un poco hacia delante, las piernas separadas a la anchura de los hombros y las rodillas algo flexionadas.

Él lo hizo y yo lo imité.

No pasó nada.

—¿Y ahora?

—¿Respira usted?

—Desde hace cuarenta y dos años.

—En ese caso preste atención solo a su respiración —me indicó Breitner—. ¿En qué partes de su cuerpo la siente?

—La siento...

Breitner me interrumpió.

—Era una pregunta retórica. Lo bueno de este ejercicio es que da lo mismo dónde siente usted su respiración. Lo principal es que la sienta. Así que no hace falta que me conteste a mí las preguntas que le hago sobre su respiración, respóndase a usted mismo. Se trata única y exclusivamente de que se dé cuenta de que en su cuerpo pasan muchas cosas agradables. Su respiración es la razón de que esté vivo y la prueba de ello. Y eso es un milagro. No en usted en especial, sino en todos los seres vivos. La respiración conecta el cuerpo y el alma. Entonces, ¿dónde siente la respiración cuando inhala?

No dije nada, me limité a sentir.

—¿Dónde siente su respiración cuando exhala?

Tampoco dije nada.

—Y ahora intente sentir su cuerpo como un todo.

Respiré y seguí sintiendo. Un coñazo.

—Entonces, ¿esto es *mindfulness*? —inquirí, intentando poner fin al ejercicio.

—Cuando toda su atención está puesta en la respiración, su atención es plena, sí.

—¿Y con esto puedo cambiar a los idiotas que me rodean? —quise saber.

—No. Con esto puede cambiar su forma de reaccionar ante esos idiotas.

—Pero los idiotas no desaparecen, ¿no?

—No, pero sí la influencia que ejercen en su bienestar. ¿Qué hay de la respiración entrecortada, la tensión en el cuello y el dolor de estómago?

Miré a ver cómo me sentía: todo había desaparecido. Asombroso.

—Todo ha desaparecido —admití.

—Bien, pues la próxima vez que su mujer lo saque de quicio o su bufete le dé asco, vaya un momento al cuarto de baño y respire.

—¿Al cuarto de baño? Pero si...

—Respire por la boca. Al menos allí tendrá un espacio seguro para usted. Haga tres respiraciones lentas y la respiración entrecortada desaparecerá. Después se sentirá usted mejor. Y podrá abordar cualquier problema con más facilidad. Hemos terminado por hoy.

—De acuerdo. ¿La próxima semana a la misma hora?

—No, la próxima semana puntual.

No me pareció tan desatinado lo que decía Joschka Breitner. Y por lo menos la tensión que sentía en el cuello había desaparecido. A partir de entonces vi a Breitner todos los jueves. A eso de las ocho de la tarde. La mayoría de las veces con retraso.

4

Islas de tiempo

Para no ahogarse en el mar de exigencias que ha de satisfacer, cree sus propias islas de tiempo. Espacios seguros en los que, de manera plenamente consciente, usted hará solo lo que le siente bien. En ellos no existirá el «tengo que». En ellos solo existirá el «soy». Una isla de tiempo no es un lugar, sino un espacio de tiempo que puede ocupar un minuto o un fin de semana entero. En cualquier caso, es un espacio de tiempo que solo le pertenece a usted, que define usted y protege usted. Al igual que el náufrago que llega a una playa después de un naufragio, allí encontrará tranquilidad, alimento y energía. Será usted quien determine cuándo entrar en esa isla de tiempo. Será usted quien determine cuándo dejarla. Defenderá su isla de tiempo de cualquier intruso. Y sabrá en todo momento que esa isla de tiempo está ahí para usted.

Joschka Breitner,
Desacelerar en el carril de adelantamiento:
mindfulness *para ejecutivos*

Mediante los ejercicios de respiración mi mundo no sanó. Si le hubiera contado a Dragan, mi cliente, lo del curso de *mindfulness* y el primer ejercicio de respiración que hice, a partir de ese momento me habría convertido automáticamente en el rarito de los jadeos. Y, a lo largo de las semanas que siguieron, Dragan me llenó de trabajo, que tuve que resolver a base de esos jadeos. Por ejemplo, se le metió en la cabeza convertir uno de sus inmuebles legales en el burdel más lujoso de la ciudad. Un templo del placer fino en una antigua villa clásica. De cinco plantas. El problemilla legal que tenía que resolver yo era que en cuatro de esas plantas todavía vivían inquilinos y en la planta baja había una guardería. Además, la utilización del edificio como burdel no estaba prevista en el planteamiento urbanístico actual. Había que convencer a un montón de departamentos de que metieran baza bajo mano. Estuve prácticamente todas las tardes con Dragan o haciendo gestiones en su nombre para convencer o amenazar a las personas pertinentes para que subieran a bordo, poner a prueba umbrales de dolor y averiguar qué ofertas hacer.

Sin embargo, repartiéndolos en una larga jornada laboral, conseguí una y otra vez realizar pequeños ejercicios de respiración y *mindfulness*. Respiré en el ascensor de gerencia de Urbanismo, antes de que la conversación que iba a mantener con su gerente me permitiese averiguar cuánto podíamos «hacer por él» sin caer abiertamente en el soborno o la amenaza.

Respiré en el cuarto de baño de los inquilinos antes de comunicarles que accidentalmente se podrían ver en un abrir y cerrar de ojos sin luz y sin agua si no abandonaban el inmueble por voluntad propia.

Respiré en mi despacho del bufete después de que un compañero que había entrado tres años después que yo me comunicara que a partir del siguiente mes sería socio.

Y, en efecto, esas pequeñas pausas para respirar redujeron mi tensión, que es la tensión que siente una persona que tiene conciencia cuando manipula, amenaza o envidia a otros.

A pesar de la incesante carga de trabajo que tenía, Katharina también se dio cuenta de que estaba dispuesto a trabajar en mí. Pese a ello, o quizá justo por ello, a lo largo de las dos semanas posteriores tomamos una decisión que acarrearía graves consecuencias para nuestra relación.

Queríamos separarnos durante un tiempo: un intento compartido de distender la situación. Las palabras mágicas fueron «islas de tiempo». Las pronunció el señor Breitner en mi siguiente sesión.

—Hábleme del estrés que siente en casa —me pidió después de que tuviésemos delante nuestras tazas de té verde.

—¿Por dónde quiere que empiece? —inquirí, para que me ayudara.

—En algún momento tuvieron que conocerse ustedes dos.

—Katharina y yo nos conocimos cuando yo estaba de prácticas. Hace más de diez años. Ella odiaba su carrera y si la terminó fue solo por sentido común, para poder tener un buen trabajo después. Le costó lo suyo. Y a mí, no sé, me daba pena, porque en mi caso era justo lo contrario. Todo aquello me parecía emocionante. Quería luchar por un mundo mejor. Acabamos hablando durante algún descanso en el que fuimos a tomar café y esas diferencias nos parecieron atractivas.

—Pero dos no se hacen pareja por tener distintas motivaciones en los estudios.

—No, claro que no. Como es lógico nos atraíamos, ninguno de los dos estaba saliendo con otra persona. Y, además, la conversación fluía y en la cama nos divertíamos. Así que acabamos juntos.

—Una relación Volkswagen Golf.

—¿Cómo dice?

—Uno se compra un Volkswagen Golf exactamente por los mismos motivos. No es del todo feo, se echa mano de él cuando no se tiene otra cosa, permite llegar de A a B y a veces también se puede ir a toda pastilla con él.

—¿Y qué hay de malo en eso?

—Nada. A no ser que en realidad sueñe usted con un Ford Mustang y su mujer con un Fiat 500.

—¿Para qué quiero yo un Ford Mustang viejo si me deja tirado a medio camino?

—No me da la impresión de que esté usted aquí porque haya llegado a su destino con el Golf.

—Pero durante bastante tiempo nos sentimos muy a gusto con el Ford.

—¿Encontró su mujer el trabajo respetable por el que se torturó durante años?

—Empezó en una compañía de seguros porque... La verdad es que todavía hoy sigo sin entender por qué empieza alguien en una compañía de seguros. Quizá porque, si uno entra a trabajar en un sitio sin tener ideales, con los años tampoco puede perderlos. Además, un trabajo que no produce subidones no puede hacer que alguien se vuelva adicto a ellos.

—Sin embargo, caer desde convicciones morales bajas tampoco duele tanto.

¡Ay!, ese comentario, en cambio, me dolió tanto más. Pero seguí contando.

—Al empezar a ganar dinero los dos, también empezamos a gastarlo a manos llenas. Cuando teníamos tiempo para ello. Restaurantes buenos, viajes exóticos, una primera vivienda cara.

—¿Qué clase de persona es Katharina?

Me sentí un poco incómodo en la butaca. Esa pregunta tenía dos respuestas, una que me gustaba y otra que no me gustaba nada. Empecé por la agradable.

—Cuando nos conocimos era abierta, prudente, cariñosa, divertida. Nos podíamos reír mucho juntos de los demás.

—¿Y ahora?

Esa era la respuesta desagradable.

—Cerrada, temerosa. Cariñosa con Emily, pero conmigo fría y nada divertida. Y ya no nos reímos juntos de los demás. Pero a Katharina se le da muy bien poner verde a todo el mundo.

—¿Cómo han llegado a ese punto?

—De algún modo, todo lo que debería ser divertido acabó siendo una obligación. De «hoy nos quedamos todo el día en la cama» pasamos a «vamos a dejar de una vez nuestros pisos o no nos iremos a vivir juntos nunca». De «contigo podría envejecer» pasamos a «mi madre espera que nos casemos de una vez». De «deberías ser el padre de mis hijos» a «si no dejo de tomar la píldora ahora, dentro de seis años seré demasiado mayor para tener un tercer hijo».

—El príncipe azul que debía rescatar a la princesa de la cárcel de la carrera acabó conduciendo un Golf y diciendo que sí a todo —concluyó Breitner asintiendo con la cabeza.

—¿Cómo que diciendo que sí a todo? A fin de cuentas, a mí me parecía estupendo irnos a vivir juntos, casarnos, formar una familia. De lo contrario no lo habría hecho. Pero me habría gustado hacer todas esas cosas divirtiéndome más. Me habría gustado vivir todo eso en lugar de tacharlo de una lista. Cuanto más seguía nuestra relación un patrón clásico, tanto más intrascendente se volvía. Los dos trabajábamos en nuestras carreras, y eso que lo único importante para nosotros era que el otro hiciese carrera. Qué carrera era esa en un principio no nos interesaba especialmente y con los años se acabó convirtiendo en una carga más y más pesada. Katharina cada vez soportaba menos lo que yo hacía. Y yo, sencillamente, no sabía lo que hacía ella. Pero los dos asumimos con gusto que el otro ganara un buen sueldo con lo que fuese.

—Al menos, desde el punto de vista económico, la base parece sólida.

—Nos casamos cinco años después, y dos años más tarde nació Emily.

—¿Fue una hija deseada?

—Absolutamente. Además, yo esperaba que tener un hijo insuflara a nuestra relación vida nueva, en el sentido más literal de la palabra, pero no fue así.

—No es de extrañar. Si dos adultos no consiguen construir algo juntos, ¿por qué iba a ser capaz de hacerlo un hijo?

Me paré a pensar un momento en esa pregunta. En cierto modo, esas pequeñas observaciones, por humillantes que fuesen, tenían mucho sentido.

—Katharina acaparó por completo a Emily. Lactancia según lo planeado. Poner fin a la lactancia según lo planeado. Método PEKiP según lo planeado. Natación infantil según lo planeado. Clases de ejercicio posparto según lo planeado. Y el plan lo decidía exclusivamente la madre. La hija deseada acabó siendo una niña planeada. Pero para nuestra relación no había ningún plan. En casa yo solo era un cero a la izquierda con pene y sin plan. Cuando estaba en casa, lo hacía todo mal. Si llegaba tarde, también estaba mal. Así que no me quedó más remedio que volcarme más aún en mi odioso trabajo. Ahí por lo menos valía para algo. Aunque no se me tomara en consideración para ser socio, al menos tenía carta blanca y la confianza de todas las partes interesadas.

—Y ¿todo sigue igual desde que nació Emily?

—Más o menos, sí. Desde entonces trabajo por los dos. Katharina se queda en casa con Emily, cuando no está haciendo algún curso para madres e hijas. Y eso que no soporta a las demás madres, pero para no hacer nada mal hace todo lo que hacen ellas. A mi hija solo la veo cuando está durmiendo, y ella a mí prácticamente nunca. Cuando llego a casa irritado y me encuentro a mi mujer hecha polvo, cada vez nos peleamos más. Katharina incluso ha llegado a preguntarme por qué sigo yendo a casa. No supe qué contestar.

—¿Y ahora? ¿Lo sabría?

—No —repuse sin vacilar.

Ese no tajante cortó la conversación con precisión quirúrgica. La siguiente pausa que se hizo fue larga, pero reparadora. Joschka Breitner me esperaba al otro lado de la pausa con una sorpresa.

—¿Sabe lo que son las islas de tiempo?

—¿Perdone?

—Las islas de tiempo. Periodos de tiempo delimitados en los que usted solo hace lo que le sienta bien. Y nada más.

—Me imagino que se refiere usted a lo que la generación de mis padres llamaba «fin de semana» y «salir del trabajo».

—Exacto. Y su generación lo cambió por un *smartphone*. En lugar del fin de semana y salir del trabajo, ahora están localizables a todas horas y realizan cursos de *mindfulness*.

—Un cambio estúpido.

—Que a mí me permite vivir bien.

—Y ¿cómo se supone que me ayudarán esas islas de tiempo en mi situación? —quise saber.

—Bien, lo interesante es que ya ha puesto usted en práctica una parte del concepto de la isla de tiempo: como no se encuentra a gusto en casa, se ha refugiado más aún en el trabajo. Ahí por lo menos no lo fastidia su mujer. Pero según parece (quién lo iba a decir), un cliente psicópata le hace a usted tan poco bien como su frustrada mujer.

—Y ¿cuál sería la alternativa?

—Que haga algo para usted mismo. Cree un espacio sin esposa y sin psicópata.

—Pero el poco tiempo que me deja el trabajo me gustaría pasarlo con mi familia.

—Con el ideal de familia que usted tiene, pero que en realidad no existe. Es evidente que no les ayuda en nada, ni a usted, ni a su mujer, ni mucho menos a su hija, que solo esté en casa presente físicamente, pero que mentalmente ande a vueltas con su trabajo y su matrimonio. Tanto usted como su esposa quieren que participe mentalmente en la vida familiar. Así que cree una isla de tiempo inamovible solo para su familia. Durante ese tiempo no se ocupará de ninguna otra cosa. Y durante ese tiempo disfrutará usted como es debido.

—Y en esa isla de tiempo, ¿también llevará la voz cantante mi mujer?

—Por supuesto que no. Es su isla de tiempo. Por lo que a mí respecta, puede crear una isla de tiempo solo para su hija y para usted. Cuando esté en ella, se dedicará exclusivamente a su hija. Si no puede estar en ella para su hija, para el caso es como si estuviera en las quimbambas. Tal vez incluso una separación espacial serviría para distender la situación entre su mujer y usted. De esa forma, usted (y quizá también ella) aprendería a comprometerse exactamente en lo que sea importante allí donde se encuentre.

Esa misma tarde le comenté la propuesta a Katharina. Le hablé de separarnos para reencontrarnos. De las islas de tiempo. De mi propia insatisfacción. Para mi sorpresa, Katharina no vio en esa propuesta el final de nuestro matrimonio, sino un rayo de esperanza en el horizonte. En lugar de hacerme reproches —ahora, encima, ¡yo quería poner fin a nuestro matrimonio!—, me echó los brazos al cuello. Por primera vez desde hacía meses. Llorando.

—No sabes lo que te agradezco que propongas esto. Tal y como estamos, no aguanto más.

—Pero ¿por qué no has sugerido nunca que me fuera a otro sitio durante un tiempo?

—Porque no quiero echar de casa al padre de mi hija. Solo quiero recuperar al hombre con el que me casé.

Nunca volvería a tener a ese hombre, porque el hombre con el que ella creía haberse casado no había existido nunca. Se había casado con un lienzo en blanco en el que había proyectado su ideal de marido. Pero, al igual que entonces, yo estaba dispuesto a hacer como si fuese esa proyección, en cuanto volviese a tener las fuerzas necesarias.

—Siendo así, ¿y si dejamos que se marche el hombre con el que siempre estás discutiendo y que venga de visita el hombre con el que te casaste? —pregunté con cautela.

—Me conformaría con que viniera de visita el padre de mi hija. Lo principal es que el tío con el que siempre estoy discutiendo se vaya. Mientras tanto echaré de menos al hombre con el que me casé.

Nos abrazamos entre sollozos.

Sin embargo, el cálido momento solo duró hasta que

la fría Katharina puso una condición a esa propuesta de solución. Se separó de mí y me miró a los ojos con expresión amenazadora.

—Como no cumplas lo de las islas de tiempo, se acabó. Para siempre. Como una sola vez tu trabajo sea más importante que Emily, es el fin. No volverás a verla. A fin de cuentas, yo soy su madre.

O por seguir con la metáfora: si el rayo de esperanza en el horizonte no iba seguido de la luz de la mañana, yo lo tendría muy negro. No era una amenaza huera. Como abogado que era, sabía que incluso la más moderna de las mujeres tiene ella sola toda la potestad sobre los hijos si en los tribunales apela al modelo de familia aún vigente del siglo XIX. Si la madre no quiere, el padre no ve a su hijo. Punto. Y la fría Katharina sería capaz de llevar a cabo ese plan.

Con esa amenaza me resultó mucho más fácil irme de casa. Me alegré de salir de ese estanque frío antes de que se helara y me quedase atrapado bajo la superficie.

Encontré un apartamento amueblado en el mismo barrio. Encontramos islas de tiempo en las que yo me ocupaba únicamente de Emily. Al principio eran unas horas por la mañana que yo recuperaba por la tarde sin remordimientos de conciencia.

Al cabo de unas semanas, esas pocas horas en días aislados se convirtieron en la tarde del domingo. Después, en el domingo entero. Cada quince días, el fin de semana entero.

Pero mi trabajo no me permitía crear más islas de tiempo. O al menos eso pensaba yo.

Las islas de tiempo con Emily me hicieron revivir. Era una sensación de libertad increíble pasar tiempo a solas con esa personita. Jugar con mi hija de manera intuitiva, sin su madre ahí juzgándolo todo. No tener la cabeza en el bufete, sino en mi isla. Y en esa isla yo era rey, mago, papá.

Emily y yo nos podíamos partir de risa con el torpe caminar de los patos en el estanque sin necesidad de escuchar los comentarios críticos de Katharina sobre las madres que estaban en la otra orilla. Podíamos mecernos en el parque cuando el columpio estaba libre y no después de ponerle crema a la niña.

Era mucho más divertido pedir en una heladería lo que nos gustaba en lugar de lo que se consideraba sano en los test de las revistas sobre estilo de vida.

Para Emily y para mí ya no había cosas que estaban bien y cosas que estaban mal. Solo había cosas bonitas o muy bonitas. Una hora con la cabeza alta en la isla de tiempo con mi hija era mil veces más intensa que un día entero los tres con la cabeza gacha.

Y, en efecto, conseguí que el tiempo que pasaba con ella fuese sagrado. Se lo comuniqué a mi bufete. Y Dragan también lo sabía.

Las medidas de presión de un mafioso no son nada en comparación con las de una madre. Aunque Katharina solo la había pronunciado una sola vez, la amenaza seguía existiendo. Si yo pifiaba lo de las islas de tiempo, nuestra relación terminaría. Y, con ella, el tiempo que yo pasaba con Emily.

Sobre esta base, Katharina y yo logramos reducir casi a cero nuestras peleas. Nos tratábamos con guante de seda y nos alegrábamos de que, a todas luces, a Emily también le hiciese bien el tiempo que pasaba con sus dos padres, aunque fuese por separado.

Como tantos delincuentes peligrosos del crimen organizado, Dragan se tenía por una persona que adoraba a los niños. A no ser que se interpusieran en su camino. No vaciló en mandar aflojar las tuercas de las ruedas del coche de alguien que le debía diez euros, aunque ese alguien se iba de vacaciones con su familia de cuatro miembros. Pero después regaló abonos para el zoo a las hijas, que resultaron heridas de gravedad en el accidente.

Emily tenía dos años y medio cuando Dragan quiso invadir mi isla de tiempo a toda costa.

5

Ayuno digital

Mindfulness es tener localizables las propias necesidades. El tiempo que está usted localizable para otros va en contra de ese *mindfulness*. Desconectar de manera consciente el teléfono móvil y el ordenador es un excelente primer paso, pero su objetivo debería ser conectar el teléfono móvil y el ordenador solo de manera consciente.

Joschka Breitner,
Desacelerar en el carril de adelantamiento:
mindfulness *para ejecutivos*

A lo largo de las semanas y los meses que siguieron, el *mindfulness* empezó a tener un efecto positivo en mi vida. Katharina y yo desarrollamos un vínculo de compañeros que parecía más firme que la frágil relación que teníamos de pareja. La capa de hielo en la que nos movíamos era cada vez más gruesa. Nos habíamos propuesto, por de pronto, pasar los tres meses que duraba mi curso de *mindfulness* sin efectuar ninguna valoración y como mínimo un mes después pensar de manera concreta en el futuro.

Yo ya no permitía que el trabajo me afectara tanto y reviví gracias a Emily. Con Joschka Breitner no solo conocí la importancia que tenían la respiración y las islas de tiempo. Me enseñó todos los ejercicios habidos y por haber, que sin duda también podrían serme de utilidad en el futuro. Me apliqué el principio de «dirigir la atención sin juzgar», al igual que el de «concentración intencionada». Los ejercicios para vencer la resistencia interna me acabaron resultando tan familiares como llevar la atención a la respiración.

Al cabo de doce semanas, el curso de *mindfulness* terminó y, de regalo de despedida, Joschka Breitner me dio su obra de referencia: *Desacelerar en el carril de adelantamiento:* mindfulness *para ejecutivos* (que, a decir verdad, con lo que costaba el curso habría esperado que estuviese encuadernada en piel). Decidí llevarla siempre conmigo para poder consultarla en caso de necesidad.

Para celebrar mi nueva vida basada en el *mindfulness* me había propuesto aprovechar la isla de tiempo del primer fin de semana después de que terminara el curso para hacer una excursión con Emily.

Katharina estaba de acuerdo.

Ella también quería sentar un precedente y disfrutar de la libertad que ganaba gracias a mí: iba a pasar el fin de semana en un hotel con balneario, algo que no había vuelto a hacer desde que había nacido Emily.

Como abogado de Dragan, yo tenía acceso a muchos de sus inmuebles. Casi todos ellos los había adquirido yo mismo para él y los había asignado a sus distintas empresas. Uno de esos inmuebles es un chalé de ensueño, a unos ochenta kilómetros de la ciudad y a orillas de un lago precioso. Con embarcadero, playa de arena y barbacoa. A Emily le encantaba el agua y queríamos convertir esa casa del lago en el castillo de nuestra isla de tiempo.

Yo había comprado el chalé para Dragan con las subvenciones concedidas por la UE al sector agrícola para la plantación de berenjenas búlgara. Cuando uno entiende que las ayudas públicas no se rigen por la necesidad, sino por la desvergüenza del solicitante, pedirlas puede crear una auténtica adicción. En realidad bastaba con instalar en el aseo de cortesía una puerta que permitiera el paso de una silla de ruedas para recibir, junto con un borrador de cinco páginas para la casa entera, ayudas del Ministerio Federal de Educación en concepto de «centro de formación sin barreras para la innovación inclusiva». Estas ayudas a su vez financiaban la lujosa ampliación del balneario.

Yo sabía que ese fin de semana Dragan tenía intención de ir a Bratislava con un montón de dinero en efectivo para solucionar unos asuntos de negocios en esa ciudad. Dragan sabía que durante ese tiempo yo quería ir con mi hija a la casa del lago. Sentarme en el embarcadero. Comer nueces. Alimentar a los peces.

Ninguno de nosotros sabía que el fin de semana sería muy distinto.

La semana había sido estresante hasta bien entrada la noche del viernes: estuve trabajando en el asunto del burdel fino, preparando la demanda de desahucio hasta las once y media. A diferencia de todos los demás inquilinos, que se dejaron convencer, comprar o intimidar con relativa facilidad, justo la guardería de la planta baja se negó con obstinación a abandonar la casa, así que a los responsables —una recalcitrante iniciativa de padres de algún buen samaritano— había que apretarles un poco las tuercas. Por medios jurídicos, se entiende.

Dio la casualidad de que yo conocía personalmente a los administradores de la guardería. En verano, Emily tendría la edad para ir a la guardería. Los criterios de adjudicación de plazas en estos centros son considerablemente más complejos que los criterios de concesión de licencias para la venta de bebidas alcohólicas en los burdeles. Estas últimas se adjudican de manera centralizada; las plazas de las guarderías, no. Por ese motivo, Katharina y yo habíamos ido a visitar juntos las treinta y una guarderías que nos interesaban en un radio de diez minutos en coche y habíamos solicitado plaza en cada una de ellas. La iniciativa de padres ocupaba el número veintinueve en nuestra lista de deseos. Considerábamos a sus administradores, no sin motivo, unos idealistas engreídos. Yo daba por sentado que Emily conseguiría plaza en uno de los cinco primeros centros de la lista. Me refiero a que me habría intrigado mucho saber con qué extraño argumento habrían podido rechazarnos en las cinco primeras guarderías. De manera que no tenía ningún problema con que el número veintinueve acabase siendo un templo de las tetas. Yo ya había ofrecido a la iniciativa de padres una indemnización muy escasa y, si no la aceptaban, los había amenazado con una demanda de desahucio muy rastrera. Puesto que el plazo para aceptar el pago ya había vencido, ahora estaba preparando la demanda de desahucio.

Llegué a mi apartamento después de medianoche y me quedé dormido en el acto, muy ilusionado con el fin de semana.

El sábado por la mañana fui a buscar a Emily a casa de Katharina. Seguía siendo una sensación extraña plantarme delante de mi propia casa como una visita para ir a buscar a mi hija, pero era una sensación extraña positiva. Hacía tres meses, antes de que me fuera de casa, llegaba allí casi todas las tardes tenso a más no poder, ya que sabía que acto seguido me castigarían con reproches o —peor aún— con la mayor de las indiferencias.

Llamé al timbre y Katharina me recibió con una sonrisa y un «Hola, Björn, me alegro de verte».

Menudo cambio en tan poco tiempo.

—¡Papáááá! —Emily salió corriendo de su habitación y fue directa hacia mí.

Cuando me hubo enseñado todas las novedades de su cuarto (una muñeca ya no tenía que llevar pañal), se puso a recoger sus peluches. Mientras tanto, su madre y yo tomamos un café.

—Emily está como loca con la excursión —me contó Katharina.

—A mí también me...

—Pero hazme el favor de mantenerla alejada en esa casa de todo lo que tenga que ver con el idiota ese tuyo de la mafia.

El mero hecho de que Katharina me lo pidiera de forma educada era un salto cuántico en nuestra comunicación. Sin embargo, sus temores eran completamente infundados. En un chalé que no se utilizaba no había nada que tan siquiera oliera lo más mínimo a mafia.

—No te preocupes. En cuanto note la más mínima infiltración mafiosa termino el fin de semana en el acto.

—¿Para fastidiarme a mí el mío en el balneario? —El tono de Katharina cambió de golpe y porrazo.

—No, me... —balbucí.

—Björn, estoy segura de que me puedes garantizar sin reservas que todo va a salir bien. Es la primera vez que pasáis juntos fuera el fin de semana. Si no puedo contar con que no vaya a haber ningún problema, será mejor que no vayas. Ya sabes lo que hay en juego.

Ahí estaban de nuevo. Las grietas en el hielo. Y todo cuanto había debajo. Hice una respiración para mí mismo y contesté con amabilidad y sosiego.

—Katharina, te garantizo que este fin de semana irá como la seda. Para Emily, para mí y también para ti.

—Te lo agradezco —repuso ella, de nuevo con calidez.

Katharina se despidió de Emily con un fuerte abrazo y de mí con beso amistoso en la mejilla.

Poco después salí de esa casa demasiado grande con mi hija de la mano, que iba dando saltos de alegría. Que mi mujer siempre fuera capaz de hacerme sentir mal con una sola frase hizo que temblara por dentro. Pero había aprendido una cosa: si estaba frente a la puerta de alguien, estaba frente a la puerta de alguien. Si discutía con Katharina, discutía con Katharina. De modo que estaba frente a la puerta y dejé que Katharina fuera Katharina. Había llegado el momento de la isla de tiempo.

Era el día perfecto para hacer una excursión padre e hija a orillas de un lago. El cielo era azul y, aunque solo estábamos a finales de abril, ya a las nueve de la mañana hacía veintisiete veraniegos grados.

Un gran problema de nuestra época es que siempre estamos localizables. Gracias al teléfono inteligente. Supone una grandísima burla de la realidad llamar «inteligente» a un aparato que nos puede mandar al infierno de la vida laboral con una llamada, un correo electrónico, un mensaje de WhatsApp o lo que quiera que sea, cuando sea y donde sea, dentro del bolsillo del pantalón. Sería más apropiado llamarlo «teléfono despiadado». Pero los teléfonos móviles son como las armas: el peligro no radica en el aparato en sí, sino en quién lo utiliza. A diferencia de un revólver, hace daño solo a su propietario. Vale, sí, uno mismo también se puede llevar un revólver a la cabeza, pero lo hace para poner fin a una vida jodida, no para joderse a uno mismo.

En el libro de Joschka Breitner encontré lo siguiente:

Mindfulness es tener localizables las propias necesidades. El tiempo que está usted localizable para otros va en contra de ese *mindfulness*. Desconectar de manera consciente el teléfono móvil es un excelente primer paso, pues pone en evidencia que ese estar localizable permanentemente es un estado normal. El objetivo debería ser conectar el teléfono móvil solo de manera consciente. Hasta lograrlo, debería usted desconectar el teléfono móvil y el ordenador al menos en su isla de tiempo.

Unas frases que podían salvarle la vida a alguien si se les prestaba atención. A lo largo de las últimas semanas, el móvil siempre se había quedado fuera de la isla de tiempo y ni una sola vez había pasado algo que mi buzón de voz no pudiera comunicarme unas horas más tarde. Pero precisamente ese fin de semana olvidé el ayuno digital. Quizá la ilusión en sí de hacer una escapada con mi hija hizo que me distrajese. Y lo pagué de manera inmediata.

Acababa de asegurar a Emily en su sillita y dejaba atrás la rampa del garaje cuando sonó el teléfono. Supe en el acto que en lo tocante al *mindfulness* era un fracasado.

En pantalla aparecía un número desconocido, algo que no tenía por qué significar nada. Dragan cambiaba de número de teléfono como otras personas de abogado. Yo habría podido rechazar la llamada sin más, pero cuando es del hombre a cuyo chalé se dirige uno, sería de mala educación no cogerle el teléfono. A fin de cuentas también podía ser una llamada de «pásatelo bien». Algo que, sin embargo, era más bien poco probable. Claro que también podía tratarse de una llamada nada banal, del tipo: «Oye, que Mustafa también irá al lago este fin de semana con doce fulanas, no te importa, ¿no?». Acababa de prometerle a Katharina por lo más sagrado que no habría esa clase de sorpresas. Lo cogí.

—¿Sí? —dije.

—Tío, ¿dónde estás?

—Buenos días para ti también, Dragan. Voy con Emily camino del chalé, ya sabes...

—Te necesito aquí. Ahora.

—Dragan, este es mi fin de semana con Emily.

—Vamos a tomar un helado. —Dragan colgó.

Como teníamos claro que los teléfonos de Dragan estaban pinchados desde hacía años, nunca manteníamos conversaciones importantes por teléfono. En vez de eso había acordado con él un par de frases en clave para asuntos de naturaleza abogado-cliente. Acordar frases en clave con un agresor psicópata es un asunto delicado. Por regla general, alguien que no es capaz de recordar a quién ordenó que le partieran las piernas anteayer tampoco es capaz de retener media docena de frases para referirse a situaciones peligrosas.

Por eso teníamos solo dos frases en clave, ni una más. Una era «ver *Titanic*» y la otra «tomar un helado».

«Ver *Titanic*» significaba algo así como que el barco se hunde. Tirar por la borda cualquier material comprometedor y todos los hombres a los botes salvavidas. Hasta ese momento, Dragan no había tenido que utilizarla nunca.

«Tomar un helado» significaba «la cosa está que arde. Tenemos que vernos de inmediato». En la planta baja del edificio en el que se hallaba el bufete había una heladería que yo había alquilado para Dragan a través de una filial suya. Por un lado, porque allí se podían blanquear sin problema algunos ingresos en efectivo. Por otro, por la disposición espacial y la cercanía al bufete. Los espacios para el personal se hallaban en la primera planta, sobre la heladería en sí, y a ellos se podía acceder tanto desde el garaje subterráneo como desde el bufete por el ascensor, y solo por el ascensor. Las habitaciones no tenían ventanas y, aparte de la puerta del ascensor, no había ningún otro acceso. Para las habitaciones del personal había exactamente dos llaves: una para Dragan y otra para mí. Reunirnos allí sin que nos vieran los colaboradores del bufete, alguien que pudiera estar siguiéndonos o cualquier otra persona se denominaba «tomar un helado».

Hasta entonces, Dragan solo había utilizado esa frase en clave dos veces.

En ambas ocasiones la razón era que lo buscaba la policía y tenía que verme de inmediato para darme indicaciones personalmente antes de desaparecer. En qué testigos había que influir y qué instrucciones tenía que transmitir yo a sus colaboradores hasta que las aguas volvieran a su cauce. Yo tenía todo un montón de poderes e incluso pliegos en blanco firmados por Dragan. En su ausencia podía seguir llevando sus negocios en su nombre sin problema. En ambas ocasiones había dado buen resultado.

Cuando Dragan quería colarse en el edificio sin que nadie lo viera, entraba en el garaje, tendido en el suelo de uno de sus camiones de los helados y, a continuación, desaparecía en el ascensor. Yo salía del bufete. Nadie nos veía.

«Tomar un helado» era no solo una frase en clave, sino también un argumento irrefutable. Con ella se suponía no solo que la policía y la fiscalía debían quedar fuera, sino también que quedaba zanjada entre nosotros dos cualquier discusión sobre la necesidad de un encuentro. De manera que tenía que reunirme con Dragan. Había cogido el móvil, había escuchado la frase en clave. Con o sin isla de tiempo. Pero ¿tenía que renunciar yo a los principios que acababa de adoptar solo porque el idiota de mi cliente hubiese vuelto a ordenar que le rompieran los huesos a alguien, porque unos traficantes de personas se hubiesen estampado contra un control policial o porque algún transporte de drogas hubiese sido interceptado? ¿Es que una única llamada tenía que dar al traste con el fin de semana padre e hija que tanto había luchado por conseguir? Muchas gracias. Menuda mierda de trabajo. Sin embargo, no tenía elección. No coger una llamada habría sido perdonable, pero pasar por alto una frase en clave urgente, no. En el caso de Dragan, ello podía acarrear toda clase de consecuencias posibles, desde jurídico-laborales hasta físicas.

Enfadado, lancé el móvil al suelo del asiento del copiloto y pisé el acelerador. Me puse a setenta en la zona de treinta, no cedí el paso —por equivocación— a un coche pequeño y entré en la calle principal derrapando intencionadamente para dirigirme al centro en lugar de a la autopista. Ese pequeño acceso de rabia me sentó bien, y a Emily también le encantó. Le gustaba el chirriar de neumáticos y exclamó rebosante de alegría:

—Papá, ¿qué haces?

—Pues..., pues...

Eso, ¿qué estaba haciendo? Respiré profundamente

tres veces y llegué a un acuerdo conmigo mismo: iría un momento al despacho, acudiría a ese encuentro innecesario y a continuación empezaría mi isla de tiempo. Iba camino de una reunión de emergencia, nada más. De ese modo no traicionaría el principio de las islas de tiempo. Katharina no tendría ningún motivo para reprocharme nada. No había nada en contra de que un padre se pasara un instante por el despacho con su hija un sábado por la mañana. Si no se tenía en cuenta el hecho de que lo hacía completamente en contra de su voluntad.

—Papá va a ir un momentito al despacho —dije como si fuera lo más normal del mundo.

En el equipo de música seleccioné la lista de Rolf Zuckowski y, escuchando a todo volumen *Januar, Februar, März, April, die Jahresuhr steht niemals still*, nos dirigimos al centro.

6

El mundo interior del otro

Dirija su atención no a lo que le dicen, sino a lo que le quieren decir. Lo que oye usted no es más que el eco del mundo interior del otro. Si, en lugar de oír, siente, más de una ofensa resulta ser un grito de socorro.

Joschka Breitner,
Desacelerar en el carril de adelantamiento:
mindfulness *para ejecutivos*

Para los grandes bufetes los fines de semana no existen. Para los grandes bufetes solo existen las corbatas aflojadas. De modo que incluso un sábado eran muchos los abogados, becarios y demás lameculos que, vestidos de manera informal, pululaban por el bufete y cargaban horas a precio de oro en las cuentas de clientes arrogantes. Mi plan era el siguiente: esperaría a que pasara una de las becarias trepa que se encontraba allí y la condenaría a jugar media hora con Emily mientras yo me iba a «tomar un helado».

El bufete ocupaba las tres últimas plantas de un edificio de oficinas de cinco pisos de los años setenta en el centro de la ciudad. En la planta baja, además de la heladería, había una tienda de ropa y un McDonald's.

—Quiero un helado, McNuggets de pollo y un batido de chocolate —afirmó Emily mientras señalaba al pasar la M dorada, que a todas luces conocía.

Por lo visto, Katharina ya no era tan estricta con la alimentación infantil saludable. Agradecí que Emily me recordase las necesidades humanas básicas.

—Claro, cariño. Vamos un momento al bufete y después al McDonald's.

—Y luego al lago.
—Y luego al lago.
—Eso.

Cuando me aproximaba a la entrada del garaje, un BMW Serie 5 aparcaba dando marcha atrás en la zona reservada a los bomberos, frente al bufete. Dentro iban dos policías de paisano mal vestidos. Uno de ellos sostenía en la mano con suma discreción una cámara con la que ahora enfocaba la entrada del bufete. Bajé al garaje, aparqué y, con Emily en brazos, cogí el ascensor.

Mi despacho estaba en la planta cuarta, pero me bajé en la tercera, donde se encontraba la recepción. Tras el mostrador de Von Dresen, Erkel y Dannwitz se sentaba desde hacía veinte años la misma arpía recepcionista. La señora Bregenz había desperdiciado los mejores años de su vida trabajando de secretaria en esa empresa. Y por eso tenía que apechugar cada vez más a menudo con el turno de fin de semana. En su día debió de ser una mujer atractiva, plenamente convencida de que podría sacar provecho de su físico, pero sin sospechar que eso no lo es todo. Sobre todo cuando no se tiene ningún encanto. Y, en su caso, con los años el atractivo se había acabado adaptando al encanto, y lo que quedaba era una mujer malhumorada que, con la malicia que había ido acumulando a lo largo de los años, era absolutamente imposible que a uno le cayese bien. Solo era la arpía recepcionista.

Me miró a mí y luego a Emily. Emily miró a la señora Bregenz. Y señaló con el dedo a la señora Bregenz.

—Papá, ¿vive aquí la señora mayor?

Los niños dicen la verdad y en ese caso esta tampoco iba tan descaminada.

—Esta es la señora Bregenz. La señora Bregenz se encarga de que todo esté en orden aquí —aclaré, procurando expresarme con neutralidad.

La señora Bregenz miró con expresión desdeñosa mi combinación de pantalón vaquero y cortavientos, que llevaba en lugar de los habituales trajes a medida.

—Me figuro que no se habrá citado hoy con ningún cliente, ¿no? —preguntó.

Hice una inspiración profunda, sintiendo la respiración y pasando por alto el comentario innecesario de la señora Bregenz.

—Buenos días, señora Bregenz. ¿Ha visto a la señora Kerner?

—Las becarias se asignan a los socios, no a quienes no lo son. Y tampoco creo que su cliente sea la compañía adecuada para una mujer joven.

¿Qué se creía esa mujer? ¿Le había ofendido en serio que mi hija mencionase que era mayor, una verdad como un puño? ¿Tenía que permitir yo por eso que esa arpía me restregase por las narices que yo no era socio del bufete? Algo que, para más inri, tenía que agradecer precisamente al cliente por cuya culpa me veía obligado a ir al bufete en fin de semana. Aunque hubiese estado de buen humor, esa desfachatez me habría parecido una salida de tono. Pero no estaba de buen humor.

—Guárdese sus consejos para cuando vaya a tomar café y haga el favor de decirme de una vez dónde está la señora Kerner —le ladré.

Ella abrió los ojos como platos, asustada, y al cabo refunfuñó:

—La señora Kerner está en el despacho de los becarios.

Después miré a Emily y le dije con voz marcadamente tranquila:

—¿Sabes qué, cariño? Puedes jugar aquí un ratito, ¿vale?

Antes de que mi hija pudiera contestar algo, la señora Bregenz entró al trapo.

—Un bufete no es un parque infantil, ¡¿sabe usted?!

Después de inhalar dos veces y exhalar dos veces, quienes practicamos *mindfulness* sabemos que por boca de esa pobre mujer hablaba un alma herida, cuyas necesidades pedían ser tomadas en consideración. Mi guía práctica de *mindfulness* lo explicaba con toda claridad:

> Dirija su atención no a lo que le dicen, sino a lo que le quieren decir. Lo que oye usted no es más que el eco del mundo interior del otro. Si, en lugar de oír, siente, más de una ofensa resulta ser un grito de socorro.

En el mundo interior de la señora Bregenz solo vivía una mujer que no tenía hijos con los que poder ir al bufete. Una mujer que en el bufete solo ganaba una fracción de lo que ganaban los abogados, para los que, al no tener familia, le tocaba trabajar el fin de semana. Una mujer que utilizaba de manera despiadada el poco poder que le habían dado para desatar su frustración vital.

Sabía todo eso después de doce semanas de curso de *mindfulness* y de convertirme en alguien que inhalaba y exhalaba de manera consciente. Y aunque momentáneamente eso me bajó las pulsaciones, no pudo compensar del todo los diez años que esa mujer me había estado tocando las pelotas con sus abusos. Así que no pude evitar soltarle:

—Bueno, pues con lo joven que es usted, estudie Derecho y tenga un hijo, y quizá entonces pueda responder esa pregunta por su cuenta.

Después pasé por delante de ella y me fui con Emily al despacho de los becarios, donde, como esperaba, vi a Clara Kerner, que llevaba tres semanas en prácticas, y trabajaba para el socio a cuyo departamento también pertenecíamos mi cliente «caca» y yo. Clara era la hija tonta perdida de un cliente tonto perdido, por eso podía hacer las prácticas con nosotros para engordar su currículo de no-sé-hacer-nada-soy-hija-de-tal-y-tal. Como todos los becarios a los que la cabeza no les daba para llegar a la prosa de la jurisprudencia, resaltaba con colores la sentencia que fuese del Tribunal Supremo. Es decir: había hecho fotocopias de algún fallo judicial y destacaba con rotuladores fluorescentes lo que, a su juicio, eran fragmentos importantes. Pero como se veía sobrepasada a la hora de decidir qué era importante y qué no, lo marcaba TODO, lo cual era de la misma utilidad que su presencia en el bufete. Lo cierto es que no tenía ningún motivo para estar el sábado en el bufete... salvo que la vieran allí. De manera que el hecho de que yo entrase era un éxito para ella. Le pedí que dejara de pintar la sentencia media hora y que pintara con Emily en condiciones. Seguro que una actividad así resultaba provechosa para las sinapsis neuronales de las dos chicas.

Al oír la petición se me quedó mirando con cara de perplejidad. Después cayó.

—Ah... sí, claro...

—Es muy amable por su parte, gracias —fue mi parca respuesta.

Luego me dirigí a mi hija:

—Emily, papá tiene que hacer una cosita de trabajo. Vuelvo ahora mismo, ¿de acuerdo?

Emily dirigió una mirada crítica a Clara. Yo seguí su mirada: blusa demasiado apretada, pantalón demasiado apretado, fular demasiado apretado. Me llegó un tsunami de Chanel N.º 5. Como muchas otras becarias, parecía una salchicha fina y olía a vieja.

—¿Dónde están las pinturas? —preguntó Emily con expresión crítica.

—Clara tiene unos rotuladores chulísimos, que pintan mucho mejor que las pinturas normales. Mira todo lo que ha pintado ya Clara.

Señalé las vistosas sentencias del Tribunal Supremo. Clara se sentía visiblemente orgullosa de sus resaltados en rosa, verde y amarillo.

—El rosa es mi color preferido —afirmó Emily.

—¿Ves? —Me volví hacia la recién elegida canguro—: Clara, vaya usted tranquilamente con Emily a la sala de juntas grande.

—Pero si aquí hay sitio de sobra...

—Muy cierto, Clara, pero en este despacho no hay ninguna silla de jefe con la que poder divertirse meciéndose y balanceándose. Nunca es demasiado pronto para empezar a practicar. Esas son las cosas que no se aprenden en la facultad.

Si mi hija tenía que perder tiempo en el bufete, que lo hiciera con toda la parafernalia, faltaría más.

—Pero a la señora Bregenz no le va a hacer ninguna gracia.

—Tanto mejor. —Dediqué a la joven una sonrisa entusiasta—. Y si le pasa algo a Emily, llámeme, por favor.

Mientras Clara y Emily se dirigían hacia la sala de

juntas, yo corrí al ascensor. Hice como si fuese a subir a mi despacho, una planta más arriba, pero en realidad bajé a «tomar un helado»: al encuentro impuesto por Dragan, que yo intenté venderme de «reunión». Fracasaría en el intento.

7

Observar sin juzgar

Lo que nos produce inquietud no es lo que nos sucede. Es la categorización de nuestras experiencias lo que nos atemoriza. En sí mismo nada de lo que sucede es bueno o malo.

Joschka Breitner,
Desacelerar en el carril de adelantamiento: mindfulness *para ejecutivos*

Los cuartos para el personal de la heladería se asemejaban a auténticos trasteros. En ellos había unas cuantas mesas de bistró herrumbrosas con sillas de mimbre sintético deterioradas, cajas de cartón con copas para el helado y cucharillas de plástico, y contra las paredes se amontonaban también uniformes de trabajo. Dragan ya había llegado. De su musculoso uno noventa y cinco emanaba una fuerza arrogante, brutal, pero en ese escenario descuidado parecía un poco perdido con su traje de marca. Como un tigre escondido en un recinto de suricatas. Fumaba con nerviosismo.

—Hombre, ya era hora —saludó.

—Lo siento. Había mucho tráfico. Me has pillado camino del lago con Emily. —Profesional como era, había logrado bajar las pulsaciones hasta un valor casi normal. Esa solo era una reunión superflua. Nada más.

—¿Quién es Emily?

Las pulsaciones se me aceleraron.

—Emily. Mi hija. —En mi interior se extendió cierta indignación. A todas luces, Dragan no era nada consciente de hasta qué punto nos estaba disputando a mi hija y a mí en ese momento la isla de tiempo.

—Ah, sí. Yo adoro a los niños, ¿sabes? Pero hay que separar la familia y el trabajo.

No tenía sentido hablar con alguien como Dragan sobre el equilibrio entre trabajo y vida personal. Y, a fin de cuentas, yo tampoco era su psicólogo, solo su abogado. Y quería volver cuanto antes con mi hija.

—En ese caso, hablemos de trabajo. ¿Qué ha pasado?

—Me buscan.

—¿Por qué?

—En un área de descanso de una autopista un camello se ha llevado unos cuantos arañazos.

Desde el primer servicio que presté a Dragan supe que su forma de referir los hechos siempre era creativa y optimista y, por regla general, ni siquiera permitía ver la punta del iceberg que había embestido a toda velocidad. Estaba claro que los arañazos solo eran una parte del problema.

—Y entonces, ¿por qué te buscan?

—Pues porque al final... le he arreado un par a ese idiota.

—¿Estamos aquí ahora por unos golpes?

—Bueno..., y porque el mamonazo ha muerto.

Cuando atracan al cajero de un banco, en la mayoría de los casos el hombre se comporta con una profesionalidad admirable. Trata al atracador como si fuese un cliente chiflado y adopta una actitud servicial. Hasta que el atracador se larga con el dinero. Entonces le entra el gran canguelo. Yo aún abrigaba la vaga esperanza de que, después de mantener una conversación profesional con un abogado, Dragan también se largara sin más. Y a continuación yo podría librarme del estrés levantándome y practicando la respiración consciente. Así que pasé al modo profesional, hice una respiración profunda sentado y constaté que mis pulsaciones bajaban a unas cien.

—¿Qué sucedió exactamente?

—Desde hace unos meses, en nuestra área de distribución se ofrece material a mitad de precio bajo mano.

Bien, por de pronto ese parecía un problema económico. Nada del otro jueves para un abogado especializado en derecho mercantil. Desde el punto de vista económico, el tráfico de drogas clásicas, como la heroína o la cocaína, es como una carrera de relevos. En cada tramo se pasa el testigo con ganancia. La mayor ganancia se consigue poco antes de llegar a la meta. Cuando se entrega el material y se corta para el consumidor final, los márgenes superan lo imaginable. Incluso a mitad de precio siempre se puede ganar mucho dinero. Sin embargo, cuando la competencia se entromete en tu área de distribución, toda esa ganancia se va al traste.

Dirigí una mirada inquisitiva a Dragan.

—¿Y cómo sabes tú eso?

—Por Toni.

Toni era el jefe de distribución del ramo de estupefacientes. Un violento camello de altos vuelos que no le iba a la zaga a Dragan en brutalidad. Como era el caso de numerosos criminales de éxito, no destacaba precisamente por la comprensión intelectual de hechos complejos, pero sí sabía intuir lo que tenía que hacer para sacar ventaja o evitar una desventaja. Con esa intuición conseguía el mayor volumen de negocio en la empresa de Dragan y se consideraba el número dos del sector. No todos lo veían así. Dragan el que menos.

—Bien, ¿y por qué no lo arregla Toni? —quise saber.

Si Toni hubiese hecho su trabajo tal y como estaba

previsto en el organigrama que yo había elaborado, yo no tendría que estar ahora en ese trastero.

—Toni opina que detrás están los chicos de Boris —replicó Dragan.

Boris era el competidor directo de Dragan. Los dos habían empezado juntos en el negocio del proxenetismo, habían sido uña y carne y al final se habían enfadado. Tras algunos tira y afloja sangrientos, delimitaron sus respectivos territorios y, desde hacía algunos años, reinaba una paz más o menos segura. Algo que también tenía que ver con el hecho de que yo le había dado a Boris unos consejos bajo mano para legalizar sus ingresos.

—Bien. ¿Qué tiene todo esto que ver con el muerto del área de descanso? —quise saber.

—A Sascha y a mí nos dieron el soplo de que en el área de descanso un tipo le pasa droga a Igor y luego Igor la distribuye en nuestro territorio.

Sascha era el chófer y el asistente personal de Dragan. Búlgaro. En su país de origen había estudiado Tecnología Medioambiental, y el día después de terminar la carrera se vino a Alemania. Aquí se enteró de que el título que tenía no era reconocido. Así que, en lugar de ejercer de ingeniero, empezó a trabajar de portero en uno de los bares de Dragan. Igor, por su parte, era la mano derecha en todos los negocios de drogas de Boris.

—Ya. ¿Y quién os dio el soplo?

—Murat.

Murat era el lugarteniente de Toni. Dragan apagó el cigarro en el cenicero.

Si en algún momento tuviera que resumirle a un fiscal todo aquello, sonaría más o menos así: Dragan, cabecilla de una red de criminales, se dirigía hacia Eslovaquia con su asistente, Sascha. Por el camino, Dragan recibió una llamada, no del jefe de su departamento de drogas, Toni, sino del asistente de este, Murat. Murat le contó a Dragan que Boris, enemigo de Dragan y cabecilla de la red de criminales rival, había enviado a su mano derecha, Igor, al área de descanso de una autopista. Al parecer, Igor había empezado a traficar con estupefacientes en el territorio de Dragan, algo que era ilegal tanto según el código penal como según el código de los dos sindicatos del crimen, ya que el tráfico se llevaba a cabo en el territorio del otro.

—¿Y ese fue motivo suficiente para que te cargaras al tipo que pasaba la droga?

Dragan sacó otro cigarro de la cajetilla, un espectáculo memorable, ya que el tipo no tenía manos, sino garras. Pero mientras sacaba del paquete ese cigarrillo estiraba el meñique como si tomase con remilgo un expreso. En el dedo anular de la mano derecha llevaba un anillo ostentoso que con los años se le había incrustado en la carne de las garras.

Por desgracia, esa acción tan cotidiana no pegaba con lo que dijo a continuación como de pasada:

—Es que al que me cargué no fue al tipo de la droga. Al que dejé tieso fue a Igor.

—Yo diría que eso es una estupidez.

Vi que mi isla de tiempo se hundía bajo unas olas cada vez más grandes. Cuando el jefe de un cártel mata personalmente a la mano derecha del jefe del cártel rival, el ambiente se enrarece.

Y requería actuar de inmediato.

—Sascha y yo solo queríamos explicarles a los dos

tranquilamente cuáles son los límites territoriales. No sé cómo la cosa se salió de madre.

«Explicarle a alguien cuáles son los límites territoriales» se basa en una antigua tradición alemana. Antes, los terratenientes, después de determinar los linderos de las tierras arrendadas, llevaban al campo a los hijos del arrendatario con el nuevo mojón. Allí les daban a los hijos una sonora bofetada en ambas mejillas. Estos no olvidaban el sitio jamás en su vida y de ese modo recordaban siempre por dónde discurrían exactamente los límites.

—Dragan, ¿por qué sigues haciendo estas cosas tú mismo? ¿Por qué no dejaste que se encargara Sascha? ¿O Toni? Creía que tenías intención de estar en Bratislava hace tiempo.

—Tenía intención de ir con Sascha a Bratislava. Cuando íbamos de camino llamaron a Sascha con el soplo. El área de descanso nos pillaba de paso. Y quería divertirme en persona con ese idiota. Porque todo lo que tiene que ver con Boris es personal.

¿Divertirse? ¿Y en mí quién pensaba? Las pulsaciones se me dispararon a ciento setenta. Que mi cliente hubiese interrumpido su viaje de fin de semana para cometer un asesinato por «diversión» de ninguna manera le daba derecho a exigir que yo hiciera eso mismo.

En las estrecheces del pequeño cuarto sin ventanas no había espacio para descargar la ira que sentía poniéndome de pie y haciendo unas respiraciones. El aseo más cercano en el que podía refugiarme estaba en la planta de la señora Bregenz, pero no podía irme sin más. Un infarto espontáneo de Dragan habría sido lo único que me habría ayudado en ese momento. Lo miré: estaba muy lejos de sufrir un colapso. Al contrario: la historia al parecer lo había puesto de buen humor.

Cerré un momento los ojos, fingiendo pensar, hice tres respiraciones profundas y conscientes y mis pulsaciones bajaron a ciento cincuenta antes de abrir los ojos.

—¿Hay testigos?

—Pues en realidad no debería haber ninguno, porque a esa hora en el área de descanso no hay ni un alma, pero de pronto apareció el puto autobús.

—¿Qué autobús?

—Pues un coche de línea.

—¿Con jubilados miopes?

—Más bien con escolares precoces.

—¿Cuántos niños?

—Ni idea. ¿Cuántos mierdecillas de doce años caben en un autobús de esos? ¿Cincuenta?

—¿Mierdecillas de doce años? Creía que adorabas a los niños.

—Los niños son la alegría de la huerta, pero no a las cuatro de la mañana en el área de descanso de una autopista.

—¿Cuántos niños vieron la paliza?

—Todos. Creo.

—¿Cuántos tenían móvil y grabaron la paliza?

—Puf. Tal como son los críos ahora... Puede que también todos.

—Así que tenemos cincuenta vídeos que demuestran que mataste a golpes a una persona delante de cincuenta escolares, ¿es eso?

—No, como mucho cuarenta y nueve.

—¿Eso por qué?

—Me planté delante del autobús, abrí la puerta de

una patada y subí un momento. Al primer crío que vi le quité el móvil, lo pisoteé y les dije a los demás que hicieran lo mismo con sus teléfonos.

—¿Y eso cuántos críos lo grabaron?

—Los otros cuarenta y nueve, pero seguro que el sonido es de pena, porque de pronto se pusieron a gritar todos como histéricos.

¿Les dio una zurra también ese loco a todos los niños?

—¿Y luego?

—Luego llegó la policía y nosotros nos fuimos pitando.

—¿Ya están los vídeos en internet?

—Sí.

—¿En televisión?

—También, sí.

—¿Se te reconoce?

—Bueno, la imagen está muy movida. Si fuese la de una multa por radar seguro que podrías interponer un recurso.

Dragan cogió su móvil y escribió algo en la pantalla para poner un vídeo de YouTube que era evidente que había salido de un informativo del canal de noticias N24. Se veía una grabación de altísima calidad de Dragan bajando de un salto de una furgoneta de reparto con una barra de hierro en la mano y golpeando con ella a un hombre que estaba en el suelo. La calidad de la grabación se debía no solo a las elevadas especificaciones técnicas de los *smartphones* de los niños, sino también al hecho de que el hombre del suelo ardía como una tea, al igual que la furgoneta, de la que probablemente el hombre quería escapar. Entonces Dragan había ido hacia él con la barra de hierro y al final el hombre del suelo ya no se movía, solo ardía.

Detuve el vídeo.

Tenía ganas de vomitar. Aunque hubiese tenido la posibilidad de hacerlo, dudo mucho que la respiración me hubiese ayudado a superar la imagen de un hombre en llamas al que acababa de matar el hombre que yo tenía delante en ese momento. Y es que difícilmente me podía plantar delante de él con los pies separados a la anchura de los hombros, las rodillas algo flexionadas y el pecho hacia fuera para llevar la atención a mi respiración.

Lo cual no hizo sino cabrearme más. No podía ser que en una mañana Dragan me hubiese torpedeado doce semanas de terapia. Probablemente tuviese que buscar un poco más a fondo en la caja de herramientas del *mindfulness* a fin de dar con el instrumento adecuado para combatir el asco, la ira, el miedo y la repugnancia que sentía y lo perdido que estaba. Respiré sentado y exploré a fondo mis recuerdos de las últimas doce semanas. Joschka Breitner me había desvelado que lo que nos intranquiliza no es lo que sucede, sino nuestro propio punto de vista de lo que sucede. Libremente, según las enseñanzas de Epicteto, el señor Breitner opinaba que:

> Lo que nos produce inquietud no es lo que nos sucede. Es la categorización de nuestras experiencias lo que nos atemoriza. En sí mismo, nada de lo que sucede es bueno o malo.

Así que intenté ver el vídeo al menos desde este punto de vista. En él aparecía un hombre en llamas. Bien. Y luego otro hombre que golpeaba hasta matar a quien estaba en llamas. También bien. Que el de los golpes tuviera que ser por fuerza un psicópata quizá fuese efectuar una valoración. Eso no estaba bien. Si el hombre que estaba en llamas hubiera intentado antes secuestrar a mi hija, yo habría sido mucho más comprensivo con el tipo que le había prendido fuego para después darle una paliza de muerte. Lo atroz no eran las llamas ni la paliza, sino la valoración. Hasta ahí la teoría.

Pero, de hecho, el hombre que había muerto de una paliza ni siquiera había intentado secuestrar a mi hija. Ni siquiera conocía a mi hija. A diferencia de Dragan, que conocía a Emily, pero no recordaba cómo se llamaba. Que conocía la situación familiar en que me encontraba, pero le daba lo mismo. Que sabía lo de mi fin de semana, pero se la sudaba. Que en el vídeo tenía delante a una persona viva, pero la había matado a golpes...

En ese momento me sonó el móvil, de manera que pude escapar un instante de esa situación. Era el número de la sala de juntas del bufete. Me llevé el siguiente susto. ¿Le había pasado algo a Emily?

—Sí. ¿Qué ocurre?

Clara estaba al aparato.

—Señor Diemel, es que Emily acaba de pintar una silla de la sala de juntas.

—¿Está Emily bien?

—Pues es que a ella le hace gracia, pero la silla...

—Entonces, ¿por qué me llama?

—Por qué no sé qué hacer. Como lo vea la señora Bregenz...

La señora Bregenz podía irse al infierno.

—¿Cuántas sillas de oficina hay en la sala de juntas?

—Dos, cuatro, seis..., doce..., quince.

—Pues dígale a Emily que lo está haciendo genial y no me vuelva a llamar hasta que haya acabado con la silla número quince.

Puse fin a la llamada.

Dragan me miraba sin dar crédito.

—¿Se te va la olla o qué? ¿Yo estoy con el agua al cuello y tú hablas de sillas de oficina? —me bufó.

—Mira, Emily está arriba, y para ella estoy disponible a todas horas.

—Me importa una mierda quién esté ahí arriba. La fiesta está aquí abajo. Y si ahí arriba a alguien no le gusta, subo yo personalmente a explicárselo.

Lo que me faltaba. Intenté que Dragan volviera a tener los pies en la tierra.

Le enseñé la imagen congelada del hombre que estaba en llamas.

—¿Es Igor?

Dragan se quedó desconcertado un instante. Miró el vídeo con atención, como si el área de descanso estuviese llena de personas ardiendo.

—Sí, es Igor. El que está en el suelo.

—¿Por qué está en llamas?

—A ver, solo queríamos calentarlo un poco.

En el mundo de Dragan «calentar a alguien» no era ninguna metáfora, sino que por lo común el significado era literal. A ese alguien se le rociaba el trasero con gasolina para mecheros y la mayoría de las veces el tipo solo se daba cuenta cuando le acercaban el mechero encendido. Pero solían apagar el fuego a manotazos cuando se levantaban las primeras ampollas en la nalga.

—Bueno, ya te dije que la cosa se salió un poco de madre. El gilipollas no se podía quedar quietecito en la furgoneta hasta que apagáramos el fuego, no, tenía que salir como fuera.

—¿Y el de la droga?

—Esa es otra. Por lo visto no tenía drogas. Le quería vender a Igor una caja de granadas de mano. Pero cuando nos quisimos enterar, Igor ya tenía el culo en llamas.

—Bueno, si solo es eso. ¿Dónde está el tipo?

—Sascha le dio un golpe en la furgoneta y lo dejó KO. Pero ya no es un problema.

No era un problema. Así que también estaba muerto. Sacudí la cabeza, intentando pensar con claridad:

—¿Es posible que la llamada que os dio el soplo de la droga fuese una tomadura de pelo de campeonato y por su culpa ahora tú estás de mierda hasta el cuello? ¿Y yo también, de paso? ¿Basta con una llamada sin verificar de un asistente de Toni para que a ti se te crucen los cables y te pongas a matar a gente?

Era la primera vez que hablaba así con Dragan, pero me sentó bien. Por lo visto, él no se percató del cambio en mi tono de voz, estaba con la cabeza en otras cosas.

—¿Y cómo iba a saber yo que iba a parar allí un bus? ¿Eh? —me espetó—. ¡Lleno de niños! ¿Qué conductor normal que lleva a niños se detiene por la noche en un área de descanso mal iluminada? ¿Me lo puedes explicar? Eso no se hace con niños. ¡Adoro a los niños!

Me centré de nuevo en el *smartphone* y continué viendo el vídeo. Lo que Dragan entendía por amor a los niños quedaba claro en el siguiente plano, en el que se veía, desde el autobús, cómo Dragan primero hacía añicos el parabrisas con la barra de hierro y después entraba en el vehículo dándole una patada a la puerta para acto seguido quitarle el móvil de la mano a un niño que como mucho tendría diez años, ponerle la garra derecha bajo la pequeña y temblorosa barbilla y decirle a gritos al crío: «No habéis visto nada u os mato a palos a todos».

Era evidente que el material grabado de los móviles de cuarenta y nueve niños bastaba para ofrecer un pequeño drama en las noticias. A continuación había un corte. El vídeo finalizaba con un primer plano del Porsche Cayenne de Dragan, al que, evidentemente, le faltaban las matrículas. Se veía a Dragan subiéndose de un salto en el asiento del acompañante y después el coche saliendo a toda velocidad del área de descanso. Al fondo, la furgoneta en llamas daba un bote al explotar la caja con las granadas de mano; con ella, probablemente también se hiciera mil pedazos el supuesto camello que se encontraba dentro, inconsciente. Un vídeo bien montado, que también hubiese despertado entusiasmo en una pantalla de cine.

De manera que no solo teníamos a un tipo que «se había llevado unos arañazos», además había una antorcha humana, un vehículo hecho añicos por granadas de mano, un homicidio y cincuenta niños traumatizados. Para Dragan, bagatelas; para mí, en cambio, como abogado defensor, detalles de esencial importancia.

—¿Dónde está Sascha?

—Sascha está abajo, en el camión de los helados. Me ha traído él.

—No, me refiero a que dónde está Sascha en las imágenes. ¿Se lo reconoce en alguna parte?

—En ninguna. Al principio estaba conmigo en la furgoneta de reparto, pero en cuanto llegó el autobús fue deprisa a por el Cayenne tapándose la cara con el jersey. Casi enmascarado, vamos.

—¿Y las matrículas del Cayenne?

—Las quitó Sascha y las metió en el coche.

Sascha era bueno.

—Y ¿dónde está el Cayenne ahora?

—En el aeropuerto. En el aparcamiento de larga estancia. Sascha fue a buscar el camión de los helados y me ha traído aquí.

—¿*Smartphones*?

—Destrozados en la autopista. Oye, que no soy tonto.

A eso no hice ningún comentario. Miré a Dragan.

—Y ahora, ¿qué quieres que haga yo?

—Tú eres el abogado. Así que haz algo para arreglar esta mierda.

Sentí de nuevo que me arrollaba la ira.

—Exacto —refunfuñé—. Soy abogado, no fontanero. Pero cuando la mierda llega en estas cantidades, hasta yo tengo mis límites.

—O te pones ahora mismo en modo abogado o te vas a hartar de comer mierda.

La carótida me había empezado a palpitar con desenfreno. Durante un momento no dijimos nada. Dragan tenía razón: no servía de nada protestar. Él tenía la sartén por el mango.

—Está bien —dije, por tanto, con la mayor tranquilidad posible—. Opción uno: te entregas. Pero si te entregas no me resultará tan fácil sacarte de este embrollo. No con las pruebas que hay. Aunque les regale a todos los niños que iban en ese autobús un cachorro de perro y luego amenace con matarlo. Las imágenes ya están en internet.

—¿Se te va la olla o qué? ¿Que me entregue, dices?

—Opción dos: que no te entregues. Si no te entregas, la policía no será tu mayor problema. Si Boris te encuentra, es posible que incluso desees estar en la trena. No dejará pasar que hayas prendido fuego y matado a palos a su hombre.

Dragan estampó las dos manos en la mesa.

—Eh, señor abogado. Trabajamos desde hace años con un reparto de papeles claro: yo tengo un problema y tú la solución. Entonces, ¿qué hacemos?

Me miraba con los ojos muy abiertos, esperando una respuesta.

Tal como estaban los ánimos, ni siquiera le quería mencionar el verdadero problema: que era más que evidente que alguien le había tendido una trampa con esa llamada falsa. Así que, teniendo en cuenta el apuro en que me encontraba, probé con el humor negro:

—Desaparece hasta que las aguas se hayan calmado y dentro de treinta o cuarenta años...

Los ojos de Dragan se amusgaron hasta casi cerrarse. A mí me entró frío y calor a la vez. Ahora me echaría las manos al cuello. Sin embargo, a continuación, muy despacio, a su boca asomó una ancha sonrisa. Dragan levantó las manos, se inclinó hacia mí, que estaba sentado enfrente, y, risueño, me dio unas palmaditas en la espalda.

—Eso haremos.

El muy idiota pensaba de verdad que permanecer escondido las siguientes décadas era la solución.

—Dragan, ya ni siquiera podrás salir del edificio. Delante del garaje te están esperando agentes de paisano. Desmontarán el camión de los helados.

—Pues entonces cogeremos tu coche.

—¿Perdona?

—Me meto en el maletero y tú me sacas de la ciudad. Después ya veremos.

Lo miré sin dar crédito, el corazón desbocado en un abrir y cerrar de ojos. No lo podía decir en serio: no solo quería atracar en mi isla de tiempo un momento para charlar, no, quería hacerse con toda la isla. Y yo tendría que dejar a Emily en el bufete o llevarla en el coche con ese asesino. Y sería difícil ocultarle a Katharina ambas cosas. Si accedía, rompería la firme promesa que había hecho a mi mujer hacía menos de una hora para salvar nuestra relación. Si me ocupaba de Emily, me ocupaba de Emily y de ninguna otra cosa. Partíamos de esa base. Y ¿tenía que irse al carajo esa base precisamente por culpa de ese gilipollas?

—Dragan, te lo pido por favor. Mi hija está conmigo, no puedo cruzar Europa contigo en el maletero.

—No hace falta que cruces Europa conmigo en el maletero, solo quiero que me saques de la ciudad. No pasa nada porque Emma vaya sentada delante.

¿Emma? Hasta ahí habíamos llegado. Le chillé:

—¡Emily! ¡La niña a la que acabas de fastidiar el fin de semana se llama Emily!

Por suerte, el sitio en el que nos encontrábamos estaba bastante bien insonorizado.

Dragan me contestó, también pegando gritos:

—¡Que le den a Emilia! ¡Es mi vida lo que está en juego! —Y acto seguido, en voz muy baja y con tono muy enérgico, añadió—: Voy a bajar al garaje y le voy a pedir a Sascha que me encierre en tu maletero. Tú vas a bajar con Emilia y me vais a sacar de la ciudad. Si la pasma ve a tu mocosa no sospechará que hay alguien en el maletero.

¿Que le dieran a Emilia? ¿Mocosa? ¿El tipo que menospreciaba la última promesa que le había hecho a mi mujer para salvar nuestra relación acababa de llamar a mi angelito mocosa?

—Se llama Emily, pedazo de cabrón...

Me quedé helado. ¿Qué había hecho? ¿Me acababa de pelear con el mafioso más brutal de la ciudad? Eso no era... obrar con atención plena. Más bien era muy peligroso.

Dragan se levantó, me cogió del cuello del cortavientos con las dos manos y acercó su cara a escasos centímetros de la mía. El aliento le olía a tabaco.

—A mí. Nadie. Me llama. Cabrón. —Respiraba pesadamente—. Si no te necesitara para escapar, ya estarías muerto. Si no haces lo que digo al pie de la letra, dentro de nada ni tendrás hija, ni podrás volver a reproducirte. ¿Está claro?

Asentí.

—Como el agua —grazné. Ya no reconocía mi propia voz.

Dragan me sentó en la silla de un empujón y después se sentó él.

—Así me gusta, señor abogado. Si me pones a salvo, estoy dispuesto a olvidar este pequeño incidente. Pero si la cagas, si no conseguimos escapar, si por algún motivo no acabo a salvo sino en manos de la policía, eres hombre muerto. ¿Está claro?

Asentí de nuevo. El cerebro me iba a mil, pero no se me ocurrió ninguna alternativa más para salir de esa situación. Con vida, me refiero. Tenía que someterme a Dragan, tenía que sacarlo de allí. Quizá incluso consiguiera que Emily no supiese que él iba en el coche. Quizá incluso pudiésemos ir al lago más tarde. Si tenía suerte, si tenía muchísima suerte... De ese modo, Katharina ni se enteraría de lo que había pasado.

—Sería delito de encubrimiento —aduje con voz bronca y el corazón encogido.

Ello consiguió arrancar una sonrisa a Dragan.

—Hombre, pero si ha vuelto mi sabelotodo.

—A ver, ¿y adónde quieres que te lleve?

—Al chalé del lago. Ahí estaré tranquilo de momento.

Me derrumbé en la silla. Estaba acabado. Como marido, como padre, como abogado. Adiós, muy buenas, a todo.

Sin embargo, en ese preciso instante, cuando amenazaba con apagarse incluso la última chispa de esperanza, sucedió algo absolutamente fantástico. Justo en ese momento valieron la pena las doce semanas del curso de *mindfulness*. Como un rayo celestial que asomaba entre los nubarrones que se cernían sobre mi alma, sentí en mi interior una paz absoluta. De repente, en un instante de suma claridad, me vi de nuevo frente a la puerta de Joschka Breitner, había llegado tarde y me planteaba si volver a llamar al timbre. Mi voz interior me dijo: «Si estoy frente a la puerta de alguien, estoy frente a la puerta de alguien».

Si estoy con un criminal peligroso «tomando un helado», estoy con un criminal peligroso «tomando un helado».

Si voy en el coche con un hombre que se ha dado a la fuga, voy en el coche con un hombre que se ha dado a la fuga.

Si estoy en el lago, estoy en el lago.

Así de claro. Así de sencillo.

No servía de nada pensarlo todo hasta el final, con las consecuencias que ello podía tener para mi hija, mi matrimonio, mi libertad. Tal vez fuese directo al desastre, pero eso también significaba que el desastre todavía no había ocurrido.

Observé el estado de las cosas: ahora, en este momento, mi hija se hallaba un piso más arriba; mi hija, que estaba como unas castañuelas, con la que yo —como fuera— pasaría el fin de semana. Yo seguía con vida. Tenía una mujer que no sabía lo que estaba haciendo en este momento. Y yo no estaba en la cárcel.

De manera que por el momento todo estaba en orden. Y, sencillamente, todavía no sabía lo que pasaría más tarde. No servía de nada temer ese «más tarde» antes de que llegara.

—Bien —accedí—. Toma las llaves. Nos vemos en el garaje.

Dragan aceptó las llaves de mi coche con una mirada que probablemente quisiera decir: cuanto antes, mejor. Después se levantó y cogió el ascensor para bajar al garaje. Esperé a que el ascensor subiera de nuevo y fui al cuarto piso.

En el último cajón de la mesa de mi despacho siempre guardaba varios móviles de prepago. Aunque los obstáculos jurídicos para intervenir legalmente el teléfono de un abogado eran enormes, los obstáculos técnicos no lo eran.

Si Dragan de verdad quería desaparecer, necesitaríamos un medio de comunicación seguro.

Si planeaba una fuga, planeaba una fuga.

Odiaba mi trabajo, pero lo dominaba.

8

TRÍADA DE LA RELAJACIÓN

En momentos de tensión, tenga presentes tres cosas:

No tiene por qué cambiar nada.

No tiene por qué explicar nada.

No tiene por qué juzgar nada.

No tiene por qué hacer nada para relajarse. El mero hecho de darse cuenta de que existe esa tensión y aceptarla, a veces, ya obra milagros. Tampoco tiene por qué buscar la causa de esa tensión. Permítase sencillamente estar tenso. Y no tiene por qué juzgar cómo le afecta esa tensión. Deje que la tensión sea tensión y, de ese modo, se dará cuenta de que desaparece sola.

JOSCHKA BREITNER,
Desacelerar en el carril de adelantamiento:
mindfulness *para ejecutivos*

Nada más entrar en mi despacho sonó el teléfono. La señora Bregenz me comunicó con voz glacial que Peter Egmann, jefe de la brigada de homicidios de la policía judicial, estaba al aparato. Conocía a Peter de la facultad, los dos nos habíamos interesado pronto por el derecho penal. Su desempeño en criminalística fue lo bastante bueno para que entrase a trabajar para el Estado, así que acabó en la brigada de homicidios. Mi desempeño jurídico era demasiado bueno para el módico sueldo que pagaba el Estado, así que acabé con un asesino.

Peter tenía un hijo de la edad de Emily y un matrimonio que iba bien. Nos apreciábamos, aunque por lo general estábamos en lados opuestos del derecho penal.

Procuré conferir a mi voz el habitual tono desenfadado, lo cual no me resultó nada fácil.

—Buenos días, Peter, ¿en qué puedo ayudarte?

—¿Has visto hoy a tu cliente preferido?

—Sabes que no voy a responder a eso.

—Bueno, es posible que ya lo hayas visto en televisión. O en internet.

—A eso tampoco voy a contestar.

—Si lo ves o hablas con él en persona, ¿te importaría darle un mensaje de mi parte?

—¿Por qué no lo buscas tú mismo, si tantas ganas tienes de hablar con él? ¿Es que no te pagan para eso?

—Sé perfectamente que mantenéis un contacto estrecho. Así que, si lo ves, solo dale las gracias. Nunca ha sido tan fácil esclarecer un asesinato.

—No sé de qué me hablas.

—Entonces, ¿por qué estás en el despacho un sábado por la mañana?

—Porque mi hija quería jugar a los abogados.

—Y dime, ¿cómo se juega a eso?

—Pintando de colorines sentencias del Tribunal Supremo en la sala de juntas.

—A mi hijo le gusta hacer eso mismo en la jefatura con órdenes de arresto, pero la orden de arresto de Dragan está muy bien hasta sin sus garabatos.

—Vamos, Peter, suéltalo. ¿Qué quieres de mí?

—Dile que se entregue. Se ahorrará y nos ahorrará muchos problemas.

—Que pases un buen fin de semana tú también.

Colgué. Después cogí dos móviles de prepago, apagué el mío y bajé una planta.

Por suerte, gracias a Joschka Breitner, conocía la sumamente simple «tríada» del *mindfulness*. Uno: toma las cosas como son. Si estás tenso, estás tenso. Dos: acepta el hecho de que estás tenso. No intentes explicar la tensión. Permítete estar tenso. Y tres: no juzgues la situación.

De manera que acepté que acababa de incumplir todos los puntos que había acordado con Katharina. Asumí que en unos minutos iba a ir con un psicópata en el maletero de mi coche al chalé en el que tenía intención de relajarme con mi hija. Y, sencillamente, no juzgué la situación.

Además intenté ver lo positivo del momento: recogería a mi hija y me iría con ella al lago.

En la sala de juntas, habían servido de lienzo con eficacia no solo infinidad de copias de sentencias y cinco de las quince sillas de piel, sino también la mesa de madera de cerezo. Emily estaba entusiasmada con poder hacer todo aquello en un bufete. Al verme, corrió a mis brazos radiante de alegría.

—¡Papá, he hecho un dibujo grande!

—Qué bien. A ver, enséñamelo... Pues sí que es un dibujo genial. ¿Sabes qué? Es tan bonito que lo vamos a dejar aquí.

—¿No nos lo podemos llevar?

—No, ahora tú y yo nos vamos de excursión.

—¿Al lago?

—Al lago.

Le di las gracias a Clara por cuidar de mi hija y le pedí que le dijese a la señora Bregenz de mi parte que fuera a limpiar la sala de juntas.

—¿Quieres desearle un buen fin de semana a la señora Bregenz? —pregunté a Emily mientras íbamos camino del ascensor, para lo que había que pasar por delante del mostrador de recepción.

Para mi gran satisfacción Emily contestó:

—No.

Cuando llegamos al garaje, vi desde lejos que Dragan y Sascha estaban apoyados en mi Audi A8, mi coche de empresa, fumando. Con el maletero abierto. Las bolsas que tan meticulosamente había hecho para el fin de semana, con toallas, protector solar, nueces, bolsas de zumos de frutas Capri-Sun y demás estaban tiradas de cualquier manera junto al coche. En la plaza de la derecha de mi coche estaba aparcado el camión de los helados.

Me paré a pensar deprisa qué podía hacer para que Emily no viese a Dragan.

La cogí en brazos.

—Emily, ahora vamos a jugar a un juego.

—¿A cuál?

—Tú cierras los ojos y yo digo unas palabras mágicas. Y cuando yo te avise, podrás abrir los ojos y estarás en el paraíso de los helados, ¿vale?

—Vale.

Emily cerró los ojos y yo fui deprisa hacia el camión mientras me llevaba un dedo a los labios para indicar a Dragan y Sascha que no abrieran la boca. A pesar de todo, Dragan habló, cómo no.

—¿Qué pasa? ¿Es que Evelyn no ha visto nunca a un asesino? —exclamó entre risas.

Lo miré con cara de pocos amigos mientras seguía caminando con Emily en brazos hacia el camión y, por si acaso, le tapaba los ojos con la mano.

—Papá, ¿quién hay ahí?

—Nadie, hija. Un par de personas que están hablando junto a su coche.

—Papá, ¿qué es un asesino?

—Eso no tiene importancia, tesoro. Tú prepárate, que ahora viene la sorpresa...

Por suerte, al menos Sascha se había dado cuenta de lo que yo pretendía hacer. Le pasó un brazo por los hombros a Dragan con absoluta serenidad y dijo:

—Jefe, ¿querrás beber algo cuando estés en el maletero?

—¿Para los pocos kilómetros que hay? Déjalo. Si encima intento beber algo con lo estrecho que es eso lo pondré todo perdido.

Agradecí profundamente a Sascha su maniobra de distracción.

Mientras tanto, yo ya estaba con Emily en el camión de los helados.

—Vale, ya puedes abrir los ojos.

—Primero las palabras mágicas.

—¿Qué?

—Has dicho que dirías unas palabras mágicas y aparecería el paraíso de los helados.

Emily seguía con los ojos cerrados.

—Ah, es verdad. Veamos... Abracadabra, pata de cabra... esto... Ojos de sapo, patas de rana, ¡cómete todo el helado que te dé la gana!

Emily puso unos ojos como platos: estaba rodeada de todos los sabores de helado habidos y por haber. A su alrededor había cubetas con todos los colores de una caja de acuarelas, gracias a las cuales se podían transformar los ingresos ilegales procedentes de la prostitución en ventas en efectivo inofensivas desde el punto de vista contable. Para que no viera al hombre que se llenaba los bolsillos con esa actividad, Emily tenía que quedarse un rato en el camión de los helados.

—Emily, puedes probar todos los helados. Papá vuelve ahora mismo, ¿vale?

—Ohhhh. —Eso quería decir que sí, que valía.

Me bajé, cerré la puerta y fui con Dragan.

Este me dirigió una mirada burlona.

—¿Abracadabra? ¿Qué mierda es esa?

—¿Mierda? ¿Es que no dices que hay que separar la

familia del trabajo? No hace ninguna falta que Emily vea lo que estamos haciendo aquí, ¿no crees? —Cogí las bolsas del fin de semana padre e hija y las dejé en el asiento trasero—. ¿Sigue en pie tu plan?

—Claro. Y también que será mejor que no hagas ninguna tontería si quieres que tu hija siga comiendo todo el helado que le dé la gana en el futuro. —Volviéndose hacia Sascha le dijo—: Gracias por todo. No me verás durante un tiempo. —Y acto seguido pronunció la frase que cambiaría de manera definitiva mi futuro—: Björn me hará desaparecer y, en mi ausencia, os dirá a ti y a los otros cómo seguir llevando los negocios. Díselo a los oficiales.

Creí que había oído mal. ¿Quería que yo hiciese qué?

Al parecer, Dragan quería convertirme en un títere a su merced, en su guiñol mafioso. Y él sería quien moviera los hilos tras el escenario. Hasta el momento, la cosa era —al menos a mi juicio— justo al contrario: yo asesoraba detrás del escenario y nadie se enteraba de lo que hacía.

Quién representaba qué papel en el escenario estaba relativamente claro. El crimen organizado se caracteriza justo porque —como su nombre indica— está organizado. Y a ese respecto, la empresa de Dragan no era ninguna excepción. Yo le había elaborado los suficientes organigramas para saber quién actuaba en qué nivel jerárquico. En el más bajo estaban los *«groupies»*, que querían participar y, a cambio de poco dinero, llevaban a cabo pequeños cometidos. Reponer existencias en almacenes de droga. Prender fuego a establecimientos. Dar palizas. No les interesaba todo el entramado y no conocían a quienes movían los hilos. Si los pillaban, no podían revelar nada salvo que alguien les había dado cien euros para que dejaran un paquete en un apartado postal o para que mandaran a alguien al hospital.

A continuación venían los «soldados», que como ritual de ingreso debían presentar al menos a unos cuantos rivales gravemente heridos. Hacían el verdadero trabajo sucio, transportaban droga y armas a gran escala y ejercían personalmente la violencia que fuese necesaria con propietarios de locales, prostitutas y socios. Si los pillaban, no decían nada. Porque terminaban de un modo u otro en la cárcel, y ese sitio era peligroso para traidores bocazas. Por lo general era Sascha quien les decía lo que Dragan quería de ellos.

Después estaban los «especialistas», los expertos en armas, los jefes de laboratorio o alguien como yo: el abogado. Y, en el fondo, mi especialidad consistía en saber todo lo que sabía Dragan. Todos los nombres, todas las cuentas, todos los negocios. Yo lo asesoraba sobre decisiones estratégicas y gestionaba todos los problemas legales, pero no participaba en su organización. Después de todos esos años, mi única ancla en el mundo legal era que yo facturaba escrupulosamente según los honorarios por hora de mi bufete. Las facturas eran muy superiores a mi sueldo mensual, pero de ese modo me podía convencer de que era independiente de Dragan al menos en términos económicos.

En los primeros puestos de la jerarquía, solo por debajo de Dragan, estaban los oficiales, que eran las personas que estaban estrechamente vinculadas al cártel tanto desde el punto de vista económico como personal desde hacía años. Colaboradores que disfrutaban de cierta libertad de acción y que, además de su salario, también participaban de los beneficios. Eran los gerentes de las tapaderas legales en las que se blanqueaba el dinero. Tipos como Toni, que oficialmente llevaba una empresa que gestionaba bares y discotecas, pero en realidad dirigía todo el ramo de drogas de la organización. También había uno como él para las armas o la prostitución. Cada uno de los pilares corporativos se hallaba bajo la dirección de un oficial que de cara a la galería era gerente de una empresa completamente legal.

En el día a día era yo quien se mantenía en contacto con ellos, gestionaba los contratos de alquiler y de trabajo y conservaba limpia la fachada. Aparte de Dragan, era el único que conocía todo el entramado. En los detalles, probablemente incluso mejor que el propio Dragan. ¿Y se suponía que durante su inminente ausencia yo también tenía que dirigir a esos oficiales?

Pensé en Emily. Pensé en mi vida. Si quería salvar ambas cosas, tenía que hacer lo que quisiera Dragan. Y si hacía lo que él quería, las cosas no volverían a ser como antes. Muchas gracias, capullo.

Dragan desapareció en el maletero sin decir más. Para ser un toro que medía metro noventa y cinco y pesaba más de cien kilos, se metió con relativa elegancia. Sascha había sacado de alguna parte un viejo saco de dormir de plumón sobre el que Dragan se puso cómodo en el maletero, o al menos lo intentó. Adoptó la posición fetal y nos deseó suerte levantando el pulgar. Me recordó a una gran criatura deforme embutida en un tarro demasiado pequeño, como las que se ven en colecciones anatómicas. Solo que, por desgracia, el tarro era el maletero de mi coche y la criatura estaba viva.

Sascha cerró el maletero.

—Gracias por distraerlo antes para que no lo viera mi hija —dije.

—De nada. Los niños no deberían tener nada que ver con estas cosas.

—Nadie debería tener nada que ver con estas cosas.

—No podemos escoger la vida que nos ha tocado, solo podemos vivirla.

Eso quizá debería hablarlo alguna vez con Joschka Breitner. Si volvía a verlo con vida. Antes de que pudiera decir algo más, Sascha desapareció tras la parte trasera, sin ventana, del camión de los helados. De ese modo, Emily tampoco tendría que ver a Sascha y yo no tendría que darle ninguna explicación a mi hija.

Abrí la puerta del camión. Dentro estaba mi hijita, bailando al son de una melodía que tarareaba feliz y contenta. Con manchas de distintos tonos rojizos por todas partes. Tenía que cambiar el chip rápidamente: del infierno de la vida laboral al cielo de la relación paternofilial.

—¿Qué, tesoro, te ha gustado la sorpresa?

Le limpié la boca con el vestido. Con una parte del vestido en la que todavía no había helado.

—Mira, estos son mis colores preferidos. Me gustan mucho mucho —afirmó.

—Y tú me gustas mucho mucho a mí.

Cogí en brazos a Emily, le di un beso y la llevé al coche para sentarla en su sillita. Por el camino estuvieron a punto de fallarme las rodillas. Algo en mí se resistía con fuerza a subirse al mismo coche en cuyo maletero se encontraba el psicópata que nos había amenazado a los dos. Pero no tenía elección. Me obligué a ceñirme a mi mantra de *mindfulness*.

«Si llevo en brazos a mi hija, llevo en brazos a mi hija.»

«Si me subo a un coche, me subo a un coche.»

Ahora iría con mi hija a una casa que estaba a orillas de un lago. Como había planeado. Y en ese momento nada más importaba. El resto ya se vería.

Senté a Emily en la sillita.

—Quiero McNuggets de pollo y un batido de chocolate —pidió.

Se lo había prometido hacía una eternidad; bueno, hacía tan solo media hora.

—Pero si acabas de tomar helado.

—Pero no McNuggets de pollo.

—Creo que el McDonald's ya está cerrado. Hoy ya no se puede pedir nada.

—Tú pregunta.

—Está bien. Pregunto.

Otra promesa que no podría cumplir. Quería abandonar lo antes posible la ciudad y no perder ni un solo segundo delante de la ventanilla del McAuto mientras llevaba a un asesino en el maletero.

Salimos del garaje. Sascha esperaría un poco y, después de que abriera la heladería, saldría de ella como si fuese un cliente.

Me costó una barbaridad tener que fingir con mi hija que estaba de buen humor y que primero iríamos al McDonald's y después, como habíamos planeado, al lago a dar de comer a los peces. Pero, para sorpresa y alegría mía, pronto tendría ocasión de dar rienda suelta a mi frustración. Y es que la primera parada imprevista se produjo muy deprisa. Al final de la rampa del garaje estaba Klaus Möller. Agente de paisano. Uno de los dos tipos que a todas luces vigilaban el bufete desde esa mañana. Una persona más bien simple. Una persona a la que siempre se podía sacudir con condescendencia para relajarse.

Como siempre había querido hacer eso, como mi hija lo esperaba de mí y como, en el mejor de los casos, gracias a la atención plena yo estaba de un humor de «me importa todo una mierda», bajé la ventanilla y lo abordé.

—Una de McNuggets de pollo.

—Y un batido de chocolate —añadió Emily.

—¿Qué? Yo no soy el que coge los pedidos...

—¿Lo ves, Emily? El McDonald's ya está cerrado. —Con la mentira al menos me quitaba de en medio el McDonald's.

—Bobo —rezongó Emily.

Me dirigí de nuevo a Möller.

—Entonces, ¿en qué puedo ayudarlo?

—Control de carretera rutinario. Salga usted del coche.

Si lo hacía podía estar acabado. Un problema puramente legal que se podía resolver como un ejercicio de digitación.

—Señor Möller, solo puede realizar un control de carretera si estoy en carretera. Puesto que está usted en la rampa de mi garaje, nos encontramos en propiedad privada. Así que podemos ahorrarnos los dos un montón de papeleo por el recurso de alzada que interpondré contra usted si no va al grano y me dice qué quiere.

—¿Ha visto usted a Dragan?

—Sí, lo llevo ahí detrás, en el maletero.

No sé si fue ahí cuando Dragan se hizo pis en el saco de dormir por primera vez.

—Ah, ¿sí?

—Claro, delante ya no había sitio porque está mi hija.

—Y ¿por qué va sentada su hija delante?

—Porque aquí delante puedo atarla a la silla y en el maletero me lo pondría todo perdido de helado.

—Lo que me gustaría saber es por qué la sillita no va en el asiento trasero.

—Porque no hay ninguna norma que obligue a llevar a los niños detrás. La sillita también se puede poner delante, siempre que el *airbag* del asiento no suponga ningún peligro para el niño, como sería el caso, por ejemplo, si mi hija fuera en un capazo. ¿Tiene usted hijos, señor Möller?

El aludido desechó la pregunta con un vago movimiento de mano.

—Yo lo único que quiero saber es si ha visto usted a Dragan...

—Ya le he dicho antes por teléfono a su jefe que no tengo por qué darles esa información y no lo voy a hacer. Que tenga usted un buen día.

Subí la ventanilla sin dar más explicaciones. Möller se hizo a un lado y yo pisé el acelerador. Emily y yo íbamos al lago. Y Dragan también.

9

Monotarea

El tiempo es el mismo para todas las personas. Solo nos diferenciamos en cómo queremos aprovechar ese tiempo; cuantas más cosas quiera hacer en un determinado espacio de tiempo, tanto más estrés tendrá. Esto se conoce como multitarea. Párese a pensar en lo que es importante para usted. Y haga solo eso. Esto se conoce como monotarea. Cuando haya terminado, pase a la siguiente cosa importante. Verá que antes siquiera de haber terminado ya no siente ninguna presión..., y después le sobrará un montón de tiempo.

Joschka Breitner,
Desacelerar en el carril de adelantamiento: mindfulness *para ejecutivos*

No sé si para Dragan el viaje fue más o menos agradable. Lo bueno de un Audi A8 es su sistema de sonido. Si delante se pone *Die Jahresuhr*, de Rolf und seine Freunde, aunque solo sea a la mitad del volumen, ya puede el criminal que llevo en el maletero gritar todo lo alto que quiera, que no se oirá nada.

De camino al lago me relajé considerablemente. Visto desde el punto de vista del *mindfulness*, apenas había cambiado nada. Llevábamos un retraso de algo más de una hora y en el maletero de mi coche había una mala persona, pero, por lo demás, en ese punto del fin de semana todo iba según lo previsto.

Antes de entrar en la autopista, Emily ya quería comer nueces y escuchar música. El gesto definitivo de relajación de cara a la excursión. Y si mi pequeña podía disfrutar del viaje, yo también. Al menos iba a intentarlo. Se lo debía a Emily. De manera que intenté ver a Dragan como lo que era: trabajo que estaba en el maletero. Era fin de semana, el trabajo podía esperar. De todos modos durante la siguiente hora, según lo acordado, yo no podía hacer nada.

Al cabo de dos *Vogelhochzeit* y un *Jahresuhr* de Rolf, nuestro A8 franqueó la verja automática y, tras avanzar setenta metros más haciendo crujir la gravilla, se detuvo delante de la casa. El sol calentaba con fuerza. El chalé se alzaba en una finca de ensueño, una imagen de lo más pintoresca. Pero solo disfrutaba visualmente de la propiedad quien tenía acceso a ella. El terreno estaba rodeado por tres de sus lados por una valla de hierro de tres metros de altura que, a su vez, estaba cubierta por exuberantes coníferas de hoja perenne que no permitían ver nada. El cuarto lado lo constituía el lago. Los extraños podían ver una parte del terreno que estaba a la orilla solo desde el lago.

Desde la carretera, el único acceso a la finca era la puerta automática. Bordeando la casa por la izquierda podías ir en coche hasta una caseta de botes sin que nadie te viera desde el lago. A la derecha de la caseta de botes, una junquera se mecía en la orilla y, junto a ella, un embarcadero de madera se adentraba unos quince metros en el lago. A mano derecha del embarcadero se veía una playita de arena con una barbacoa. La casa en sí también estaba bastante bien protegida por arbustos y setos.

Abrigaba la esperanza de que Emily se quedara dormida durante el viaje para que Dragan pudiera entrar en la casa sin que ella lo viese, pero Emily había hecho todo el trayecto fresca como una lechuga. Cuando apagué el motor y la música se oyeron unos golpes que salían del maletero. Di la vuelta al coche e iba a desenganchar a Emily de la sillita para llevarla a la casa cuando ella oyó los golpes.

—Papá, ¿qué es eso? —preguntó.

—Es... trabajo. Papá tiene trabajo en el maletero. Y lo tengo que llevar a la casa deprisa.

Hay momentos en los que hasta niños de dos años y medio de pronto parecen muy sabios y mayores. Ese fue uno de esos momentos. Emily levantó el dedo índice y me miró con cara seria:

—Papá, el trabajo no es bueno. Una excursión sí que es buena. Primero hacemos la excursión y después trabajas.

A los ajenos quizá les parezca de sabiondo que una persona de treinta meses le dé lecciones de filosofía con el dedo índice en alto a otra de cuarenta años. Pero cuando te lo hace una hija, emocionalmente ya no hay escapatoria. Eso de que los niños siempre dicen la verdad no transmite ni por asomo el orgullo que sienten los padres cuando se dan cuenta de que su retoño podría ser el próximo dalái lama. Mi hija acababa de dar ella solita con la idea de las islas de tiempo.

—Primero la excursión y después el trabajo —repetí. Y todos los problemas resueltos.

Bien mirado, la frase de Emily era una combinación de las filosofías de la isla de tiempo y la denominada monotarea. La isla de tiempo propugnaba que no había que permitir que lo molestaran a uno en su espacio seguro. El principio de la monotarea defendía que las cosas molestas había que terminarlas una a una. Y no todas a la vez.

De manera que, según las convicciones del *mindfulness*, no había ningún motivo para dejar salir a Dragan ahora del maletero. Porque ¿qué podía hacer él? ¿Llamar a la policía?

Mi guía práctica de *mindfulness* incluía páginas con

consejos sobre las islas de tiempo. Aquí se apaga el teléfono, aquí la aspiradora no tiene la menor importancia y aquí no se riegan las plantas. Aquí uno solo presta atención a sí mismo y sus necesidades. Aunque no ponía de manera explícita que mientras se estaba en una isla de tiempo tampoco estaba permitido sacar del maletero a mafiosos, se hallaba implícito en el principio de la monotarea.

Después de pasar días dedicados a la inhumana tarea de convencer a personas, mi necesidad era volver a disfrutar de una vez la vida con mi hija. Durante treinta y seis miserables horas. Sentarme en el embarcadero. Comer nueces. Alimentar a los peces. Y no podía cargármelo yo solito con mi desmedido sentido del deber. Aunque tuviera que obligarme a hacerle caso al puto *mindfulness*. Sin embargo, eso no fue necesario.

Al contrario. Si ahora dejaba salir al mamonazo ese del maletero, todo habría acabado en el acto: el fin de semana para Emily. Pescar, nadar, comer nueces. Y papá habría mentido. Peor aún: de pronto papá solo sería el pelele de ese criminal. Y, por supuesto, Emily se lo contaría a Katharina. Y adiós muy buenas a la base de nuestra relación, que habíamos ganado gracias al *mindfulness*. Y adiós al contacto estrecho que yo mantenía con Emily.

La verdad es que en ese momento para mí no existía ningún escenario que valiera la pena vivir que guardase alguna relación con la apertura del maletero. Si, en cambio, dejaba el maletero cerrado, todo seguiría como hasta ese momento.

Con las llaves del coche en la mano, miraba a mi hija y al maletero.

En mi interior oía las voces de Joschka Breitner, Katharina y Dragan.

«No tiene por qué hacer lo que no quiere hacer.»

«Si la pifias, no volverás a ver a Emily.»

«Si no te necesitara para escapar, ya estarías muerto.»

La solución era muy sencilla. Se hallaba en la frase que tanto me había afectado en la primera sesión de *mindfulness* de Joschka Breitner: «No tengo por qué hacer lo que no quiero hacer. Soy libre».

Dragan era trabajo. El trabajo podía esperar. Metí la llave en el coche y ayudé a salir a Emily de la sillita.

—¿Sabes qué? Ahora nos vamos a sentar en el embarcadero a comer nueces y alimentar a los peces, ¿vale?

—¡Vale!

Durante el resto del día, Dragan no tuvo la más mínima importancia, ni siquiera en mi cabeza. Mi trabajo, que me esperaba a tan solo cien metros en el maletero, en realidad se hallaba a años luz.

Estaba sentado en el embarcadero con mi hija, comiendo nueces. Escupíamos a los peces trozos de nuez mientras más allá los barcos de vela se mecían ante nuestro tramo de orilla. Nos metimos en el lago y construimos castillos de arena en la orilla.

Y mientras yo rociaba a Emily cada media hora con protección solar de factor 50, delante de la casa, a pleno sol, el maletero en el que se encontraba Dragan se calentaba hasta alcanzar los 59,7 grados.

No soy médico, pero por lo general a los juristas se les da bien familiarizarse con temas ajenos. Gracias a internet, más tarde pude comparar el día de Dragan con el nuestro.

Mientras nosotros estábamos en el embarcadero, el maletero estaba a unos veintitrés grados más que el cuerpo de Dragan, que durante un primer momento intentó mantener su temperatura en los 36,7 grados habituales secretando sudor a toda marcha. Los vasos sanguíneos de su piel se dilataron para desprender calor intensificando el riego sanguíneo. Tal vez Dragan intentara escapar del maletero, lo cual es difícil si eres un coloso y no puedes hacer uso de la fuerza debido a la escasa libertad de movimiento. Está más que claro que esos intentos no tuvieron un resultado positivo, sino que tan solo lograron que la temperatura aumentara más aún.

Cuando Emily y yo nos metimos en la refrescante agua por primera vez, a Dragan ya debía de habérsele acelerado el pulso bastante. Puede que se marease y vomitara. Puesto que Dragan no tenía nada para beber en el maletero, la secreción de sudor acabó interrumpiéndose, quizá más o menos cuando Emily y yo dejamos que las pajitas de nuestros zumos Capri-Sun volaran sobre el castillo de arena.

Cuando nos metimos en el agua por segunda vez, después de echar una siestecita a la sombra de la caseta de botes, ya hacía tiempo que el cuerpo de Dragan no podía desprenderse del calor debido a la falta de secreción de sudor. Su temperatura corporal probablemente fuese ya superior a los cuarenta grados centígrados. La clásica acumulación de calor. Su sistema cardiocirculatorio al completo acabó colapsándose, no llegaba el oxígeno suficiente a los órganos. El cerebro empezó a fallar, se produjeron trastornos de la conciencia.

Creo que cuando tostamos las primeras nubes de

azúcar en la playa, Dragan ya estaba muerto. Para Emily y para mí fue un día estupendo; para Dragan, el último. La ironía del destino quiso que Dragan fuese víctima de mi desgaste profesional al relajarme de manera plenamente consciente ese día.

10

Felicidad

La felicidad no se da. La fuente de la felicidad se halla dentro de nosotros mismos. Por eso no tenemos por qué esforzarnos en buscar la felicidad fuera de nosotros. Solo la podemos encontrar en nosotros mismos.

Joschka Breitner,
Desacelerar en el carril de adelantamiento:
mindfulness *para ejecutivos*

Después de tostar las nubes de azúcar nos quedamos un rato sentados en la playa, Emily acurrucada contra mí, en mi regazo. Le conté el cuento de *Juan con suerte*, su preferido. Y antes incluso de que Juan cambiara el lingote de oro por un caballo, Emily ya se me había quedado dormida en los brazos. La metí en la casa, la acosté en la cama del dormitorio y encendí el vigilabebés. Cogí una botella de vino, un sacacorchos y una copa de la cocina y me senté en el embarcadero con el vigilabebés.

En la cocina me planteé por primera vez si no tendría que echarle un vistazo a Dragan. ¿Estaría cabreado? Me asusté. ¿Seguiría vivo? Recordé el calor estival que había hecho y que Dragan no había llevado nada de beber consigo en el maletero, el muy idiota. Y en ese segundo me asaltó un ligero pánico. Cuando abriera el maletero, solo había dos posibilidades: o había matado a mi cliente o mi cliente me mataría a mí. Pero mientras el maletero permaneciese cerrado me ahorraba este problema. Entonces, ¿por qué iba a abrir ahora el maletero? ¿Por curiosidad? ¿Para fastidiarme el estupendo día? ¿Hasta qué punto había que ser estúpido para hacer eso voluntariamente? Un montón de trabajo no disminuye por mirarlo. Y en ese momento no quería enfrentarme al hecho de que el trabajo que tenía pendiente sería, en cualquiera de los casos, desagradable. Más tarde, sí; pero ahora no, gracias.

Por tanto me levanté y abrí las piernas a la anchura de los hombros, con las rodillas algo flexionadas, el pecho hacia delante. Respiré. Sentí. Durante un minuto más o menos. Fue suficiente. Estaba bastante más tranquilo. Y me acordé de que Joschka Breitner me había enseñado que alcanzar la felicidad mediante el *mindfulness* requiere disciplina. «No siempre es sencillo ser sencillamente feliz.» Repetí risueño el mantra que me había regalado mi hija ese día: «Primero la excursión y después el trabajo». Créate una isla de tiempo. Cíñete a la monotarea. Aplazaría el tema Dragan durante el resto de la escapada.

Me senté en el embarcadero y dejé vagar la vista por el agua. Por primera vez desde hacía mucho tiempo me sentí gratamente tranquilo; en cierto modo... ligero. No sabía si esa era la palabra adecuada. Me sentía sencillamente... feliz. Sí, eso era. Disfrutaba sentado con una copa de vino en la madera caliente del embarcadero y escuchando la respiración sosegada de mi hija a través del vigilabebés. Los barcos se habían ido. Todos a excepción de uno que, al parecer, había echado el ancla en el lago. Acompañado del suave golpeteo del agua contra los maderos del embarcadero, me paré a pensar en *Juan con suerte*. Menudo memo, ese tal Juan. Su amo le regala un lingote de oro y su libertad y emprende el camino a casa con ambas cosas. Por el camino cambia el lingote por un caballo que es una fiera. Luego cambia el caballo por una vaca que es demasiado vieja para dar leche. La vaca la cambia por un cerdo que resulta ser robado. El cerdo lo cambia por una oca, la oca por una piedra de afilar y al final la piedra se le cae en un pozo. Juan llega a casa con las manos vacías y se siente contento por haberse librado de todas esas cosas de una vez por todas.

A Emily le encantaba modificar el cuento una y otra vez. En su última versión, Juan cambiaba la vaca por una maleta llena de caramelos masticables y cuatro caballos. Juan se lo comía todo y volvía a casa con su mamá con cuatro caballos en la barriga. Y se sentía contento. En primer lugar, porque tener cuatro caballos en la barriga debía de producir una sensación divertida. La moraleja del cuento, sin embargo, siempre era la misma: un completo fracasado en los negocios se pone como loco de contento por llegar a casa sin nada. Bueno, sin nada salvo su libertad.

Por algún motivo, mi hija adoraba a ese negociante malo y corto de entendederas que se deja tomar el pelo de mala manera por las personas con las que hace tratos y al final se queda sin nada. Bueno, salvo su libertad.

¿En qué residía esa libertad? Ese día por fin lo había aprendido: la libertad consistía en no hacer lo que uno no quiere hacer.

Básicamente, yo era todo lo contrario a Juan «con suerte». Cuando terminé los estudios no recibí un lingote de oro, sino dos exámenes y mi libertad. La libertad de no tener que estudiar más, de empezar a vivir la vida como quisiera. Y de no hacer lo que no quería. Al contrario que Juan, no emprendí una vuelta «a casa» plagada de peligros. Por aquel entonces, yo no tenía casa. Fui a comerme el mundo. Y por el camino entregué no solo mi sueldo, sino mi libertad. Y ¿qué recibí por ello?

Cambié mi libertad por obligaciones económicas para vivir con una mujer con la que en el fondo no tenía mucho en común. Cambié todos los caminos vitales que se abrían en este mundo por una escalera laboral bastante estrecha que no conducía a ninguna parte. Cambié mi idea abstracta del éxito por un coche de empresa tangible. Cambié el sentido de la justicia que tenía en su día por el dinero a espuertas de un criminal. Y con cada cambio que hacía pasaba a ser cada vez más dependiente de un sindicato del crimen. Todo aquello por lo que había cambiado mi libertad ahora estaba en el maletero de mi Audi A8. Y no era nada para mí.

Entonces, ¿por qué precisamente yo pensaba que el tal Juan era idiota?

Por otro lado, sin cambiar nada me había sido regalado un hogar que jamás habría pensado que pudiera existir: Emily, que ahora estaba en la parte de atrás de la casa y lo era todo para mí.

Había llegado el momento de lanzar la piedra de afilar al pozo. Pero no hoy.

Primero la excursión y después el trabajo.

La botella de vino estaba vacía y yo volví a la casa. El único barco del lago seguía en el mismo sitio. Sí: era feliz.

11

DESPERTAR

Mindfulness es centrar la mirada. *Mindfulness* no es cerrar los ojos. Al cabo de un tiempo reponiendo fuerzas, también llega el tiempo de utilizar esas fuerzas. La transición entre estas fases es como un despertar. No oponga resistencia. Deje que la respiración fluya libremente. Deje que las cosas sucedan. Dedique su atención plena al cometido que lo espera.

JOSCHKA BREITNER,
Desacelerar en el carril de adelantamiento: mindfulness *para ejecutivos*

Dormí sin que me atormentaran los sueños, profunda y felizmente. Solo desperté una vez, porque una personita que me dijo «Papá, quiero dormir en la cama grande», me convenció para que la subiera a la cama y dejase que durmiese acurrucada contra mí. A modo de agradecimiento, el domingo por la mañana me despertó con un pie en la cara. Del número 22, descalzo. Ello también despertó a la propia Emily, que miró adormilada la habitación. Cuando reparó en la puerta del balcón y, tras ella, el lago, puso los ojos como platos, cogió aire con fuerza y exclamó:

—Papá, ¡el lago sigue ahí!

Es fantástico cuando los niños le enseñan a uno que las cosas bonitas que nos rodean no son algo que haya que dar por sentado, sino un motivo de alegría.

En comparación con eso, las preocupaciones eran pasajeras. ¿Problemas en el trabajo? Mañana se verán reemplazados por nuevos problemas en el trabajo. El lago permanece. El lago seguirá ahí mucho después de que el trabajo haya dejado de existir. Entonces, ¿por qué tendría una persona que despertarse con gesto adusto por la mañana y preocuparse por los problemas de un trabajo de mierda si puede contemplar el lago? Así que yo también cogí aire con fuerza y contemplé el lago. Una vez más, un ejercicio del manual de *mindfulness* que funcionaba. Gracias a él conseguí reprimir el pensamiento que me asaltó de que alguien de mi entorno laboral que había acudido al lago conmigo estando vivo, ese día, por primera vez en su vida, no despertaría como cada mañana.

Pero ese día seguíamos estando de excursión. Primero la excursión y después el trabajo.

Una urraca se posó en el balcón y nos dirigió una mirada desafiante.

—El pájaro quiere que salgamos a desayunar —así interpretó Emily su comportamiento.

De modo que desayunamos en la terraza. La urraca nos hizo compañía hasta que, cuando terminamos, nos robó dos cucharas y el salero. Después de desayunar, Emily y yo sacamos la lancha motora de madera de la caseta de botes para salir a navegar un rato al lago. Cuando volvimos, cociné espaguetis, que comimos en el embarcadero para poder pescar a la vez con ellos. Los espaguetis son sencillamente imbatibles en su triple función de caña, hilo y cebo.

Nuestra estancia allí tocaba a su fin. Como la semana siguiente una señora de la limpieza adecentaría las habitaciones de invitados y la cocina, yo solo tenía que meter nuestras bolsas en el coche y llevar a Emily a casa de su madre. Cuando recogía nuestras cosas de la cocina, reparé en un moderno termómetro de infrarrojos que había en la encimera. Salí con él, apunté al maletero y leí la temperatura que marcaba: 59,7 grados.

Puse nuestras bolsas —como a la ida— en el asiento trasero. Cuando la coloqué en la sillita, Emily arrugó la nariz.

—Papá, huele raro.

Empecé yo también a olisquear y percibí la ligera peste dulzona y ácida. Una mezcla de sudor, orines y... descomposición. Pero todo ello muy sutil. Como cuando uno se acaba de duchar y se pone un jersey que lleva una semana en la bolsa de deporte. Un factor bastante perturbador en el coche nuevo, que olía a piel y plástico de calidad.

—Es... el trabajo del maletero.

—¿No lo puedes sacar?

—Ya lo saco luego, tesoro. Mientras tanto podemos bajar la ventanilla, ¿vale?

—¿Tienes ositos de gominola?

Le di a Emily una bolsita de ositos de gominola y bajé la ventanilla. Al cabo de diez minutos, se había quedado dormida, feliz y agotada tras pasar el día retozando en el agua y comiendo.

No sé si fue por la ventanilla bajada o porque mi durmiente Emily ya no podía distraerme de los pensamientos negativos que empezaban a asaltarme, pero sentí un ligero escalofrío. Al cabo de poco tendría que enfrentarme al problema de cómo resolver lo del maletero. La temperatura que había tomado antes y el olor me permitían deducir que Dragan no me sería de ninguna ayuda a ese respecto.

Hasta ahora nunca me había tenido que romper la cabeza pensando en cómo se deshacía uno de un cadáver. Sé que Toni y también Sascha lo han hecho a menudo. Me refiero a deshacerse de cadáveres, no a romperse la cabeza. Pero no quería incluir ni a Toni ni a Sascha en esa nueva faceta de mi actividad profesional. Y menos al personal de la planta incineradora de residuos de la que Toni y Sascha se servían a tal efecto.

Sin embargo, esa mañana, cuando sacamos la motora de la caseta de botes, me había llamado la atención que en la parte de delante de la construcción había un taller con un equipamiento muy bien surtido. Había visto sierras y motosierras e incluso una trituradora de forraje profesional: diecinueve CV, dieciocho centímetros de diámetro de entrada, motor de cuatro tiempos de gasolina con tubo de descarga orientable hasta sesenta y tres grados. Había lonas, palas y carretillas. Allí podría encontrar algo con lo que librarme de un hombre. Además, en el lavadero había descubierto algunas botellas de lejía.

Miré a mi ángel dormido. El cálido y bajo sol le daba en la cara y titilaba rítmicamente con la sombra de los árboles de la avenida, entre los que pasábamos ahora. Sol, sombra, sol, sombra. Como si se proyectara una película en color muy despacio y se viese cada uno de los cambios de imagen; y en cada una de esas imágenes aparecía mi hija. Me gustaba la película en la que me encontraba. Y también formaba parte de la misma película que más tarde me tuviera que ocupar del maletero. Pero no pasaba nada.

Llegamos a la autopista, que enfilé para regresar a la ciudad sin perder el tiempo. Cuando al fin la dejamos atrás, Emily se despertó.

—¿Todavía estamos en el lago?

—No, tesoro, dentro de muy poco estaremos con mamá.

—El lago era muy bonito. ¿Vamos a volver?

«El lago era muy bonito», me grabé también como nuevo mantra.

—Muchas veces, tesoro.

Katharina se alegró de volver a ver a Emily. Emily se alegró de hablarle a su mamá de los peces, la barca y las nubes de azúcar. Yo me alegré de que Emily no pudiera contar nada de mafiosos o de cambios en los planes de la excursión.

Su madre también parecía muy relajada. Si tres meses atrás, cuando yo aún vivía en casa, algunos días no era capaz de hablar conmigo ni siquiera de trivialidades, ahora me habló alegremente del fin de semana que había pasado dejándose mimar en el balneario y del estupendo hotel. Tenía gracia que fuese el mismo hotel en cuyo balneario había estado y había encontrado el folleto de Joschka Breitner.

Los tres nos picamos mutuamente contando quién había disfrutado de un agua mejor, de la cama más mullida o del sol más radiante.

En un momento dado, Katharina dejó de reírse, se puso seria de pronto y dijo:

—Es bonito que nos riamos juntos de cosas que hemos vivido por separado.

No podía estar más de acuerdo.

Tomamos un café y me preguntó si a lo largo de los siguientes días yo podría dedicarle una hora de tiempo. Quería comentarme un par de cosas sobre las plazas que habíamos solicitado en las guarderías, una cuestión que distaba mucho de ir sobre ruedas. Pero no hacía falta hablar de ello en ese momento, después de un fin de semana estupendo.

Le prometí llamarla la semana siguiente, me despedí de ella y de mi hija... y volví al lago.

«El lago era muy bonito», me dije. Y una parte importante de esa belleza se debía a que había dejado a Dragan en el maletero. Así que si ahora, en el camino de vuelta, me concentraba plenamente en mi cliente por primera vez, también me estaría concentrando en una parte de ese bonito fin de semana. Lo cual restaba cierto dramatismo al trabajo que me esperaba. Había llegado el momento de utilizar las fuerzas que había reunido durante el fin de semana para el nuevo cometido del que debía encargarme.

Por de pronto, para mí el asesinato que había perpetrado durante el fin de semana dedicando mi atención plena había sido la solución a todos los problemas. Había defendido mi isla de tiempo. Había cumplido la promesa que le hice a Katharina. Y tal y como estaban las cosas, al menos Dragan ya no sería ningún factor que volviera a perturbar mi isla de tiempo.

Desde un punto de vista objetivo, el fin de semana también había sido un éxito rotundo para Dragan. Si ayer ambos partíamos de la base de que para él solo había dos opciones, la cárcel o Boris, hoy esas dos opciones habían desaparecido de manera definitiva: la policía ya no podría detenerlo, porque estaba muerto. Boris ya no podría matarlo, porque eso ya lo había hecho yo.

El inconveniente de mi genial solución era que, aunque yo me había librado de todos los problemas existenciales del día anterior, ahora tenía unos cuantos nuevos que no eran moco de pavo.

Por el momento, a todas luces yo era un asesino. Por omisión. Escuché mi voz interior para saber qué decía mi conciencia al respecto. La estuve escuchando un buen rato. Parecía evidente que en aquellos momentos no lo consideraba un gran problema. Por expresarlo utilizando palabras propias del *mindfulness*: yo no había hecho nada malo. Al contrario, había conseguido hacer algo bueno por omisión. Había evitado algo mucho peor para mi hija y para mí. Desde un punto de vista moral, lo que había hecho era solo encomiable.

Según las experiencias que como abogado había tenido con la policía, se podría decir que esta, sin embargo, no se regía por los criterios del *mindfulness* en su trabajo. Y que tenía ideas muy distintas de lo que era un comportamiento encomiable. Si la policía se enteraba de que Dragan había muerto, buscaría a su asesino. Lo mismo daba que Dragan fuese una mala persona o no. Y yo no tenía el más mínimo interés en ser sospechoso de su asesinato solo porque el día anterior, como su abogado, había conseguido apartarlo de la línea de tiro.

Con lo cual se imponían los dos problemas siguientes: no podía cobrar mi brillante actuación como abogado ese fin de semana. Y si el bufete averiguaba que Dragan había muerto, me quedaría sin mi único cliente y, a falta de trabajo, puesto que yo era su abogado «caca», el bufete podría prescindir de mí en el acto. De manera que la muerte de Dragan me había salvado la vida, pero si se daba a conocer acabaría con mi carrera.

Un problema de naturaleza muy distinta era Boris, el jefe del clan rival. Mientras creyera que Dragan seguía con vida, buscaría venganza. Si, por el contrario, averiguaba que Dragan había muerto, aunque ya no querría hacerle nada, sí querría heredar sus bienes, lo cual daría lugar a un montón de problemas y peleas territoriales. Y en caso de duda, como consecuencia de ello, mucha gente cuya vida yo había vuelto del revés en nombre de Dragan querría volver a ponerla del derecho. Aunque, a falta de cliente, yo tendría tiempo para eso, no me apetecía lo más mínimo.

Lo que desconocía por completo era quién había hecho ir a esa área de descanso a Dragan con falsedades y por qué. Debía hablarlo con Sascha a toda costa. Ese enigma también era la mayor incógnita en mi ecuación.

Y, sobre todo: la panda de Dragan no se tomaría muy bien que su jefe hubiese estirado la pata justo mientras se hallaba bajo la protección que le brindaba el maletero de mi coche.

Por tanto, lo mejor para todos los implicados era que nadie se enterase de que, por falta de pulso, Dragan ya no era mi cliente.

Así que había que dar la impresión de que Dragan había desaparecido del mapa, algo que ya había hecho antes. Para luego volver a aparecer. Y ¿acaso no había dicho a Sascha de manera explícita que durante su ausencia yo lo representaría? Sí, señor. Solo tenía que dar a Sascha instrucciones falsas y estúpidas con regularidad y nadie echaría mucho en falta al jefe. Como prueba de que estaba vivo, tampoco necesitaba el cuerpo entero de Dragan, sino tan solo su pulgar.

Eso tenía un motivo sencillo: Dragan había organizado un sistema de comunicación con sus oficiales tan sencillo como eficiente. Cogía una página cualquiera de un periódico cualquiera, rodeaba con un círculo palabras, letras o números y los unía mediante líneas para formar frases. Sellaba dicha página de periódico con su pulgar, en el que se había hecho marcar a fuego una D inconfundible. Después la hacía llegar a un oficial. Este podía determinar la actualidad y la autenticidad de la orden mediante la fecha del periódico y la huella del pulgar y, a continuación, quemar el periódico. De ese modo no dejaba ninguna prueba que se pudiera presentar más adelante.

Así pues, todo lo que yo necesitaba para mantener con vida a Dragan durante un periodo de tiempo indefinido era su pulgar derecho. El resto podía desaparecer. A decir verdad, no debería ser muy difícil hacer pasar la muerte de Dragan solo por una desaparición deseada. Básicamente, una muerte así se diferencia de una ausencia bastante larga solo por el hecho de que no hay regreso.

Sí, al final alguien haría preguntas, sin duda, y algunas serían incómodas. Pero no ahora. Decidí que viviría prestando atención plena al aquí y ahora y que no permitiría que me volvieran loco preguntas que se situaban en un futuro lejano. Primero un paso y luego otro. Que Dragan estuviese muerto era un resultado de mi nueva ética profesional, basada en el *mindfulness*. Y yo, además, quería dar los próximos pasos con atención plena y siendo amable conmigo mismo. El primero de todos era sacar del maletero a ese cerdo seboso junto con el saco de dormir, a todas luces empapado de orina.

12

Concentración intencionada

Incluso el más largo de los caminos empieza con un pequeño paso. Si da todos los pasos con atención plena, al final del camino no estará agotado, sino aliviado. Por eso, en cada paso que dé, céntrese en el paso en sí:

1. Fíjese en la intención de lo que va a hacer.
2. Inhale y exhale una vez.
3. A continuación, realice la actividad de manera tranquila y centrada.

Joschka Breitner,
Desacelerar en el carril de adelantamiento:
mindfulness *para ejecutivos*

Sobre las seis de la tarde volví al chalé a orillas del lago, me aseguré de que la verja se cerraba al entrar yo, bordeé la casa por la izquierda y aparqué el coche marcha atrás delante de la caseta de botes. Me bajé y me cercioré de que no se me veía ni desde el lago, ni desde la carretera.

La caseta de botes tenía las dimensiones de un garaje de dos plazas alargado. En la parte delantera, el suelo era de hormigón, a izquierda y derecha había estantes con herramientas y accesorios para la lancha: un pequeño taller de aficionado al bricolaje equipado más que de sobra.

En la parte trasera estaba el atracadero. Y en él, la motora de madera con la que esa misma mañana yo había salido al lago con Emily. A lado y lado del atracadero había una pasarela de madera por la que se podía ir a la puerta de la caseta de botes que se abría al lago.

Abrí la puerta, salté a la lancha y la llevé al otro lado del embarcadero para amarrarla allí.

Volví a la caseta de botes y cerré la puerta. De ese modo, el lugar de trabajo estaba más o menos listo. Ahora debía volcarme en el material de trabajo: Dragan.

Cuando abrí el maletero después de treinta y seis horas, sentí una bofetada de olor repugnante. El exquisito gánster se había orinado, había vomitado, había vaciado el intestino, tenía toda la ropa y el saco de dormir empapados en sudor y, biológicamente, las bacterias iban escapando del tracto digestivo y daba comienzo la putrefacción. A duras penas logré no sumar mi vómito a todo ese desastre.

Me aparté del coche un rato, dejando que salieran los peores miasmas. Intenté concentrarme en los agradables olores del jardín. Percibí la resina de los pinos piñoneros que crecían junto a la caseta de botes. La brisa que soplaba del lago era gratamente fresca y olía a musgo. De la caseta me llegó una mezcla de olor a goma, aceite y gasolina.

Cuanto más se me despejaban la cabeza y la nariz, tanto más claro veía que tendría que hacer desaparecer por completo ese cadáver. Había matado a una persona. El resultado era repugnante. Pero a ese respecto ya no se podía hacer nada. Ahora quería olvidarme cuanto antes de ese asesinato. Por eso no podía haber ninguna tumba en la finca, ningún hueso que pudieran encontrar perros policía meses después o incluso años después. Dragan debía dejar de existir también como cadáver. Ese era mi problema de ese día, y tendría las fuerzas necesarias para ocuparme de él. Tenía que disolverlo, quemarlo... lo que fuera.

Entré en la caseta de botes y examiné las herramientas que tenía a mi disposición: sierras, palas, hachas. Todo eso estaba muy bien, pero era muy anticuado. La máquina con la que podía despedazar a Dragan de la manera más eficaz quizá fuese la trituradora profesional. Sería una cerdada de asesinato, primero habría que partirlo en trozos manejables, que cupiesen en la trituradora. Pero una vez que la trituradora lo echara al lago, los peces podrían encargarse del resto. Desde el tejado de la caseta de botes me observaba la urraca ladrona. Como ella también era una criminal, seguro que tampoco se escandalizaría mucho con lo que yo me disponía a hacer al cabo de un momento.

A continuación, fui a la parte delantera de la caseta de botes en busca de lo necesario para sacar del maletero a mi excliente. En los estantes de la parte delantera encontré guantes de goma y todo lo necesario para practicar la pesca: botas, pantalón, chaqueta y sombrero. Como fuera todavía hacía unos buenos veinticinco grados, me desnudé entero antes de ponerme esas prendas. En un rincón encontré una pala, con la que quería intentar sacar a Dragan del maletero.

Cuando al fin estuve de nuevo delante de Dragan, un primer intento poco entusiasta puso de manifiesto rápidamente que ni guantes ni pala bastarían para sacar el cuerpo de mi coche. Habría sido como intentar transportar un bloque errático de dos quintales de la era glacial.

Miré a mi alrededor. La caseta de botes disponía de una cabria para embarcaciones más pequeñas que se deslizaba por unos raíles instalados en el techo. Ello permitía entrar marcha atrás en la caseta de botes con un remolque náutico, retirar la barca del remolque con la cabria, deslizar la cabria sobre el agua y depositar la barca en el atracadero. Del mismo modo, también se podía sacar del maletero de un A8 un cadáver tieso con la cabria y depositarlo en el suelo de la caseta de botes.

Por tanto, me subí al coche y entré marcha atrás en la

caseta. Una vez allí bajé la cabria y conseguí, con cierto esfuerzo, introducir las correas por detrás de las rodillas y del cuello de Dragan. Lo icé con la cabria y lo dejé bamboleándose mientras sacaba el coche. De nuevo en la caseta de botes, extendí en el suelo una lona para barcos, coloqué encima el empapado saco de dormir y, sobre este, al propio Dragan.

Revisé su ropa y me quedé con la cartera, el reloj de oro y las llaves. Además, retiré todo lo que pudiera dar problemas a la trituradora o no se descompusiera: la hebilla del cinturón, los zapatos, los gemelos...

Los monederos de colgar al cuello o los cinturones con monedero son para mochileros y quienes hacen viajes organizados. Dragan llevaba una americana con unos cuantos bolsillos interiores extras incorporados. Para su viaje a Bratislava se había provisto bien: ciento diez mil euros en efectivo, repartidos en once paquetitos de veinte billetes de quinientos euros cada uno.

Que el dinero no da la felicidad es mentira. El dinero es libertad materializada. Muchas personas habían renunciado a su libertad y habían trabajado duro para reunir ese dinero: camellos, prostitutas, traficantes de armas. Echar ese dinero sin más a la trituradora con Dragan me habría parecido de mala educación para con esas personas.

El resto de Dragan tenía intención de ponerlo a merced de la trituradora. Nunca había sido lo que se dice un manitas, pero, por suerte, para eliminar un cadáver, el trabajo tampoco ha de ser artístico, solo tiene que ser eficaz: lo principal es dejar la menor cantidad de huellas posible. Como era bastante obvio que no podía meter a Dragan entero en la trituradora, primero tenía que hacerlo pedazos. Reparé en una motosierra. Para que la hoja giratoria de la sierra no repartiese el degenerado ADN de Dragan por toda la caseta de botes, con ayuda de la cabria monté una suerte de tienda de campaña sobre Dragan: coloqué otra lona para barcos sobre el cadáver, afiancé el centro a la cabria y la icé para que la lona de encima formase la tienda de campaña. Sujeté los extremos en el suelo con distintos objetos: un bidón, una amarra, una caja de herramientas, una caja de bebidas, un extintor. En ese aserradero improvisado no tardó en crearse un ambiente similar al de una tienda de campaña el tercer día de un festival: la luz mortecina, el hedor bestial y las personas de mal humor.

Un ambiente de trabajo bastante estresante. Para hacer las cosas en condiciones, volví al coche y saqué del maletín mi guía de *mindfulness*. Todavía recordaba una «tríada», que en teoría me parecía bastante tonta, pero que quizá pudiera serme de gran utilidad en la aplicación práctica de trocear un cadáver con una sierra. El correspondiente pasaje tenía por título «Concentración intencionada»:

> Incluso el más largo de los caminos empieza con un pequeño paso. Si da todos los pasos con atención plena, al final del camino no estará agotado, sino aliviado. Por eso, en cada paso que dé, céntrese en el paso en sí:
>
> 1. Fíjese en la intención de lo que va a hacer.
> 2. Inhale y exhale una vez.
> 3. A continuación, realice la actividad de manera tranquila y centrada.

De manera que, cuando volví a estar en la tienda, tomé conciencia de mi intención de cortarle primero la cabeza a Dragan. Inhalé con fuerza..., lo cual fue un error. Me entraron arcadas de inmediato, inhalé instintivamente más aire pestilente y casi me da un ataque de tos. Respirar hondo en la tienda era impensable. Levanté la lona de arriba un poco, respiré el aire puro y húmedo de la caseta de botes y calmé un tanto mis pulmones y mi sentido del olfato. Después, le aserré la cabeza a Dragan de manera tranquila y centrada. ¡Funcionó!

Lo troceé en veinticuatro pedazos manejables, que entrarían sin problema en la trituradora. Si uno se ha propuesto con antelación ver a una persona no como persona, sino como trabajo, si observa intencionadamente qué parte del cuerpo quiere serrar a continuación, coge una buena bocanada de aire puro de fuera y después enciende con tranquilidad la motosierra, lo cierto es que el trabajo se hace casi solo.

Sin embargo, hay que admitir que es una cerdada. Cuando terminé, las dos lonas y mi ropa de pesca estaban bañadas en sangre. Soy una persona amante del orden y que concede importancia a la ropa limpia. Por eso fui a por la lona hasta el embarcadero y me tiré al agua con toda la ropa puesta. En esa parte, el agua tendría como mucho un metro y medio de profundidad, así que pude limpiarme bien las prendas y la cara.

Subí por una escalerilla sintiéndome fresco y limpio y empecé a desmontar la lona superior de la improvisada tienda de campaña. Después, amontoné las veinticuatro partes de Dragan en el centro de la lona del suelo, puse el saco de dormir en una carretilla y lo rocié con una generosa cantidad de la lejía que encontré en el lavadero.

Acto seguido trasladé la trituradora al extremo de la pasarela que terminaba en el lago, llevé hasta allí la lona y, por último, la carretilla con el saco de dormir. Abrí la puerta y disfruté del panorama que me ofreció el sereno lago. El fin de semana había terminado, allí ya no había ningún barco.

Me dolió en el alma cargarme el pintoresco silencio poniendo en marcha la trituradora. Fui echando a la máquina, trozo a trozo, a mi cliente más enervante. Cada pedazo lanzaba al lago turquesa un chorro púrpura de fragmentos del cliente. De fondo, el cielo de finales de primavera se tiñó de anaranjado. Era un espectáculo increíble. Nunca había visto a Dragan tan colorido.

De pronto me llevé un susto tremendo. Acababa de meter el primer antebrazo con su mano en la trituradora cuando caí en la cuenta de que todavía no le había cortado el pulgar derecho a Dragan. El pulgar con el que él tendría que firmar en el futuro los mensajes que transmitiera a través del periódico.

Era tan plena mi atención que no había estado pendiente de qué mano acababa de ir a parar desintegrada al lago tras pasar por la trituradora.

Presa del pánico, revisé el montón de trozos, considerablemente más pequeño ya, que quedaba en la lona. Allí aún había un antebrazo. ¿Era el derecho o el izquierdo? Esto no es tan fácil de determinar cuando el antebrazo en cuestión ya no va unido a un brazo que, a su vez, va afianzado a un tronco. ¿Cómo era la cosa...? Si la palma está boca arriba, el pulgar derecho apunta a la derecha y el izquierdo a la izquierda. Así que puse la mano que quedaba boca arriba en la lona. ¡El pulgar apuntaba a la derecha! Y tenía una «D» grabada... Pero en las cosas más sencillas solo se cae cuando ha pasado el susto.

Por falta de experiencia no tenía ni la menor idea de por dónde había que cortar un dedo para poder utilizarlo de sello después. ¿Detrás de la primera falange, la segunda falange o la tercera? Por suerte, además del pulgar, la mano tenía cuatro dedos más para practicar, de manera que corté cuatro dedos por los distintos sitios. El meñique se separó fácilmente, como si fuera un hueso de pollo, detrás de la falange central. Me pareció que quedaba un poco corto. El dedo anular con el anillo lo partí detrás de la tercera falange, pero se me antojó muy largo y fofo. Tras practicar dos cortes más con los dedos corazón e índice, me decidí a tronchar el pulgar detrás de la segunda falange.

Dejé a un lado el pulgar y, cuando iba a echar los cuatro dedos restantes a la trituradora, me di cuenta de que allí solo había tres dedos: faltaba el anular. Miré a mi alrededor... y vi la urraca. Con el anular en el pico. El pajarraco debía de haber visto brillar el anillo y había entrado por la puerta abierta de la caseta de botes. Ahora se disponía a marcharse con el anular y la joya.

Dragan había mandado hacer ese anillo hacía años y Boris tenía uno igual. Era un mazacote de plata maciza con un diamante bastante caro en el centro. Por la cara externa tenía grabadas una estilizada amapola, una pistola automática y una mujer desnuda agarrada a una barra de *pole dance*. Este anillo doble se suponía que sellaba su amistad eterna. Boris no lo llevaba desde hacía años, y el único motivo por el que Dragan lo seguía llevando después de pelearse con Boris era que los dedos le habían engordado tanto que no podía quitárselo sin hacerse daño.

La verdad es que el anillo no era de mi gusto, pero, como es natural, tampoco podía dejar que se lo llevara el pájaro.

Era lo que me faltaba en ese momento, que un pajarraco ladrón se encaprichase con el dedo de Dragan y diera al traste con el plan de eliminación que con tanto cuidado había desarrollado yo. Agarré lo que tenía más cerca y se lo tiré a la urraca. Por desgracia lo que cogí fue el pulgar de Dragan. Le pasó rozando a la urraca, que levantó el vuelo. Con el dedo anular más el anillo en el pico salió por la puerta abierta de la caseta de botes y se alejó con un enérgico batir de alas hacia la finca contigua. Eso fue... bobo. Más que bobo. Salí corriendo tras ella, pero darle alcance era inútil. Eso era justo lo que había intentado evitar a toda costa: que un pedazo de Dragan, por pequeño que fuese, quedara en este mundo.

Intenté tranquilizarme: si yo no sabía adónde iba la urraca con el dedo y el anillo, tampoco lo sabría nadie. Tal vez la urraca llevara el anillo a su nido y el dedo se lo comiese algún gato. Cuando al prestar atención plena uno peca de falta de atención, en caso de apuro, la única ayuda posible es la suerte.

O eso esperaba yo.

Recuperé el pulgar, que había lanzado en vano, y seguí con mi trabajo.

Cuando hubo desaparecido el último pedacito de Dragan, eché el saco de dormir a la trituradora. El tejido y las plumas se desharían en el agua. La lejía, además, eliminaría el ADN del mafioso del mecanismo de la trituradora.

Después me quedé donde estaba y me concentré en el pulgar derecho de Dragan.

Qué parte del cuerpo más absurda cuando, en lugar de formar parte de alguien, está en una lona. Como una gamba sin ojos ni patas. Antes de que esa gamba se me pudriera del todo, debía prepararla de alguna manera, quizá no para que durase una eternidad, pero casi.

Eché un vistazo por la caseta de botes. En los estantes había un tubo de silicona de los que se utilizan para sellar las juntas de los barcos, y eso me dio una idea. Busqué y encontré aceite lubricante y unté con él el pulgar. Después rajé el tubo de silicona por un lado e introduje el dedo en la espesa pasta. Cuando la silicona se secara, yo tendría un bonito molde del pulgar. En negativo. Después, ya en mi casa, rellenaría el molde para sacar el positivo. Y, una vez más, problema resuelto.

Ahora tocaba limpiar. Cogí una manguera del jardín y limpié las lonas, la motosierra y la ropa en el embarcadero. El agua sucia se coló por las hendiduras de la madera y fue a parar al lago. Repetí la operación con quitamanchas. Luego me desvestí, eché la ropa a la carretilla ahora vacía y, tras añadirle lo que quedaba de lejía y de quitamanchas, la dejé ahí para que la suciedad se reblandeciera.

Por último, extendí de nuevo en el suelo una de las lonas para barco ya pasadas por agua y lejía, coloqué encima la trituradora y la carretilla, afiancé los extremos de la resistente lona a la cabria y levanté el paquete entero para sumergirlo en el agua. El objetivo era que todas las herramientas se enjuagaran debidamente de nuevo.

Entretanto, yo entré en la casa desnudo, con mi ropa bajo el brazo. Si alguien me hubiese estado observando, mi desnudez sería el menor de los motivos por los que sentir vergüenza. Al ser alguien que durante años se había puesto corbata hasta para bajar a abrir el buzón, ahora estaba disfrutando mucho de esa naturalidad.

Me permití una ducha caliente, me vestí y volví a la caseta de botes. Saqué los aperos del agua con la cabria y devolví el equipo de pesca, las lonas, la carretilla, la motosierra y la trituradora a sus respectivos sitios. Me daba absolutamente lo mismo que, tras el baño en el lago, la trituradora y la motosierra siguieran funcionando o no. Tanto mejor si era que no. Si alguna vez a alguien se le ocurría la abstrusa idea de que yo había troceado y triturado a Dragan, una trituradora sin ADN y también defectuosa no podría convencer a un tribunal de dicha tesis. Junto a la trituradora había un pulverizador de presión para rociar las flores con productos pesticidas. Vertí el contenido en el atracadero, llené el pulverizador de lejía y mojé con él el maletero de mi coche. Aunque Dragan había estado sobre el saco de dormir, del que ya no quedaba nada, me gustaba hacer las cosas a conciencia.

Por último, cogí lo que le había quitado antes a Dragan y lo llevé a la barbacoa de la playa. Lo rocié con gasolina y le prendí fuego a todo mientras lanzaba con fuerza al lago el reloj de oro y la hebilla del cinturón. Después tiré también la ceniza.

Así que eso había sido Dragan. Ya no quedaba nada.

Fui a la casa, saqué una cerveza de la nevera y me senté en el embarcadero, donde no hacía ni ocho horas que había estado comiendo espaguetis con Emily. Y donde hacía veinticuatro horas había vuelto a experimentar por primera vez desde hacía años esa sensación de libertad. Abrí la cerveza, escuché los ruiditos que hacían los peces al comer, bebí un trago largo y me sentí feliz.

13

QUERER EL BIEN

Cuando observamos las cosas sin juzgarlas, podemos quitarles lo negativo. En cambio, cuando atribuimos algo bueno a las cosas que observamos, incluso podemos transformarlas en algo positivo.

JOSCHKA BREITNER,
Desacelerar en el carril de adelantamiento: mindfulness *para ejecutivos*

A los clientes a los que imputaban un delito yo solía aconsejarles que continuaran haciendo la misma vida de siempre. Nada de llamar la atención y nada de cambiar costumbres. Mantener la rutina. Por eso el lunes me propuse empezar la semana laboral como si tal cosa. Después de levantarme, hice tres respiraciones profundas e imaginé que al otro lado de la ventana de mi apartamento había un lago. Me sentó bien.

Hasta que encendí de nuevo el móvil. Tenía el buzón de voz lleno de mensajes y peticiones de devolver llamadas. El señor Von Dresen, mi jefe y socio fundador del bufete, quería hablar conmigo con urgencia. Peter Egmann, jefe de la brigada de homicidios, quería hablar conmigo con urgencia. Un periódico sensacionalista importante pedía que lo llamara. Incluso había telefoneado Boris, el jefe del clan rival. Solo me despertaron la atención dos llamadas. La de Sascha me alegró. Confiaba en que hubiese pasado un buen fin de semana descansando con mi hija y preguntaba si tendría un momento para él.

También había una llamada muy enigmática de Murat, la mano derecha de Toni. El tipo que había dado a

Sascha y Dragan el desastroso soplo del área de descanso de la autopista. Murat era el hombre que Toni utilizaba para hacer el trabajo más sucio. Probablemente no supiera escribir bien las palabras «testosterona» o «dislexia», pero tenía ambas cosas en cantidades malsanas. En el buzón de voz, sin embargo, parecía más bien hecho una verdadera lástima: «Hola, señor Diemel... Bueno..., soy Murat. Tengo que hablar con Dragan... Bueno... Lo siento mucho... No quería... Es cuestión de vida o... ¿Podría ir mañana por la mañana a la reserva, donde está el comedero automático para los corzos?».

La llamada era del domingo por la tarde. Así que mañana por la mañana era hoy. No tenía ninguna intención de reunirme con un criminal lloroso para dar de comer a los corzos. De pronto no tenía ganas de atender ninguna de esas llamadas. Todas esas personas querían algo de mí. La costumbre hizo que el estómago se me encogiera de nuevo, los hombros se me tensaron y los dientes empezaron a rechinarme.

A fin de cuentas no había troceado a mi cliente más enervante para dejar que me volvieran a acaparar todos los idiotas posibles. Así no podía continuar. Joschka Breitner me había aconsejado que me alejara de las situaciones estresantes. Que saliera de la habitación, respirara, tal vez diera un paseíto...

No, no retomaría sin más las viejas costumbres. Primero hice unas respiraciones profundas para tranquilizarme y después decidí dejar el coche e ir a pie al menos una parte del camino hasta el bufete. Así llegaría tarde. Mejor llegar tarde pero relajado que puntual pero tenso. Aunque mi apartamento se hallaba en el otro extremo del centro, el bufete estaba a tres estaciones de metro. Ir andando hasta el metro me despejaría las ideas.

Y así fue mientras iba camino de la estación, pero el metro en sí estaba abarrotado de gente malhumorada. Casi no había aire y era como si todo el mundo quisiera algo de mí: el oxígeno que respiraba, el asiento, lo que veía.

Así y todo conseguí sitio en un grupo de cuatro asientos. Para no alterarme con la cara de desconsuelo de los demás viajeros, cogí mi guía de *mindfulness* y descubrí un párrafo sobre la diferencia que hay entre querer y querer bien.

> Cuando observamos las cosas sin juzgarlas, podemos quitarles lo negativo. En cambio, cuando atribuimos algo bueno a las cosas que observamos, incluso podemos transformarlas en algo positivo.

Y proponía un pequeño experimento:

> Imagine que todas las personas quieren su bien. Sus compañeros de trabajo, sus jefes, su familia. Todas las personas que hay a su alrededor. El destino también quiere favorecerlo todo lo que pueda. Ahora mire hacia su interior y observe el cambio que se opera cuando usted centra su atención plena en querer el bien de su entorno.

Así pues, con respecto a las llamadas que tenía en el buzón de voz, imaginé que todas esas personas no tramaban nada malo, sino que intentaban localizarme porque querían mi bien. Mi bufete, la prensa, Boris, la policía: lo único que buscaban todos ellos era preguntarme si necesitaba algo. Era una idea tranquilizadora. Completamente desacertada, pero así y todo tranquilizadora. Intenté sentir de manera muy concreta ese querer bien de los demás y apliqué este experimento a los viajeros malhumorados del metro. Y, en efecto, mi percepción cambió de golpe y porrazo. Igual que me podía convencer de que gente a la que no conocía de nada estaba de mal humor, también me podía convencer de que esa gente desconocida quería mi bien. Ya solo con esta nueva actitud hacia ellos mi humor cambió por completo.

Tres estaciones después, cuando me bajé del metro sintiéndome relajado, me faltó poco para pedir a mis agradables compañeros de viaje que me dieran su dirección por si querían celebrar un encuentro para recordar ese trayecto. Solo me sentí un pelín mal porque todas esas personas al parecer querían favorecerme, mientras que yo solo quería que me favorecieran y no tenía el más mínimo interés en favorecer a nadie. Pero, por lo demás, me encontraba muy bien. Y constaté que no llegaría tarde al bufete, sino diez minutos antes de mi hora habitual. No ir en coche equivalía a no pillar tráfico en hora punta, que equivalía a no verme en un atasco.

Para no llamar la atención con mi nueva costumbre, invertí esos diez minutos que había ganado en el McDonald's que hay en el edificio del bufete. Mientras pedía un café solo, reparé en la portada del periódico sensacionalista que tenían a disposición de los clientes. En ella aparecía la imagen que yo ya había visto: Dragan moliendo a palos a un Igor en llamas. Por motivos de ética periodística, el rostro de Dragan estaba pixelado, pero el de Igor no. A fin de cuentas, el que está muerto ya no puede hacer valer su derecho a la propia imagen. La razón de que el rostro de Dragan estuviera pixelado era sencillamente que el periódico no quería enfrentarse a una demanda interpuesta por un abogado como yo en nombre de un capullo que seguía con vida como Dragan. Los periódicos se cagan de miedo con los vivos; con los muertos, no. Atribuí algo bueno al hecho de que, en opinión del diario, Dragan siguiera con vida. Qué bien para todos nosotros.

Cuando fui a recoger el café, vi cuál era el juguete que aquella semana regalaban con el Happy Meal: un pájaro que repetía las cosas como un loro. Pequeños peluches que tienen una grabadora dentro y graban diez segundos de lo que se les dice y después lo repiten con una voz aguda absurda. Cogí un pájaro rosa, para Emily. Y un periódico sensacionalista, para el despacho.

Ya en el bufete, me informaron en recepción que debía ir de inmediato a ver al señor Von Dresen. Y ¿sabe qué? Pues que no me molestó lo más mínimo. Relajado como estaba, también había dejado que me resbalaran todas las peticiones de devolver con urgencia las llamadas.

No estaba mal. ¿Era o no era eso atención plena?

De manera que fui a reunirme con mi jefe con el periódico bajo el brazo, el café del McDonald's en la mano y el pájaro rosa en el bolsillo de la americana. El mobiliario del despacho impresionaba por la típica sencillez ostentosa que exhibían los despachos de los jefes: mesa cara, vistas increíbles. Un cuadro abstracto caro en la pared; debajo, unos asientos caros. Todo perfecto para lucirse. Todo de lo más inadecuado para sentirse a gusto en ese sitio. Aunque estaba prohibido fumar en todo el edificio, en el aire del despacho flotaba un desagradable olor a tabaco.

Los asientos estaban ocupados por el señor Von Dresen y los demás socios fundadores del bufete, los señores Erkel y Dannwitz, que celebraban su reunión matutina. Los tres caballeros tenían setenta y pocos años, el rostro bronceado de jugar al golf y una esposa alcohólica en casa. El señor Von Dresen había conseguido envejecer con dignidad por fuera, parecía en buena forma física. El señor Erkel también tenía un color de piel saludable, pero eso era lo único saludable en él: padecía de sobrepeso, disnea e hipertensión. El señor Dannwitz era el menos llamativo de los tres, un hombrecillo avellanado, menudo y demacrado, pero que poseía mucho dinero y poder.

Aunque los tres caballeros eran socios, en realidad no eran amigos. Lo único que los unía era el dinero que sacaban juntos de ese bufete que habían fundado hacía décadas. Y para proteger ese dinero se enfrentaban a todo el que perturbase su tregua. La reunión matutina servía, sobre todo, para preparar estratégicamente su defensa conjunta.

En la mesa baja que tenían delante había un ejemplar del periódico sensacionalista que exhibía la foto de Dragan. Mi saludo cortés no obtuvo réplica. El señor Von Dresen no se anduvo con rodeos:

—¿Es cierto lo que hizo usted este fin de semana? —quiso saber.

Me paré a pensar un instante a qué parte de lo que había hecho el fin de semana se podía referir: ¿que me había tomado libre el fin de semana? ¿Que había ayudado a fugarse a un cliente al que buscaba la policía? ¿O que había pasado por la trituradora a ese cliente?

—¿Le importaría concretar? Ha sido un fin de semana largo —pedí educadamente.

—Increpó a la señora Bregenz por no poder tener hijos por culpa de su edad y por no ser abogada —espetó el señor Erkel.

Por favor. ¿Hago pedazos al mayor criminal que ha tenido el bufete por cliente en toda su historia y me abroncan por replicar a la secretaria? No pude reprimir una risa espontánea.

—¿Y encima le parece gracioso? —exclamó el señor Dannwitz.

—No, no me parece gracioso.

—La señora Bregenz trabaja en este bufete desde hace veinte años. Usted no es mejor persona por tener estudios. Aquí ese clasismo universitario no se estila.

—Le agradezco la indicación.

—Señor Erkel —puntualizó en el acto el señor Erkel.

Como, dado mi estado de relajación, no quería que aquello fuera a más, intenté distender la situación con diplomacia.

—Mire, nada más lejos de mi intención que ofender a la señora Bregenz, pero que un sábado que tengo libre (el sábado que dedico a mi familia) acuda al bufete con mi hija y ya en recepción me suelten una fresca no favorece precisamente el ambiente de trabajo en general. Me soltó un ladrido y yo respondí. Por lo que a mí respecta, podemos pedirnos disculpas mutuamente y asunto resuelto.

Me pareció que estaba abordando la cuestión con atención plena. Mis palabras fueron seguras y diplomáticas y tuvieron en cuenta al otro. O eso pensaba yo.

—La señora Bregenz no tiene que disculparse de nada —contestó el señor Erkel—. El bufete no es una guardería. Su hija puso perdida toda la sala de juntas.

Inhalé con fuerza, vi el lago al otro lado de la ventana del despacho y volví a sentirme seguro.

—En casa yo lo arreglo con un chorro de limpiacristales y papel de cocina.

Ni yo me reconocía. ¿Acababa de darles a mis jefes un truco de limpieza con toda la calma del mundo en lugar de temblar de miedo delante de ellos?

—Ofendió usted a la señora Bregenz de un modo que raya en la discriminación sexual, y eso es algo que aquí no podemos tolerar. Aquí hay igualdad de derechos —aseguró el señor Dannwitz.

Estaba claro que en ese sitio el experimento de atribuir algo bueno a las cosas que observábamos rozaba el auténtico rechazo. Pasé al modo abogado y empecé a argumentar.

—¿Y cuántas socias del bufete ven así lo de la igualdad de derechos? —quise saber.

—En este bufete no hay socias —me informó el señor Von Dresen.

—Pues vaya con la igualdad de derechos sin discriminación —constaté.

—¿Qué quiere decir con eso? —inquirió el señor Erkel.

—Solo señalo el hecho de que es evidente que aquí no pueden hacer carrera ni siquiera mujeres que son abogadas. Precisamente por su capacidad de poder tener hijos. Al cabo de veinte años, si no es abogada y no tiene hijos es evidente que una mujer solo puede aspirar a acabar tras el mostrador de recepción y regañar a los hijos de otros. Así que no me venga con la memez de la igualdad de derechos.

No sé cómo cogí carrerilla argumentativa, pero no estaba muy seguro de si la arrogancia necesaria para hacer tal cosa me venía de llevar la atención a la respiración o del descuartizamiento de Dragan. ¿O acaso se debía a que habían señalado un presunto mal comportamiento de mi hija? Quizá a una mezcla de todo.

Pero ¿qué estaba pasando allí en realidad? Era imposible que me hallara delante de los tres socios fundadores por el problema de fertilidad debido a la edad de una ofendida señora Bregenz. Y de todas formas empezaba a estar harto. Hoy ya había llevado la atención a la respiración para querer el bien del mundo hasta negar la realidad. Pronto me resultaría imposible fingir que observaba sin juzgar las salidas de tono reales que habían tenido mis jefes conmigo. Al menos, no sin burlarme de mi amor a mí mismo. El *mindfulness* también requiere veracidad. Asimismo, por suerte, Joschka Breitner daba consejos en su guía para abordar a interlocutores difíciles.

> Dirija también su atención hacia ese otro que no parece que le esté haciendo bien a usted ahora mismo. Déjele hablar. Intente entender sus sentimientos, sus valores y sus ideas desde la tranquilidad.

De manera que intenté dejar hablar a los tres petimetres que tenía delante.

—Así que le prohíbo a usted... —dijo en ese momento el señor Von Dresen.

—¡No va a prohibir usted nada!

Pensé que hasta ahí había llegado lo de dejarlos hablar. En ese momento me di cuenta de que aquello no era por lo de la señora Bregenz, sino única y exclusivamente por Dragan, el lucrativo cliente «caca». No sabían lo que había hecho. Y no sabían dónde estaba ahora. Y esas dos cosas asustaban a los caballeros, que temían que toda una avalancha de mierda de la mafia arrollara al bufete. Y para motivarme a mí a desviar esa mierda para que cayera por lugares seguros, primero tenía que recibir una bronca. Cumplidor como era yo, mis remordimientos de conciencia harían que después obedeciera mucho más aún y encima estuviese agradecido de poder arreglar de esa manera mi «mal comportamiento».

Vaya. Después de solo tres segundos escuchando con atención plena sabía lo que quería de verdad de mí el otro. Debía sacarles las castañas del fuego en lo tocante a Dragan. Muy bien: si eso era lo que querían, eso tendrían. Pero de manera distinta a como habían pensado ellos. Con una claridad inaudita empecé a decirles bien clarito a mis jefes lo que pensaba del miedo que tenían de esa situación desconocida para ellos.

—¿Se quejan de que mi hija haya puesto perdida la sala de juntas? Pues les voy a decir una cosa. —Señalé el titular del periódico—. Anteayer por la noche este cliente de su bufete puso toda un área de descanso perdida de sangre, ceniza, fragmentos de granada y lágrimas infantiles. Y para ustedes esto es menos importante que el estado emocional de una secretaria que se dedica a amargarles la vida a los demás, ¿no? Con la basura de estos tipos nos ganamos nuestro dinero. Ustedes considerablemente más que yo. ¿Y de verdad me vienen ahora con esta nimiedad políticamente correcta?

Así se vuelve la tortilla haciendo uso de la atención plena.

—Si tiene algún problema con eso, se puede marchar usted cuando quiera.

—Sin embargo, quizá sea el señor Sergowicz quien tenga algún problema con eso si yo me marcho.

Y así se hace tortilla algo.

—Ahora pasaremos a su cliente.

—¿Mi cliente? Yo ni siquiera soy socio del bufete. Me ocupo de ese caballero exclusivamente por ustedes. Es su nombre el que figura en cada membrete y en cada minuta. Todas las facturas se ingresan en sus cuentas. Ganan su dinero blanqueando el de ese mafioso inhumano. Todos los cuestionables modelos de reducción de carga tributaria de los ingresos procedentes de la droga y la prostitución remiten a su bufete. ¿Y pretenden explicarme ustedes qué son el estilo y los modales? Si los periódicos supieran cuánto dinero han ganado con ese psicópata, la discriminación sexual de una secretaria sería el menor de sus problemas.

—Haga el favor de dejar a la prensa al margen. Está usted obligado a mantener el secreto profesional —constató con objetividad el señor Dannwitz.

—Yo sí, pero su cliente no.

El señor Erkel abrió los ojos como platos, indignado.

—¿Pretende usted amenazarnos?

—Yo no, pero quizá su cliente sí.

—¿Qué quiere decir con eso?

—Pues que si en un futuro lejano el señor Sergowicz acabara en la cárcel y tuviese la impresión de que los socios del bufete impidieron que su abogado preparase una defensa perfecta para él porque prefirieron hablar de secretarias frustradas y dibujos infantiles, no me extrañaría lo más mínimo que se lo tomara a mal y se le desatara la lengua con la prensa. Que, con todo, sería el menor de los problemas de ustedes.

Ahora abandoné definitivamente el terreno de la crítica fundada y pisé la finísima capa de hielo de la amenaza bastante abierta. Sin embargo, al parecer, mis interlocutores tenían bastante más miedo que yo de que ese hielo se rompiera. Los tres eran hombres de negocios de éxito y les preocupaba sobre todo sus ganancias del pasado y continuar con ellas en el futuro. Por regla general, del «aquí y ahora» solo se servían como punto de partida desde el que reflexionar.

El señor Dannwitz carraspeó.

—Y... ¿cómo se manifestaría eso?

—Bueno, digamos que el señor Sergowicz sabe adónde van sus mujeres a comprar el licor de huevo. Y sería una verdadera lástima que en el camino de vuelta sufrieran un accidente relacionado con el alcohol, ¿no creen? —A este respecto, los tres caballeros quizá pensaran más en sus coches que en sus mujeres, así que tenía que entrar en un terreno un poco más personal—. Y saben que a Dragan le gusta dirigir sus críticas de formas poco convencionales. —Les volví a señalar como de paso la portada con Igor en llamas. La conversación empezaba a divertirme—. Si Dragan Sergowicz cae, todos ustedes caerán con él. Y para que eso no pase, arderán ustedes en deseos de encargarse de su defensa.

Así se hace tortilla a la tortilla a la que se ha dado la vuelta.

Es fácil amenazar con la predisposición a la violencia de un psicópata si uno sabe que ha muerto. Durante un momento, los doctos caballeros se quedaron mudos. El señor Von Dresen fue el primero en romper el silencio.

—¿Qué propone usted?

Vacilé. Se me había ocurrido una idea que podía utilizar para mis propósitos. Sonreí.

—Veamos las cosas como son: ustedes no me quieren a mí y yo no los quiero a ustedes. ¿Qué sentido tiene prolongar nuestra colaboración? —Levanté una mano cuando Von Dresen se disponía a replicar—. Tampoco tengo el menor interés en asesorar al señor Sergowicz —proseguí—. Sin embargo, él tiene confianza en mí, sé cómo tratarlo. Así que esto es lo que propongo: rescindimos mi contrato a finales de mes. Me establezco por mi cuenta y me llevo al señor Sergowicz.

—Y ¿quién nos garantiza que el señor Sergowicz no se lo tomará a mal... y cargará contra nosotros?

—Les facilitará de buena gana una declaración de confidencialidad por escrito cuyo incumplimiento dará lugar a sanción.

—¿Lo haría?

—Yo conseguiría que lo hiciera.

—¿Así de sencillo?

—Bueno, por su parte deberán mostrarse generosos conmigo después de diez años de colaboración y confianza. Digamos que bastarán diez meses de sueldo de indemnización.

A modo de gesto conciliatorio abrí los brazos en dirección a mis jefes y, a continuación, los dejé caer con desenfado contra la americana. Aunque sin duda pareció un gesto de superioridad, activó el mecanismo del pájaro que acababa de comprar.

—No sea usted insolente —espetó el señor Erkel.

El chip del pájaro repitió con un registro cinco veces más agudo, pero de manera perfectamente inteligible: «No sea usted insolente».

Los tres me miraron estupefactos. Yo me saqué el animalito de peluche del bolsillo y apagué el mecanismo.

—Lo siento, es para mi hija. Cuando no pinta, le gusta jugar con peluches. Piénsenlo todo tranquilamente. Creo que hablaré con el señor Sergowicz dentro de una hora más o menos.

Salí del despacho con el pájaro rosa en la mano.

14

Miedo

El miedo es un mecanismo de protección natural. Puede estimular nuestro cuerpo para que rinda al máximo, pero también puede paralizarlo. No sirve de nada efectuar una valoración del miedo. Y quien tiene miedo no es capaz de reducir la tensión mediante el *mindfulness*.

Joschka Breitner,
Desacelerar en el carril de adelantamiento:
mindfulness *para ejecutivos*

El abogado que hay en mí me aconsejó que mantuviera las viejas costumbres y siguiese haciendo lo mismo de siempre. Gracias a mi guía de *mindfulness*, en la primera hora de trabajo de mi primer día de trabajo después de cometer mi primer asesinato ya había tirado por la borda un montón de costumbres. Había renunciado al coche de empresa y había tomado un café en el McDonald's. Ah, sí, y había amenazado a los tres socios fundadores del bufete en lugar de dejarme amenazar por ellos. Una experiencia satisfactoria.

Me había vuelto a tomar la libertad de no hacer lo que no quería hacer. En este caso: acobardarme.

Miré en mi interior. Y por ello —quién lo iba a decir— no tenía ni dolor de estómago ni sentimiento de inseguridad. Todo lo contrario: me encontraba bien. Quizá debiera ir más a menudo a por café al McDonald's.

No tenía la menor duda de que mis jefes accederían a mi propuesta y, por ello, seguro de mí mismo, recogí mis objetos personales del despacho. Tampoco es que hubiera tantos: unas fotos de Emily, un disco duro externo con copias de documentos y correos electrónicos de mi trabajo y diversas llaves de cajas de seguridad en bancos en las que había depositado numerosos documentos para Dragan. En rigor, el disco duro y las cajas de seguridad no eran objetos personales, pero a fin de cuentas era de interés para todas las partes que no cargase al bufete con estas cosas.

Por último, saqué de la caja fuerte de mi despacho todos los poderes y las hojas en blanco que tenía firmadas por Dragan. Diez años de vida laboral cabían en un maletín.

Con él bajo el brazo, un poco más tarde hice algo que no había vuelto a hacer desde hacía años: fui a una tienda de bricolaje. Necesitaba escayola para convertir el negativo del dedo de Dragan en positivo. Me gustó incluso el significado simbólico: del negativo de Dragan hacer un positivo de Dragan.

De hecho, estar en la tienda de bricolaje me sentó bien. Allí todo giraba en torno a las necesidades de personas que querían crear algo con sus propias manos. Las piedras que vendían no tenían por objeto hacer tropezar a alguien, sino que serían su hogar. El que va a una tienda de bricolaje, aporta. Vive en el presente y forja su propio futuro. Y ahora yo también era una de esas personas. Compré un pequeño paquete de escayola para modelar con la finalidad de darle un futuro al dedo de Dragan, que en el presente se estaba descomponiendo. Pagué en la caja y metí el paquete en el maletín.

En ese preciso instante me sonó el teléfono. Era la centralita del bufete.

—¿Sí?

—Le paso al señor Von Dresen —dijo la señora Bregenz con su forzada voz de autómata.

Esperaba sentir mi habitual impulso de efectuar algún comentario de la afectación con que actuaba esa mujer, pero el impulso había desaparecido. Solo esperaba con atención plena oír el clic de la línea y la voz del que pronto sería mi exjefe.

—Soy Von Dresen. Aceptamos su propuesta.

¿Qué le decía yo?

—Y eso en concreto significa...

—Contrato de transacción con fecha 1 de mayo e indemnización de diez meses de sueldo. Se lleva usted al señor Sergowicz y todos los mandatos que estén relacionados con él. El señor Sergowicz nos garantiza por escrito que hasta el momento lo ha asesorado usted exclusivamente y así seguirá siendo en el futuro. Con ello renuncia a interponer acciones legales contra nuestro bufete.

—Suena bien. Envíemelo a mi dirección de correo electrónico personal.

—Lo tendrá en su mesa dentro de un momento.

—Hoy ya no iré más al bufete.

—Por el momento somos nosotros quienes decidimos cuándo estará usted en el despacho.

—Bueno, si no les gusta, despídanme. Usted todavía es mi jefe. A propósito... mientras el contrato de transacción no sea efectivo y (huelga decir) no esté firmado, oficialmente el señor Sergowicz también seguirá siendo cliente de su bufete. Me figuro que hasta entonces se encargarán ustedes de la prensa.

—¿De la prensa? ¿Y qué quiere usted que les digamos?

—Lo mismo que les digo yo ahora en nombre del señor Sergowicz: sin comentarios.

¡Sí! Pronto tendría en mi cuenta diez meses de sueldo

de indemnización, y además disponía de ciento diez mil euros de Dragan en efectivo. Se habían acabado las obligaciones en ese bufete de mierda y mi enervante cliente ya no podría enervarme más. Por si eso fuera poco, los que aún eran mis jefes me quitarían de encima a la prensa en nombre de ese cliente y, de ese modo, confirmarían que estaba vivo. Aunque no fuera así.

De manera del todo imparcial: ¿podría haberme tratado a mí mismo focalizando más aún la atención? La guía de Joschka Breitner empezaba a adquirir tintes místicos. Ahora solo tenía que ocuparme de que la policía no me detuviera por asesinato y que ni el clan de Dragan ni la competencia abrigaran la sospecha de lo que había sucedido en realidad.

Respiré el aire de la libertad y crucé una ciudad en primavera para irme a casa a ponerme manos a la obra. Con el pulgar derecho.

Había dejado mi pequeño molde con el pulgar de silicona en el cuarto de baño. Daba la sensación de que la huella estaba bastante marcada en el molde. Y era evidente que el pulgar quería salir de allí de una vez, como ya me indicaba el olor. Por desgracia, yo no sabía cuánto tardaba la silicona en secarse por completo. Por suerte, en internet hay indicaciones para..., en fin, para no pillarse los dedos. Por centímetro de silicona hay que calcular veinticuatro horas de tiempo de secado. Puesto que había metido directamente el pulgar en el tubo rajado, la capa de silicona era bastante gruesa, así que debía esperar, como poco, entre tres y cuatro días para ir sobre seguro.

Sin embargo, también había un montón de trucos

para acelerar el secado. Una habitación con un elevado índice de humedad a unos veinte grados ayudaría a que la escayola endureciera, así que dejé correr la ducha un poco en el cuarto de baño y pedí a mi calefacción que mantuviera la nube de vapor a veinte grados. Le daría hasta mañana de tiempo a la silicona. El *mindfulness* no es una calle de sentido único. La silicona también tiene sus necesidades.

Ni siquiera era lunes por la tarde aún y una gran parte de mis preocupaciones se había solucionado por sí solas poco después de levantarme. Cierto, aún tenía que hacer algunas llamadas, y eso era algo que quería liquidar cuanto antes. Llamé a Peter Egmann, el jefe de la brigada de homicidios. En realidad solo quería comunicarle que no tenía nada que comunicarle, pero él sí tenía algo que comunicarme a mí.

—Björn, gracias por devolverme la llamada. Me imagino que tendrás las dos manos ocupadas en este momento...

Me sujeté el móvil pegando la oreja al cuello y me miré las manos, con las que hacía escasas horas había recogido mis cosas en el bufete. Con las que había comprado escayola. Y con las que había palpado el molde de silicona. Ahora no tenían absolutamente nada que hacer, salvo volver a coger el teléfono.

—Para ser policía tienes la imaginación muy viva. ¿Por qué debería tener tanto que hacer?

—Bueno, pues porque a tu jefe lo buscan por asesinato y ha desaparecido. Y esta mañana han encontrado a uno de sus soldados en el bosque. Muerto. De un disparo en la cabeza.

El estómago se me volvió a encoger. Acababa de resolver prácticamente todos los problemas, y ¿de pronto me hablaban de un cadáver con un tiro en la cabeza? Al margen de la pregunta de por qué yo, que era profano en la materia, al parecer era el único capaz de eliminar un cuerpo sin dejar rastro, que hubiese otro cadáver sonaba a más problemas. ¿Acaso era el principio de una guerra entre bandas con Boris? ¿Tendría que haberme dado un poco más de prisa en devolverle la llamada?

Puse buena cara a los desagradables pensamientos.

—Mis jefes tienen un bufete, y no hace nada estaba sentado con los tres. Si quieres detener a alguno de ellos, adelante, pero probablemente no te refieras a mi jefe, sino a mi cliente. Y no sé nada de un disparo en la cabeza.

—Murat Cümgül. Portero en uno de los locales de Toni. Esta mañana unos paseantes lo encontraron muerto en un banco de la reserva, junto al comedero automático.

No tuve que hacerme el tonto, porque lo cierto era que no tenía la menor idea de lo que significaba esa muerte. Solo sabía que el día anterior Murat había intentado localizarme, en vano. Si me hubiese localizado y me hubiera convencido de que me reuniera con él, esta mañana habría estado sentado en el banco a su lado. Sentí un miedo cerval. Tal como pintaban las cosas, el ayuno digital me había salvado el pellejo, lo que no quería decir que en adelante mi vida no corriera un gran peligro. Sobre la mesa que tenía delante estaba la guía de *mindfulness*. Fui pasando páginas hasta dar con el fragmento adecuado.

Cuando lo asalte el miedo, concéntrese en la respiración. Inhale y exhale poco a poco. Sienta la respiración físicamente. Según entra en los orificios nasales, por ejemplo. O en la pared abdominal. Siga llevando la atención a la respiración. No efectúe ninguna valoración de las sensaciones de miedo. Intente disfrutar de la situación en el aquí y ahora.

—¿Estás resfriado? —preguntó Peter en el silencio que se hizo.

—¿Por qué?

—Porque respiras fuerte.

Solo respiraba de manera consciente. Y en el acto fui consciente de que así me sentía mejor. Con cada respiración notaba que recuperaba la seguridad en mí mismo. A diferencia de más de uno de mi entorno laboral, yo aún podía respirar, algo que era claramente positivo. ¿Había alguna otra cosa positiva de la que disfrutar en esa situación? Bueno, el muerto al menos descansaba en un paraje idílico, lo cual también era positivo. Y yo no le había pegado un tiro. Eso era positivo en el sentido de que podía tener la conciencia más que tranquila con Peter. Lo que quisiera que significase esa muerte, en el aquí y ahora a mí me iba bien. El resto se vería cuando llegara el momento.

En lugar de responder a la observación de Peter, probé a formular yo una pregunta:

—¿Un accidente de caza?

—Debía de ser un cazador bastante malo si no fue capaz de distinguir a un turco atado de pies y manos con bridas de un ciervo bramador. Sobre todo si disparó al turco en la cabeza por detrás con una pistola y a quemarropa.

—Una tragedia. Pero ¿qué tiene eso que ver conmigo?

—Pues, a ver: el número uno del cártel de Dragan da una paliza mortal a la tea viviente número dos del cártel de Boris. Acto seguido, el número uno desaparece sin dejar rastro y al lugarteniente del número dos de Dragan le pegan un tiro en el bosque. Ello podría tener implicaciones legales para todos los implicados.

—No para todos.

—¿Para quiénes no?

—Es evidente que los que han muerto se salvan.

—La pregunta es: ¿por qué han muerto?

Dicho con otras palabras: la policía sabía tan poco como yo. Tendría que hablarlo con Dragan. Uy, no, que Dragan también había muerto.

—Quizá lo puedas hablar con Dragan —sugirió Peter.

—Cuando tenga ocasión.

—¿Y cuándo será eso?

—Esto a ti no te incumbe, porque está sujeto al secreto profesional.

—Björn, sabemos que Dragan ha salido de la ciudad.

—Entonces ya sabes más que yo.

—Tuvo que ayudarlo alguien.

—Si tú lo dices.

—Eres el único al que llamó.

Mmm, pero eso solo lo podrían saber si me hubiesen pinchado el móvil, algo que es ilegal y que ellos, como es natural, no hacen.

—Échame un cable en esto: ¿me puedes recordar qué dijo?

—Que quería ir a tomar un helado contigo.

—Qué romántico. ¿Y qué respondí yo?

—Tú respondiste que querías ir con tu hija al lago.

—¿Y qué hice?

—Fuiste con tu hija al bufete y ella se tomó un helado allí.

Madre de Dios. Quería pensar que Peter no empezaría a sospechar en serio que yo había incurrido en delito de encubrimiento solo porque el idiota de Möller había visto a mi hija con churretones de helado.

—Bien. Culpable. Mi hija se comió un helado en el bufete. ¿Alguna otra sospecha?

—Sabemos que fuiste del bufete al lago.

—Vaya, y una vez más, ¿tú eso cómo lo sabes?

—Te estábamos vigilando.

—¿Seguís durante un fin de semana a un abogado y a su hija, que ni siquiera tiene tres años? ¿Con qué base legal? ¿Tomar helado ilegalmente?

—No te seguíamos. Digamos que casualmente un compañero mío salió a navegar al lago y, por casualidad, tomó instantáneas del paisaje con su teleobjetivo.

Quizá fuese el barco que seguía anclado por la tarde. Si no hubiera cambiado el chip por completo gracias a Emily para actuar guiándome por los principios del *mindfulness*, esta mañana no habría ido a la tienda de bricolaje, sino a la cárcel. Tanto si me hubiese dejado ver en el embarcadero con un Dragan vivo como si hubiera sacado del maletero al Dragan muerto el sábado.

Resumí la información que acababa de recibir.

—Veamos, entonces Dragan me llamó para tomar un helado conmigo, después vosotros me visteis ir al bufete y al lago, pero, en cambio, no visteis a Dragan ni en el bufete ni en el lago. Y no fui yo quien tomó un helado, sino mi hija. Sobre esa base, prueba a obtener una orden de registro del bufete o de la casa del lago.

—Bueno, es que hay un detallito más...

—¿Que es...?

—Los vecinos de la casa del lago llamaron esta mañana a la policía porque en la mesa de su terraza había un dedo cortado que llevaba un anillo.

Mierda. En realidad eso era todo lo contrario de un detalle irrelevante. Eso era —bien interpretado— un indicio de que yo había cometido un asesinato. Sorprendentemente, en ese momento no sentí miedo, sino rabia. Rabia contra el puñetero pájaro. ¿Tenía que dejar caer el dedo justo en un sitio bien visible? Y ¿dónde están todos esos gatos cuando uno los necesita? ¿Por qué no se comió uno de ellos el dedo?

—¿Y qué tiene eso que ver con Dragan? —pregunté con lo que confiaba fuese un tono de voz que denotaba aburrimiento.

—El anillo de ese dedo guarda un asombroso parecido con el que Dragan pone al niño debajo de la barbilla en el vídeo. Por lo tanto, hay algún argumento a favor de que el dedo sea de Dragan. Así que el dedo tuvo que llegar al lago contigo o con Dragan. En el peor de los casos para ti, ambas cosas a la vez.

—¿Y cuál es la consecuencia?

—La consecuencia es que un juez ha sido de la opinión de que el dedo que se ha encontrado justifica un registro de la casa del lago. En este momento diez compañeros están poniendo patas arriba la finca.

¡Mierda! Un dedo anular ni siquiera constituye un uno por mil del peso corporal de una persona. Yo había eliminado con la trituradora el 99,9 % de Dragan sin problemas, y un detalle absurdo como ese hacía que autorizasen una orden de registro.

Sin embargo, ese no era motivo para que cundiese el

pánico. A fin de cuentas, si había triturado a Dragan era precisamente porque cabía la posibilidad de que se realizase un registro. De lo contrario, podría haberlo dejado sin más en la caseta de botes. Estaba bastante seguro de que —a excepción de lo del dedo— había hecho un buen trabajo. Ahora solo debía tener confianza.

—En ese caso espero que los compañeros lo dejen todo como estaba. Como falte algo, te haré responsable a ti, Peter.

—Como encontremos algo más que ese dedo, te haré responsable a ti, Björn.

Colgamos. Las consecuencias de mi falta de atención plena confirmaban la necesidad de practicar la atención plena. Respiré dos minutos más para ordenar las ideas. En lo que respectaba al registro de la casa, no tenía más remedio que esperar. *Ad hoc* no se me ocurría nada dramático que pudiera encontrar allí la policía. Hasta que realizaran una prueba de ADN para averiguar si el dedo era de Dragan pasarían unos días. Naturalmente, podía darle vueltas ya mismo a si la policía presupondría ahora que Dragan había muerto. Si debido a ello ahora estarían buscando a su asesino. Si sospecharían de mí como asesino. Pero también podía dejarlo estar. Porque ¿qué significaba un dedo suelto? Que, en el futuro, a aquel a quien pertenecía le sería difícil solicitar empleo de concertista de piano. Nada más. En la situación actual había cosas más apremiantes que ese dedo. Preguntas que yo debía esclarecer de inmediato. Sobre todo tenía que hablar como fuera con Sascha del asesinato de Murat. En persona. Para responder a la pregunta de si la víctima de ese asesinato debería haber sido yo.

De Boris me ocuparía al final. Si ya había desencadenado una guerra entre bandas, yo no podría pararla con una llamada telefónica. Y si Boris no estaba detrás del asesinato de Murat, quizá pudiera esperar un poco antes de ponerse a matar en general.

Las personas que tienen el teléfono pinchado o lo suponen conocen el problema: las conversaciones que se mantienen son forzadas, porque siempre se piensa en quienes están escuchando. Trabajar con móviles de prepago de usar y tirar solo es una solución buena a medias. Al fin y al cabo, para ello primero hay que conocer el número de prepago del otro sin que la policía lo averigüe antes.

Por eso, Dragan y yo habíamos ideado un método que utilizaba todo su clan, incluido Sascha, de manera sumamente eficaz. Es sencillo: se envía por SMS una serie de once números desde el móvil pinchado propio hasta el móvil pinchado del otro. Si se añaden esos números a los números del que escribe el SMS, el resultado que se obtiene es el número del móvil de prepago al que hay que llamar.

De manera que mandé a Sascha un SMS con los números 0 01 77 48 90 32 desde el teléfono que yo ahora sabía que la policía tenía pinchado. El que no sabe cuál es el número de mi móvil no puede hacer nada con esos números. Aunque la policía sabía cuál era mi número, dado que desconocía cuál era la relación que existía entre esos números y el de mi móvil, tampoco podía hacer nada con ellos. Sascha conocía ambas cosas y me llamó poco después desde un número de móvil que hasta ese momento yo desconocía.

—Soy yo —dijo.

—Gracias por llamar.

—¿Cómo está el jefe?

—Bien, dadas las circunstancias.

—¿Dónde está?

Estuve a punto de contestar: «El pulgar en un tubo de silicona, el dedo anular en una bolsa de pruebas y el resto en la barriga de unas cuantas docenas de peces...».

Sin embargo, logré contenerme a tiempo y repuse:

—Para tu propia protección y la de todos, no quiere que nadie lo sepa.

—Pero ¿tú lo sabes?

—No directamente —improvisé.

—Pero estáis en contacto.

—Por supuesto. A fin de cuentas quiere que el negocio continúe. Tengo que verte.

—¿Cuándo y dónde?

—Decide tú. —Siempre era buena idea dejar que el otro tomara una decisión. En ese caso era incluso sensato: yo no tenía experiencia eligiendo puntos de encuentro furtivos; Sascha, sí.

—¿Conoces el parque infantil del Schlosspark? —preguntó.

—Claro.

—Mañana por la mañana a las once y media.

Eso coincidía con mi horario de trabajo, pero lo cierto es que yo ya me daba por «despedido».

15

Despreocupación

Mindfulness es la actitud vital imparcial que tanto admiramos en los niños. Los niños viven en el momento. Un niño ensimismado en un juego disfruta del instante. Aprenda a ser despreocupado como un niño.

Joschka Breitner,
Desacelerar en el carril de adelantamiento:
mindfulness *para ejecutivos*

La silicona seguiría secándose sola. Ya había devuelto las llamadas a mis jefes, la policía y Sascha. El bufete me quitaría de encima a la prensa hasta mi cese oficial, a principios de la semana siguiente. Para entonces, probablemente los ánimos se hubieran calmado un tanto, o eso esperaba yo. Y ya no tenía que devolver la llamada a Murat. No sabía si desde el viernes se había desencadenado una guerra entre bandas. Pero, si era así, en ese momento yo tampoco podía hacer nada al respecto. Para mantener una conversación esclarecedora con Boris todavía me faltaba una información clave que obtendría de Sascha, y a Sascha lo vería al día siguiente por la mañana. De manera que en ese momento ya no tenía nada más urgente que hacer salvo algo que me hiciese bien a mí.

Decidí ir a ver a mi hija. Si podía estar más cerca de Emily mientras conseguía mantener alejada de ella toda esa violencia, todo tendría sentido.

Puesto que Katharina me lo había pedido, la llamé para hablar de lo que fuera que pasase con la guardería. El teléfono sonó tres veces antes de que lo cogiera.

—Hola, Katharina, soy yo.

—¿Ha pasado algo?

Escuché mi interior para averiguar si quería contarle algo que iba del «cliente triturado» al «podrían haberme pegado un tiro en un comedero automático», pasando por unos «jefes amenazados». Pero no quería. Y puesto que no tenía que hacer lo que no quería hacer, repliqué:

—No, ¿por qué?

—¿Un lunes a mediodía y tienes tiempo para llamar?

—Tengo un poco de tiempo libre.

—Creía que la cosa estaba que ardía en tu trabajo, ahora que tu cliente preferido ha aparecido en la portada de todos los periódicos.

Katharina y yo habíamos discutido de todas las formas habidas y por haber los aspectos morales de mi trabajo. Después de separarnos ya ni siquiera abordábamos este tema con amarga ironía.

—Ahora mismo, las portadas de los periódicos son el único paradero que se le conoce. Un cliente que no está tampoco da trabajo.

—Parece la calma que precede a la tormenta.

—Es probable, pero puedo aprovechar esa calma con Emily, si no tienes nada en contra.

—Claro que no. Pásate por casa. De todas formas, tengo que hablar contigo.

Colgué y cogí el pájaro de juguete.

—¡Vamos a ver a Emily! —dije al micro oculto, y el peluche repitió la frase con su propio registro. Era de lo más absurdo, pero divertido—. Emily lo es todo para mí.

El pájaro lo repitió.

Fui al perchero de la entrada con él en la mano.

—Soy el mejor papá del mundo.

El pájaro opinó lo mismo.

—He descuartizado a mi cliente y soy libre.

Por desgracia tropecé justo cuando me dirigía hacia la puerta y el pájaro se me cayó antes de que pudiera responderme. Lo cogí y repetí la frase:

—Decía que he descuartizado a mi cliente y soy libre.

A partir de ese momento el pájaro guardó un silencio férreo. Al parecer, con la caída se había dañado el chip de memoria. Pero ¿qué calidad cabía esperar de un juguete que regalaban con un Happy Meal? Me metí el pájaro en el bolsillo del abrigo y decidí comprarle uno nuevo a Emily.

Fui a la que antes era también mi casa, una construcción de los años sesenta preciosa, independiente, con un jardín grande, una gran terraza y muchos árboles vetustos. Emily me recibió con alegría.

—Papá, ¿no has traído trabajo?

—No, tesoro, en este momento no.

—Estoy jugando a la casa del lago.

Me enseñó todos sus peluches, que había puesto en fila en el borde de la terraza para ver con ellos los peces en la hierba y escupirles trozos de nuez. Envidié a mi hija por su capacidad infantil de poder repetir siempre momentos bonitos de la vida mediante el juego. Y la envidié por todo lo que no conocía, gracias a lo cual no tenía que incluir una motosierra y una trituradora en el juego.

Katharina y yo nos sentamos en las caras sillas de madera de teca, un capricho que nos dimos después de evitar, de manera tan costosa como eficaz, que procesaran a Dragan por trata de personas.

Gané mi dinero con mafiosos y permití que deforestaran la selva tropical para tener esas sillas en la terraza.

Nunca he entendido cómo es posible que Katharina criticara tanto mi trabajo y, sin embargo, pudiera sentarse tan pancha en los frutos de ese trabajo. Por suerte, para entonces ya habíamos encontrado una base en la que esas cuestiones no tenían importancia. Ya no nos odiábamos; en cambio, nos conocíamos desde hacía mucho tiempo. Y, en todo lo que tenía que ver con Emily, a esas alturas éramos, lisa y llanamente, un equipo. Un buen equipo.

Y ese era el motivo por el que Katharina quería hablar conmigo.

—Tenemos que pensar en algo con lo de la guardería de Emily —empezó.

—Pero si hemos solicitado plaza en treinta y una...

Con independencia del hecho de que el contacto con otros niños era necesario e importante para el desarrollo de un niño, Katharina tenía pensado volver a trabajar en la aseguradora al menos media jornada a partir del verano. Por eso era preciso desde todos los puntos de vista que Emily fuese a la guardería. Gracias al curso de *mindfulness*, había conseguido estar presente por lo menos en gran parte de las entrevistas. Sin embargo, andaba un poco perdido en lo tocante a los resultados.

Katharina asintió.

—Exacto. Y se supone que las plazas se conceden en abril. Y estamos a finales de abril. Hasta la fecha no sabemos nada de veinticinco guarderías. Cinco nos han rechazado.

—Que no sepamos nada aún no implica que nos hayan rechazado.

—Todos los niños de la clase de baile de Emily han

recibido al menos una respuesta afirmativa. No recibir respuesta implica que nos han rechazado. Sabes de sobra cómo son estas cosas: las guarderías se cagan de miedo y no dan una negativa por escrito para que abogados como nosotros no los podamos demandar.

—Pero el plazo de solicitud no ha terminado aún.

—Termina el 30 de abril. Si para entonces no tenemos ninguna respuesta afirmativa, Emily se quedará sin plaza un año entero.

—Vale. Veinticinco guarderías no han contestado, cinco nos han rechazado. Esas son treinta solicitudes. ¿Qué pasa con la número 31?

—Por eso quería hablar contigo.

Katharina me dio una carta. Sobre de papel ecológico de calidad y papel de carta ecológico de calidad: de un blanco radiante, pero con una gruesa certificación de papel reciclado. En el sello destacaba el logotipo, garabateado por un niño: un delfín con síndrome de Down. Era el logo de la iniciativa de padres Como pez en el agua. Precisamente los administradores a los que yo debía echar del futuro burdel en nombre de Dragan. Nuestra guardería número 29 de 31. Me asaltó el mal presentimiento de que esa iniciativa ahora había pasado a ocupar el número uno. Y de que posiblemente el contenido de esa carta se opusiera a ello.

Para entender que la búsqueda de guardería no es ninguna bagatela, hay que saber que ya el procedimiento de solicitud en sí en nuestra ciudad era una auténtica farsa. Primero había que inscribir al niño, a través de internet, en una plataforma municipal centralizada. Esta plataforma, creativos como son los funcionarios, se llamaba Guardería Online y Central de Madres de Día. Abreviada KOTZ.* De hecho, la correspondiente página web se llamaba «kotz.de». Solo se podía hacer valer el derecho a obtener una plaza en una guardería solicitándola a través de kotz.de. La interfaz de usuario de KOTZ era y es tan complicada para el usuario que, debido a varias caídas de la página y a los errores que daba al introducir los datos, gran parte de los niños podría haber dejado la ciudad para ir a la facultad antes de que sus padres hubiesen terminado de solicitar plaza en la guardería.

Sin embargo, solicitar plaza en kotz.de no llevaba directamente a conseguir plaza en una guardería. Una vez inscrito en KOTZ, había que concertar una cita en cada una de las guarderías e introducir de nuevo todos los datos que ya había facilitado a kotz.de en el cuestionario que utilizaba cada uno de los respectivos centros.

Era preciso entender este grandísimo disparate antes de pasar a la fase decisiva de la adjudicación de plaza en las guarderías. Después llegaban las entrevistas, en las que se contaba toda una sarta de mentiras a la dirección de la guardería: ¿por qué quería uno plaza en esa guardería en concreto? Porque le encantaba su programa. Con la esperanza de poder elegir después la mejor guardería entre aquellas en las que uno había sido aceptado.

Como es natural, cada guardería tenía su propia ideología, empezando por la distinción entre un centro confesional o uno público. Las guarderías confesionales enseñan al niño el significado de la Semana Santa, la Navidad y la festividad de San Martín. Las públicas celebran la fiesta de la Primavera, la fiesta del Invierno y la

* En alemán, el verbo *kotzen* significa «vomitar». *(N. de la t.)*

fiesta de los Farolillos para contribuir a la integración mediante la negación de la tradición.

Además, los padres han de decidir qué clase de fascismo alimentario prefieren: ¿quieren que la alimentación de su hijo sea biológica, vegetariana o vegana antes de pasarse de todos modos por un McDonald's en el camino de vuelta? Hay guarderías que desacreditan la carne de cerdo para no infundir la sospecha de que quieren envenenar a los musulmanes; a unas les gusta ir al bosque; otras hacen hincapié en integrar en el grupo a niños con discapacidad; las siguientes, aunque no tienen niños con discapacidad, sí cuentan con al menos un treinta por ciento de alumnos de diversas culturas.

Cada guardería afirma que la adjudicación de las plazas se realiza sin ninguna discriminación. La religión, la alimentación o la nacionalidad no desempeñan ningún papel en el proceso. No es obligatorio estar bautizado para entrar en una guardería católica, ser vegetariano tampoco lo es para una biológica ni tener un progenitor español para una bilingüe. Oficialmente. Pero de hecho, por si acaso, su hijo debería estar bautizado por la Iglesia tanto protestante como católica y usted debería estar dispuesto a renunciar a su fe en favor de una guardería pública tanto como a la fe en el sistema de adjudicación. Asegúrese de que su hijo como mínimo tenga un trozo de esparadrapo en las gafas y cojee si lo lleva a la entrevista. También debería ser capaz de decir en árabe: «Toma mi juguete, eres nuestro invitado aquí». Y, por supuesto, papá y mamá están felizmente casados, aunque delante del juzgado de familia acaben de romperse ustedes la crisma.

Y cuando usted y su hijo hayan soportado pacientemente este disparate, al final la dirección de cada una de las guarderías será la que decida como le dé la gana y de manera completamente descentralizada a qué niño le gustaría tener... y a cuál no.

De no haber hecho el curso de *mindfulness*, a partir de la segunda entrevista habría insistido en limitarme a dejar mi tarjeta de visita de abogado y, cuando hubiese recibido todas las negativas, habría reclamado por la vía legal el derecho de Emily a asistir a la guardería sin la memez de fingir interés en el programa. Pero, como bien decía Joschka Breitner:

> *Mindfulness* es la actitud vital imparcial que tanto admiramos en los niños. Los niños viven en el momento. Un niño ensimismado en un juego disfruta del instante. Aprenda a ser despreocupado como un niño.

Y ¿qué mejor sitio para aplicar esa despreocupación infantil que con las personas que arrebatarían a mi hija esa despreocupación metódicamente hasta que fuese a primaria? Por tanto, acudí a cada entrevista poniendo en todas partes buena cara —esto es, despreocupado— a pésimo tiempo...

Katharina me arrancó de mis pensamientos.

—Lee la carta de una vez.

Asentí. Cogí la carta y leí:

> *Estimada señora Diemel:*
>
> *Usted y su marido han solicitado plaza para su hija Emily en nuestra guardería, que gestiona una iniciativa de padres. La reunión en la que se decidió la adjudicación de dichas plazas se celebró el pasado jueves, y su solicitud ha sido rechazada. Resultó*

determinante el hecho de que su marido nos haya amenazado con un desahucio porque un cliente suyo quiere hacer de nuestra casa un burdel. No queremos tener nada que ver con semejante clientela.

Atentamente,

Miré a Katharina. Ella me miró. ¡No podía ser verdad! Ahora que acababa de recuperar el equilibrio entre vida personal y laboral matando a mi cliente, ¿iba a volver a perderlo por culpa de una guardería?

—Oye, lo de la demanda de desahucio es... —empecé, pero ella no me dejó acabar.

—¡Björn! Lo que hagas por tu Dragan es cosa tuya, pero ahora no estamos hablando de Dragan, estamos hablando de Emily.

Ante mí se encabritó una madre leona. Y con las madres leonas no se bromea. Intenté que la madre leona volviera a tener las garras en la tierra. Levanté las manos en ademán tranquilizador.

—Katharina, esa guardería ocupaba el puesto número veintinueve de treinta y uno. La probabilidad de que acabase siendo importante para nosotros era de uno a treinta y uno. En mi vida habría pensado que esas complicaciones profesionales...

Una vez más, no llegué muy lejos.

Katharina me pegó un bufido.

—Nos hemos tomado tantas molestias con toda esa estupidez de la adjudicación de plazas para que al final se vaya todo al carajo, otra vez, por culpa de tu puñetero cliente mafioso.

—Pero estoy intentando separar la vida profesional de la personal, y lo sabes...

Katharina me quitó la carta de la mano y casi hizo un agujero en el membrete con el dedo índice.

—A diferencia de ti, está bien claro que los hipócritas estos de la guardería no son capaces de separar la vida profesional de la personal y rechazan a nuestra hija porque la profesión del padre no les gusta. Quizá debieran enterarse de a qué te dedicas, ¿no crees?

La madre leona empezaba a enseñar las garras. Y no a mí, sino a la iniciativa de padres. Así que yo no era el único malo de la película. Sin embargo, me agobiaba un poco la cuestión de cuáles serían las consecuencias que se derivarían para mí.

—Y ¿qué quieres que haga ahora? —quise saber.

Katharina me miró con cara de estar completamente decidida.

—Quiero que lo arregles. Como sea. —Me pegó la carta al pecho—. Lo suyo es que el que rechaza a nuestra hija porque no le cae bien su padre conozca al padre de Emily.

—¿En qué... se traduce eso concretamente?

—¿A mí me lo preguntas? Pregúntaselo a tu Dragan, que es el que tiene la culpa.

—¿Perdona? —No daba crédito a lo que estaba oyendo.

—Has conseguido poner a esas personas en contra de nuestra hija por Dragan —continuó Katharina—. Pues ahora convéncelas de que han cometido un error. Por Dragan siempre lo haces estupendamente, al fin y al cabo es tu trabajo, «convencer a la gente», ¿no?

En efecto, era mi trabajo. Y lo dominaba. Es solo que tenía mis problemas con las personas para las que lo hacía. Convencer a la gente por Emily sería una perspectiva de lo más positiva, pero esta idea positiva se frustró rápidamente.

—O nuestra hija tiene plaza por escrito el día treinta o...

La miré con cara de susto.

—¿O?

—O... me voy con Emily a otra ciudad. A alguna donde no haya que hacer un esfuerzo sobrehumano para conseguir entrar en una guardería. Me gustaría poder volver a ser la dueña de mi propio tiempo en algún momento e ir trabajar. Y si aquí no es posible, pues será en otra parte.

Era una amenaza que tenía que tomarme en serio. Si se marchaba con Emily, a ver cómo me las arreglaba yo. Katharina me amenazaba sencillamente con privarme de tiempo con mi hija, y para conseguir justo lo contrario yo acababa de matar a mi principal cliente y de extorsionar a mis jefes. Pero, a fin de cuentas, eso Katharina no lo sabía.

Sin embargo, casi agradecía que mi mujer hubiese logrado crear un ambiente enrarecido. Y yo que por un momento había pensado que mantendríamos una conversación de padres basada en el respeto mutuo... Una armonía excesiva salida de la nada también puede resultar desconcertante.

16

Impaciencia

Para evitar que la impaciencia lo desvíe del *mindfulness* o le influya, sirve de ayuda ser consciente de la impaciencia y aceptarla. Sin embargo, no la juzgue. Dé nombre al estado que desea alcanzar: «Estoy tranquilo». No se deje llevar por la intranquilidad.

Joschka Breitner,
Desacelerar en el carril de adelantamiento:
mindfulness *para ejecutivos*

Después el ambiente se relajó un poco, ya que Katharina anunció de pronto que se iba al centro a tomar un café, sola. Gracias a ello me vi en la liberadora situación de poder pasar tranquilamente parte del día con Emily en el jardín.

Cuando me vi de nuevo en mi casa, a media tarde, me sentía feliz a más no poder. Esa tarde de lunes libre ejerciendo de padre en el jardín me había vuelto a dar una alegría de vivir significativamente mayor que las últimas cincuenta y dos tardes de lunes ejerciendo de abogado en el despacho.

Era —y, no voy a engañar a nadie, sigo siendo— una persona a la que le gusta tener algo que hacer. No necesariamente mucho, eso era algo que ahora yo sabía gracias al señor Breitner tras pasarme años en el carril de adelantamiento. Pero no hacer nada de nada tampoco me era posible. No obstante, justo esa es la cruz del *mindfulness*. La mala conciencia por tener que hacer algo ahora choca a menudo con el *mindfulness* por sus propias necesidades. A este respecto, en mi guía pone esta frase tan sabia:

No busques tareas. Las tareas te encontrarán a ti.

O dicho de otra manera: si un cliente desaparece en un lago, un nuevo problema aparecerá en otro lugar. Visto así, ahora a través de Katharina una nueva tarea me había encontrado. Esta era, según sus propias palabras: «Quiero que lo arregles». O de manera más impersonal: tenía que conseguirle a Emily plaza en una guardería para finales de mes o su madre se mudaría a otro lugar con ella. Y saltaba a la vista que a Katharina le daba absolutamente lo mismo cómo resolviera yo esa tarea. Lo único que le interesaba era el resultado.

Mientras yo jugaba en el jardín con Emily, una parte de mi cerebro ya había dado con la solución a esa tarea. A lo largo de los últimos años había tardado mucho tiempo en convencer a Dragan de que con eliminar a un competidor no bastaba. Desde el punto de vista económico resultaba más útil hacerse con el competidor. Quien le pega un tiro al traficante de drogas albanés no gana un solo cliente con ello. En cambio, si uno se hace con todos los clientes del traficante, será este mismo el que se pegue el tiro después.

Fue madurando en mí la idea de si no sería más útil hacerme con la iniciativa de padres al completo en nombre de Dragan en lugar de enfrentarme a ella en su nombre. De la manera que fuese. En cualquier caso, para ello necesitaba la aprobación de Dragan. Entre otras cosas, para convencer a sus oficiales y rompehuesos de que la idea de que precisamente ellos debían hacerse con una guardería era de verdad de Dragan. Puesto que había muerto, su dedo tendría que encargarse de esa tarea.

Así pues, fui al cuarto de baño para ver cómo iba el

molde de silicona. El pulgar había cambiado por completo de color, y su forma originaria también era distinta. La silicona, en cambio, seguía igual y era evidente que para entonces prácticamente se había secado por completo, si bien yo no estaba seguro del todo. Quería verter la escayola en el molde de una vez, pero no me atrevía, por miedo de que pudiera dañar o cargarme el molde solo por ser impaciente.

Como no era capaz de decidirme, fui al salón y eché mano de la guía de *mindfulness*. Pasé las páginas impacientemente hasta llegar a la que abordaba el tema de la impaciencia.

> Para evitar que la impaciencia lo desvíe del *mindfulness* o le influya, sirve de ayuda ser consciente de la impaciencia y aceptarla. Sin embargo, no la juzgue. Dé nombre al estado que desea alcanzar: «Estoy tranquilo». No se deje llevar por la intranquilidad.

Yo era plenamente consciente de mi impaciencia, ya que de lo contrario habría disfrutado de la espera y no habría tenido motivo para hojear con nerviosismo la guía de *mindfulness*. ¿Cómo no iba a juzgar la impaciencia? Me tocaba las narices de mala manera. Pero, en efecto, quizá esa impaciencia también tuviese algo bueno. Quizá ni siquiera fuese necesario esperar tanto a que se secara la silicona. Quizá esperar no fuese el proceder adecuado. No tenía por qué permitir que un tubo de silicona y unos consejos de bricolaje sacados de internet me dijeran cómo organizar mi tarde. *Mindfulness* es prestar atención al momento presente con amabilidad. Con profunda amabilidad conmigo mismo, no con un tubo de silicona. El estado que deseaba alcanzar —«Estoy tranquilo»— llegaría en el acto cuando yo me deshiciera de una vez por todas de ese dedo podrido y siguiese trabajando en la huella de escayola. Y si la silicona aún tenía restos de humedad en el centro, quizá fuese irrelevante para mi huella de escayola.

De manera que mi impaciencia estaba completamente justificada, porque lo más probable era que la espera fuese del todo innecesaria.

Inhalé y exhalé con fuerza. Sentí la respiración hasta en mis propios pulgares.

Para no seguir dejándome llevar por la intranquilidad, saqué del molde el pulgar ajeno, que ahora me era innecesario, lo eché al inodoro y tiré de la cadena.

Mi intranquilidad desapareció en el acto.

Después cogí el tubo de silicona y miré el negativo del dedo. Tenía muy buena pinta. Los surcos de la huella del dedo se distinguían a simple vista. Y la cicatriz con forma de D también destacaba.

Limpié el molde para retirar el aceite y restos de líquido del pulgar y extraje la escayola que había comprado por la mañana.

Con leves movimientos y golpecitos vertí la espesa pasta en el molde de silicona. Y aguardé de nuevo. Pero esta vez la espera tenía un sentido físico perfectamente lógico.

Aproveché para mirar en internet la página web de la iniciativa de padres. Aunque conocía a esas personas de la entrevista y de amenazarlos con la demanda de desahucio, no me había preocupado mucho por recabar información sobre los responsables o sobre la historia de la iniciativa en sí. Si quería desbaratar los planes faltos de atención plena de estas personas practicando mi atención plena de manera tan eficaz como con Dragan, tal vez debería hacer algunas averiguaciones.

La iniciativa de padres con el delfín discapacitado como logotipo y el lema «Como pez en el agua» —que además era el nombre de la guardería— era una S. L. sin ánimo de lucro y no estaba organizada como una asociación, lo cual era grato. En una asociación deciden los miembros. Y a los miembros hay que convencerlos uno por uno. En una S. L. deciden los socios. Y socio es quien tiene participaciones en la S. L. Quien tiene la mayoría de las participaciones es quien lleva la voz cantante. Pero las participaciones se pueden adquirir sin tener que convencer a nadie. Tan solo podría ser necesario aducir argumentos para justificar la decisión de vender a otro las participaciones. Una S. L. es sin ánimo de lucro cuando sus fines no son lucrativos y utiliza sus beneficios solo para alcanzar ese fin.

La sociedad sin ánimo de lucro Como pez en el agua S. L. solo tenía tres socios, y eran los padres que hacía cinco años habían creado una *startup*. Para producir chanclas a partir de neumáticos desechados. Sin embargo, no tardaron en constatar que, mientras ellos trabajaban, sus hijos se metían por medio y, como les había dado la fiebre creadora, de paso cofundaron un lugar donde dejar a los mocosos.

Los tres socios fundadores de la guardería se hallaban en el ecuador o el final de la treintena. Según concluí de su página web de neumáticos devenidos en sandalias, querían «abordar la sostenibilidad y el reciclaje de manera viable económicamente». Palabras huecas para lucrarse con la basura del tercer mundo.

Eran jóvenes que no habían tenido relación con el ejército, pero combinaban una barba de la Primera Guerra Mundial con peinados de la Segunda Guerra Mundial. Su alimentación era vegana, conducían coches híbridos y con un solo viaje a Asia en clase *business* lanzaban más CO_2 al aire de lo que ahorraban sus coches en diez años.

En cualquier caso, estos idealistas hacían acopio de neumáticos viejos en Pakistán, donde niños sin ropa de seguridad separaban los neumáticos de las llantas en montañas de chatarra de metros de altura. Después, los neumáticos se enviaban a Bangladesh, donde otros niños los convertían en suelas y tiras sin utilizar guantes. Las suelas y las tiras, a su vez, se llevaban a Sri Lanka, donde nuevamente otros niños que no empleaban máscaras protectoras las unían para hacer el calzado.

De manera que los tres caballeros no tenían tiempo para sus propios hijos, ya que debían organizar el trabajo infantil en el tercer mundo.

Las chanclas se transportaban por vía marítima desde Sri Lanka hasta Hamburgo. En Hamburgo, cada sandalia, incluyendo el material, el trabajo infantil y los costes derivados del transporte, había salido por 2,39 €. Los simpáticos fundadores del negocio vendían el par de chanclas por 69,95 € en modernas *boutiques* y en internet. Bajo el nombre *untired* se ensalzaba el resultado como «moda urbana sostenible». Como una contribución a la reducción de desechos en el tercer mundo. Y eso que el porcentaje real de desechos debido al uso de material de embalaje se había triplicado. Resultaba interesante que fuesen sobre todo antiglobalistas aquellos a los que les gustaba lucir estos residuos tóxicos asiáticos que jamás habrían llegado hasta ellos de no existir la globalización y el trabajo infantil.

Estos tres caballeros, en cualquier caso, eran los fundadores y socios de Como pez en el agua. Y también los responsables de que Emily no tuviera plaza en su guardería solo porque su padre se ganaba el sueldo trabajando de abogado «caca» y no con la explotación infantil. Por de pronto era una buena cantidad de información con la que me podía entretener.

Al cabo de una hora de averiguaciones tenía un plan a grandes rasgos. Al cabo de un poco más, la escayola ya se había secado. Saqué con cuidado del molde de silicona una impresión perfecta del pulgar derecho de Dragan. Mi sello para todas las decisiones futuras. Limpié el molde de silicona y lo escondí en el armario de los productos de limpieza. Con el dedo fui al salón y saqué el periódico sensacionalista que había comprado por la mañana. Había llegado el momento de precisar mi plan y hacer que Dragan compusiera sus primeras indicaciones.

17

INSEGURIDAD

La inseguridad y la seguridad son sentimientos irracionales que puede gestionar usted mismo. [...]. Imagine un lugar que le dé seguridad. Rodeado de personas en las que confía. Sienta que usted mismo puede proporcionarse un sentimiento de seguridad.

JOSCHKA BREITNER,
Desacelerar en el carril de adelantamiento:
mindfulness *para ejecutivos*

Al día siguiente, después de realizar el primer ejercicio de respiración matutino, ya tenía en mi cuenta de correo electrónico el contrato de transacción del bufete. Básicamente se correspondía con lo que habíamos hablado. Por principios añadí algunas modificaciones al borrador y lo reenvié. Pedí que el contrato con las modificaciones estuviera en mi mesa, firmado, a más tardar, a las tres de la tarde. Después redacté una declaración en nombre de Dragan en la que este eximía al bufete de Von Dresen, Erkel y Dannwitz de toda obligación y manifestaba que en el futuro —como en el pasado— sería asesorado exclusivamente por mí. Imprimí la declaración en una de las hojas en blanco que había dejado firmadas Dragan y la guardé en el maletín.

A continuación, tocaba reunirme con Sascha en el parque infantil. También ese día decidí dejar el A8 delante de mi apartamento y explorar a pie mi nuevo y libre mundo. Ya había sacado del coche mis objetos personales, y ese mismo día llevaría las llaves al bufete. Que el bufete se encargara de ir a por el coche de empresa y llevarlo a la empresa de *leasing* si le apetecía. No permitiría que nadie me volviese a imponer el medio de transporte con el que moverme.

Resultó que el parque infantil del Schlosspark tenía tres grandes ventajas para ser un punto de reunión furtivo. La primera era que por la mañana lo frecuentaban numerosas madres de día y madres verdaderas y abuelas, además de niños, de manera que había un nivel de ruido permanente de Timos y Noemis que lanzaban gritos de júbilo y de madres que gritaban: «Timo, Noemi, haced el favor de dejar eso». Si uno se sentaba en un banco con este telón de fondo de jaleo, a dos metros de distancia ya nadie era capaz ni de entreoír una conversación.

Presunta desventaja: en ese parque dos hombres llamaban la atención como, por ejemplo, dos *drag queens* en una reunión salafista. Sin embargo, de ello se derivaba la segunda ventaja: cualquiera que pudiese habernos seguido nos llamaría la atención de la misma manera a nosotros.

La tercera ventaja tenía que ver con el contenido. Aquello de lo que quería hablar con Sascha cuando fijamos el encuentro tenía mucho que ver, lo admito, con granadas de mano y muertos, pero desde el día anterior por la tarde la lista de temas se había ampliado un tanto. Ahora la conversación también tendría mucho que ver con niños.

En lo que respectaba a los niños, Sascha era el interlocutor perfecto.

Sascha tenía veintinueve años. No era especialmente alto, pero sí nervudo. Parecía pícaro, astuto y siempre algo descuidado. No sucio, pero sí como si hubiese salido disparado de la cama diez minutos antes, aún llevara debajo de la ropa un pijama de superhéroes y todavía tuviera que peinarse y cepillarse los dientes. Ello hacía que, por regla general, los desconocidos subestimaran a Sascha, algo que, para algunos de ellos, había acabado siendo un error mortal.

Hacía seis años, Sascha había llegado a Alemania desde Bulgaria. Los primeros años había trabajado para Toni, primero de barman y después de encargado en funciones. Sascha era inteligente y no tardó en conocer a todos los porteros, a todos los camellos y a todas las prostitutas del club de Toni. Resultó que, además, Sascha entendía de ordenadores. No era un *nerd*, pero en muy poco tiempo pasó a ser la persona a la que había que dirigirse para cualquier problema de virus y de la red.

Lo que nadie sabía era que por el día Sascha iba a la universidad para sacarse una licenciatura en Alemania. No obstante, al cabo de tres años tuvo que reconocer que no podía salir de trabajar en el club a las ocho de la mañana, cinco días a la semana, para estar en la facultad a las nueve.

Por tanto, Sascha dejó la universidad. Pero, para no embrutecerse por completo de mafioso, decidió hacer un ciclo formativo que pudiera realizar por la mañana sin tener que estudiar mucho. Y así obtuvo el título de educador infantil.

Le preguntó a Toni si podía darle un trabajo con más horas de sol. Una semana antes, al chófer de Dragan lo había sorprendido un radar a 120 km/h cuando pasaba por delante de un centro de educación primaria. Toni recomendó a Sascha e intercedió por él ante Dragan, aprovechando así la oportunidad para colocar a uno de sus hombres de confianza junto al mafioso. Así fue como se conocieron Sascha y Dragan. Siempre era leal al jefe que tuviera en ese momento y, por tanto, no tenía madera de informante para Toni, de manera que la relación entre Toni y Sascha acabó por enfriarse considerablemente.

El trabajo era ideal para Sascha. A Dragan le gustaba dormir hasta tarde y solucionaba sus asuntos por la mañana desde casa, de manera que por lo general no requería los servicios de Sascha hasta después de comer y este podía dedicarse a fondo a sus estudios por la mañana.

Terminó tres años después con excelentes resultados y solo se lo contó a Dragan cuando tuvo el certificado en el bolsillo. Dragan casi se muere de la risa. Sascha y yo éramos las únicas personas con acceso directo al jefe de la mafia que teníamos un título universitario. Pero, además, Sascha ahora era educador infantil. Dragan empezó a echarme en cara mi falta de cualificación pedagógica, de la que ahora disponía incluso su chófer. Así fue como supe de esa cualificación adicional de Sascha.

Cuando llegué al parque, Sascha ya estaba esperándome sentado en un banco, viendo retozar a los niños. Me senté a su lado.

—Bonito lugar —empecé diciendo.

—Cuando veo jugar a niños inocentes es como mejor me puedo relajar.

—¿Es que hay niños culpables? —quise saber.

—No. Como tampoco hay adultos inocentes. Cada experiencia descarga en uno el sentimiento de culpa de su génesis.

—¿Ahora eres pedagogo o filósofo?

—Para quien trabaja con niños es más o menos lo mismo.

—Eso lo sé por mi pequeña. Pero la filósofa más bien es ella.

—Una niña estupenda, Emily. ¿Cómo está?

Valoré mucho que Sascha recordase el nombre de Emily.

—Es fantástica, sí, disfrutó del fin de semana en el lago.

—¿Y Dragan? —quiso saber Sascha.

—También está bien. Como oficialmente nunca estuvo en el maletero de mi coche, tampoco quiere que sepa nadie dónde salió de él. Pero estamos en contacto. No olvides que Dragan te dijo que quiere que los negocios sigan yendo como hasta ahora. Tengo sus primeras indicaciones.

—Sin embargo va a ser más difícil de lo que pensábamos —objetó Sascha.

Eso era lo que resultaba estúpido de las personas que no estaban familiarizadas con el *mindfulness*: lo juzgaban todo.

—¿Cuál es el problema?

—Bueno... —empezó Sascha—. La verdad es que hay unos cuantos.

Puesto que yo era amigo de observar la realidad sin efectuar ninguna valoración y era alguien que sabía apreciar la monotarea, pedí a Sascha que enumerase uno por uno los aspectos que consideraba problemáticos.

—¿Uno por uno? Bien, veamos: de momento los hechos son que casi matan a Dragan, que casi me matan a mí, que han matado a Igor y que Murat también ha muerto. Toni está cagado de miedo. Y si no hacemos nada pronto, iremos directos a una auténtica guerra entre bandas con Boris.

Que Dragan y Sascha tendrían que estar muertos era una novedad para mí. Pero incluso así la descripción de los problemas que acababa de hacer Sascha se contraponía un tanto con mi estado de profunda relajación.

—Bien, empecemos de atrás hacia delante: ¿cómo que una guerra entre bandas?

—A Boris le cabrea que Dragan quemara y matara a Igor. Sobre todo le cabrea que Dragan no lo haya llamado para disculparse. Y tampoco ha podido localizarte a ti. Ahora me ha hecho saber que va a esperar hasta esta tarde para hablar personalmente contigo o con Dragan. Si eso no sucede, Boris matará a un oficial de Dragan cada día hasta que el caballero se digne hablar con él. Ah, y, ya puestos, tampoco tendrá ningún problema en pegarnos un tiro a Dragan, a ti o a mí. Boris está muy cabreado.

Había que contar con eso. Pero a Boris se lo podría apaciguar. Era un hombre de negocios, y para él toda vida humana tenía un precio. Y el precio por Igor se podía pagar en forma de dinero, droga o un nuevo límite territorial.

—No es agradable, pero sí comprensible. Eso sí, antes de reunirme con Boris, me gustaría saber qué pasó exactamente en el área de descanso. Empieza desde el principio, anda.

—Bien. Desde hace unas semanas a Toni no le cuadran las cuentas. Las ventas están cayendo. No de manera drástica, pero sí lo bastante para que no se pueda seguir pasando por alto.

—¿Y eso a qué se debe?

—Toni afirma que en su territorio alguien vende material a mitad de precio. Y le está fastidiando el mercado.

—¿Y qué dice Dragan al respecto?

—Dragan supone que Toni vende por su cuenta una parte de su material, pero no tiene pruebas, y quería hablar de todo ese asunto en la siguiente reunión de oficiales si para entonces Toni no tenía una explicación mejor.

—¿Y? ¿Tiene Toni una explicación mejor?

—Una explicación sí, pero después de lo que pasó el viernes, dudo mucho que sea mejor.

—¿Qué os dijo Toni?

—Toni dijo que se enteraría. Presionaría a unos cuantos camellos, rompería algunos huesos, ya sabes. Y el viernes por la noche Murat me llama y me cuenta que ya se sabe quién está detrás de todo esto: Igor. Que con la aprobación de Boris ha organizado su propia red de drogas en nuestro territorio. Y que esa misma noche recibiría más material en el área de descanso. Que esa sería la ocasión para pillar a Igor. Y también la prueba de que Boris se la estaba jugando a Dragan.

—Ya. ¿Y por qué Toni no le contó eso a Dragan en persona? ¿Por qué mandó a Murat para que te fuera con el cuento?

—Eso mismo me pregunto yo. Para poder negarlo todo si fuera necesario, lo más probable. Si algo salía mal. Y vaya si salió mal...

—¿Cómo se fue la cosa de madre?

—Bueno, pues íbamos camino de Bratislava y a mí me llama Murat, así que decidimos pasarnos un momento por el área de descanso. Vemos a Igor y a un tipo en la furgoneta. Dragan se pone a gritar a Igor, yo le echo gasolina en los pantalones y Dragan le prende fuego en el trasero. Lo de siempre. Con eso debería haber bastado. Yo ya tenía en la mano una manta para apagar el fuego, pero entonces el presunto traficante va y saca una granada de mano y se quiere bajar de la furgo. En lugar de apagar a Igor, le lanzo la manta al tipo y le quito la granada de la mano, que aún tenía el seguro puesto. Igor aprovecha la oportunidad y sale corriendo en llamas de la furgoneta. La furgoneta se incendia y Dragan sale corriendo detrás de Igor. Yo veo llegar el autobús con los niños, dejo KO al idiota de la granada y voy a por nuestro coche. El resto ya lo sabes por el vídeo.

—Así que vuestro plan solo era pegarle fuego en el trasero a Igor y listo, ¿es eso?

Sascha asintió.

—Sí. Después habríamos llevado a Igor con Boris para ver cómo justificaba él esa mierda.

Sacudí la cabeza.

—A veces el mejor plan no sirve de nada.

—Según cómo se mire.

Percibí un matiz singular en la voz de Sascha.

—¿Qué quieres decir con eso?

Sascha vaciló.

—Quizá el plan fuera otro. Dragan estaba tan furioso que seguro que ni se enteró, pero a mí me dio la sensación de que al de la granada de mano no le sorprendía lo más mínimo que llegáramos nosotros. A Igor sí, seguro, pero el tío ese más bien parecía que nos estaba esperando. Para liquidarnos a todos.

Vale, quizá yo hubiese matado practicando la atención plena a la reina de las avispas, mientras que otro había metido el dedo en el avispero con bastante falta de atención.

—¿Quién era el tipo?

—Ni idea. No lo había visto nunca. Y tal como explotó la furgo, tampoco se volverá a ver nada de él.

—¿Y qué pasó con la droga?

—Justo esa es la cuestión, que no había droga. Nada. Creo que Igor quería cerrar un trato de armas en el área de descanso. Granadas de mano.

—¿Y qué sentido tendría hacer que Dragan y tú cayerais en una emboscada? ¿A quién le beneficiaría?

—A Toni, claro. Y ni siquiera sospecharían de él. Salvo Dragan y yo nadie sabía que tenía problemas con Dragan. No creo que tardara mucho en reclamar el legado de Dragan y subrayar lo urgente que era zanjar ese asunto iniciando una guerra entre bandas con Boris.

—Pero, al final, el plan (en caso de que lo fuera) no salió bien, porque Dragan no murió.

Sascha se encogió de hombros.

—Pero todo lo demás sí que salió bien: Igor ha muerto, Boris está que trina, Dragan ha desaparecido y Toni ha salido del apuro. Nadie pensará más en los chanchullos que hace si Dragan cree que fue Boris quien le tendió una trampa.

Joder, la situación era más desconcertante de lo que yo pensaba hasta ese momento.

—Vale —entrecerré los ojos—. Si Toni quería desencadenar una guerra entre bandas, ¿qué sentido tiene el asesinato de Murat?

Sascha sacudió la cabeza.

—No tengo ni idea —admitió—. Pero después de la que se lio en el área de descanso Murat me llamó. Con las orejas gachas. Quería hablar como fuera con Dragan, pero no quiso decir de qué. Se notaba que estaba cagado de miedo. Le dije que hablara contigo, que eres el portavoz de Dragan.

—Eso hizo. Me dejó un mensaje en el buzón de voz el domingo por la tarde. Quería que nos viésemos el lunes por la mañana en la reserva.

—Puede que se acojonara por enviar a Dragan a una trampa. Quizá quisiera confesarte algo.

—Pero si le pegaron un tiro porque quería delatar a Toni, eso significa que Toni conocía el contenido de esa llamada. Sospeché que me habían pinchado el teléfono, pero pensé que había sido la policía.

Sascha se quedó perplejo. Era evidente que estaba atando cabos.

—¿Y si Toni tiene un informador en la policía? De ese modo sabría el contenido de las llamadas que escuchan y todo tendría sentido —adujo algo después.

Asentí.

—Es muy posible. Y en ese caso quizá yo también la hubiese palmado de haberme reunido con Murat. Toni no me necesita y seguro que tiene miedo de que me entere de que Dragan lo tiene enfilado.

Sascha me miró con cara de preocupación.

—¿Quieres que pida a Walter que te ponga protección? —preguntó.

En la empresa de Dragan, Walter era el oficial que se ocupaba del tráfico de armas. Su tapadera legal era una empresa de seguridad. Sus chicos, y también chicas, eran muy eficientes en lo tocante a la protección personal, pero en este momento lo último que necesitaba era vigilancia las veinticuatro horas.

—Todavía no —me apresuré a contestar—. Esperaré... esperaré a hablar con Boris. Además, también tengo que hablar con Dragan de todo lo que me acabas de contar. Te digo algo después.

Se hizo una pequeña pausa. Debida, sobre todo, a que con tanta intriga, asesinato y venganza, ahora yo no sabía cómo pasar al tema de la guardería.

Sascha me solucionó el problema.

—Y dime, ¿cuáles son esas indicaciones de Dragan? —inquirió.

Procuré que no se me notara que estaba nervioso cuando entregué a Sascha el periódico del día anterior que había preparado yo. Había numerosas palabras encerradas en un círculo y líneas de unión. Y una huella perfecta del pulgar de Dragan.

Sascha empezó a descifrar la obra de arte.

—Cambio de planes en el burdel. Hacerse con iniciativa de padres. Plazo de una semana. Olvidar el puticlub, llevar la guardería. Demás indicaciones a través del abogado.

Sascha me miró con expresión de desconcierto.

—¿Le di en la cabeza demasiado fuerte a Dragan al cerrar el maletero? ¿Qué significa esto?

Fue como si el ruido que había en el parque infantil cesara de pronto. Yo tenía la sensación de que de repente todos los niños me miraban y me hacían la misma pregunta. Y las madres de los niños me miraban escandalizadas por no contestar la pregunta que me habían formulado sus hijos. Hasta los pájaros habían enmudecido y aguardaban en tensión. Pero, sobre todo, Sascha esperaba una respuesta, y yo no lo podría despachar con pretextos.

Que el crimen organizado se hiciera con una guardería sin duda era una gran oportunidad para un padre que trabajaba para el crimen organizado y al que le gustaría saber que su hija estaba en las mejores manos, pero no solucionaba de manera directa el problema de cómo reaccionar ante una inminente guerra entre bandas que se cernía sobre un jefe mafioso debilitado y que se había escondido.

En suma, me asaltó un sentimiento de inseguridad: en ese punto, ¿podría compaginar el trabajo con la vida personal?

«La inseguridad y la seguridad son sentimientos irracionales que puede gestionar usted mismo —escribía al respecto Joschka Breitner—. Salga mentalmente de la situación en la que se siente inseguro. Imagine un lugar que le dé seguridad. Rodeado de personas en las que confía. Sienta que usted mismo puede proporcionarse un sentimiento de seguridad.»

De esta forma, salí mentalmente del parque infantil. Imaginé que estaba sentado en el embarcadero de la casa del lago con Emily a mi lado. El calor de la madera me subía por el cuerpo y me relajaba los músculos. El suave golpeteo de las olas contra los maderos calmaba mis nervios. El espejeo del sol en el agua cosquilleaba mis sentidos.

—Bueno, la idea no es tan desacertada —improvisé—. Por una parte, hasta ahora Dragan todavía no ha pensado en todas estas intrigas relacionadas con Toni. Como tú mismo has dicho, ni siquiera se dio cuenta de lo del tío de las granadas de mano.

—Pero, a pesar de todo, sabe que lo que está pasando no es ningún cumpleaños infantil —objetó Sascha.

—Exacto, y por eso... —Abracé mentalmente a Emily y escupí una nuez al agua—. Por eso Dragan quiere ocuparse él mismo del asunto. No quiere que, por haber desaparecido, otros lo apremien. No quiere reaccionar, sino actuar. —Sonaba más que bien, ¿no?—. Y con superioridad, como si no hubiera pasado nada —continué—. El burdel fino que Dragan tiene en mente es un proyecto a largo plazo. A corto plazo la guardería se resiste al desahucio. Así que deberíamos hacernos con ella. Guardería en lugar de guerra entre bandas. Es una señal de superioridad. Sería una señal de inseguridad no ocuparse de este proyecto solo porque alguien quiere provocar una guerra entre bandas.

—Sin embargo, ese alguien no lo verá así.

—Eso precisamente es lo que quiere Dragan. Ese alguien espera que él interrumpa todos los proyectos futuros y se centre por completo en una inminente guerra entre bandas. Pero que ese alguien se agote luchando contra Dragan. —Dirigí a Sascha una mirada desafiante—. ¿Cómo actúas tú en la guardería con niños que hacen rancho aparte?

—A veces es verdad que ayuda pasar por alto las infracciones de normas.

—¿Lo ves? Así que si ahora Dragan quiere hacerse con una guardería en lugar de dejarse imponer una guerra entre bandas, dentro de muy poco comprobaremos quién se pone nervioso con esta serenidad.

—Pero ¿qué quiere hacer con una guardería? ¿No sería mejor que siguiéramos con drogas, armas y putas, como hasta ahora?

—Claro. Pero para eso no hace falta recibir nuevas instrucciones. A ese respecto todo seguirá como hasta ahora. La guardería y el burdel fino son una cuestión política. Hasta que la guardería deje el inmueble por necesidad propia y hasta que tengamos todos los permisos necesarios para el puticlub, pasarán años. Si nos hacemos ahora con esa iniciativa de padres, podremos cerrar el quiosco con sordina a su debido tiempo.

Esta parte, en cambio, ni yo me la creía del todo. Me di cuenta de que mi embarcadero mental empezaba a tambalearse ligeramente.

—Ajá. Hacernos con esa guardería ahora es nuestro problema más acuciante y lo único que le importa a Dragan.

—Lo único que Dragan ha querido comunicar por escrito. La guardería le está tocando las narices... Verás, cuando un cártel rival nos toca las narices, tampoco lo aplastamos, sino que nos hacemos con él. Su clientela vale dinero contante y sonante.

Comparar la guardería con un cártel de droga hizo que el embarcadero se inclinara tanto que resbalé peligrosamente hacia el agua.

—¿En qué medida vale dinero la clientela de una guardería?

—Es muy sencillo... A ver... Por ejemplo, cada niño, por regla general, tiene dos progenitores, de manera que a través de una guardería tienes tres contactos. Niño, padre y madre dependen tanto de una buena guardería como... como los yonquis de un buen material. Y harán por ti lo que quieras.

Con las fuerzas que me quedaban, me agarré al embarcadero como un escalador, pero al parecer Sascha no se dio cuenta de nada.

—Está bien —dijo de repente—, pues nos haremos con la guardería.

Miré a Sascha sin dar crédito a mis oídos.

—Yo lo arreglo, sin problema.

—¿Cómo? —Solo entonces fui consciente de que me podía ahorrar más balbuceos. El embarcadero volvía a estar recto.

—Hablaré con los de la iniciativa de padres.

—Dragan quiere que el asunto esté finiquitado como muy tarde a principios de la semana que viene. Así que la conversación con los responsables debería mantenerse esta semana.

Me levanté aliviado y di a Sascha un papel con el nombre, la dirección y el teléfono de Como pez en el agua.

Sascha también se puso en pie.

—Aunque no entiendo a qué viene esta presión, pero Dragan es así. De acuerdo. En el plazo de una semana. Pero dile a Dragan que tengo un deseo.

Lo miré con cara de interrogación.

—Si nuestro sindicato se mete en el negocio de las guarderías, quiero ser el jefe de ese ramo de la empresa.

—¿Quieres...?

—¿Tú ves aquí a algún otro educador?

Sascha era más pícaro aún de lo que yo pensaba. Como jefe del ramo de una empresa del cártel de Dragan, Sascha sería oficial. Estaría al mismo nivel que Toni. Lo cual no era ninguna desventaja, si Toni andaba detrás del ataque a Dragan.

—No será ningún problema. Creo que Dragan también lo quiere.

Comprobé que esa noticia llenaba de orgullo a Sascha. Por fin se reconocían sus aptitudes. Aunque únicamente fuera gracias al pulgar de escayola de un criminal descuartizado.

—Dragan también quiere reunirse esta semana en persona conmigo y con todos los oficiales para definir el nuevo rumbo y comunicarnos que, por lo demás, todo seguirá como siempre.

—Yo me ocupo. ¿Alguna fecha en concreto? —preguntó Sascha.

—Como pronto tendrá que ser el jueves. Debo hablar con Dragan tranquilamente de tu teoría con respecto a Toni y preparar las posibles consecuencias que se deriven de esa conversación. Algo así no se hace de la noche a la mañana.

Sascha se acercó al banco, junto al que había una papelera de metal. Prendió fuego a la hoja de periódico y dejó caer en la papelera los restos carbonizados. Se quedó mirando ensimismado la humeante ceniza. Parecía preocupado por algo.

—Puede que lo de la guardería sea un pequeño consuelo para Natascha —comentó al cabo.

—¿Quién es Natascha?

—Una conocida.

—¿Qué tiene que ver con la guardería?

—Nada, pero sí con la casa. Natascha quería trabajar en el burdel fino, que ahora no existirá.

—Entonces, ¿por qué se iba a alegrar con lo de la guardería?

—Porque si yo dirijo mi propia guardería, ella podrá llevar allí a sus dos niños por el día. Como tú mismo dices, de una guardería dependen sobre todo los padres, no los niños.

Asentí.

—Y entonces, hasta ahora, ¿quién cuida de sus hijos?

Sascha sonrió.

—Yo. —Acto seguido se volvió hacia el parque—. Alexander, Lara —llamó—. Venid, que nos vamos.

Alexander y Lara obedecieron sin rechistar y se fueron con Sascha, el primer yonqui de niños que flipaba con mi nueva droga: las plazas de las guarderías.

18

Descaro

Hay personas que se comunican de manera abierta y hay quienes se comunican de manera reservada. Las personas reservadas perciben deprisa a las abiertas como descaradas. En lugar de permitir que el descaro de otras personas lo altere inútilmente, también se puede trabajar la discrepancia entre los distintos estilos de comunicación. Sea usted menos reservado a la hora de expresar sus deseos. Y salga al paso del presunto descaro con claridad. La mejor respuesta a una exigencia injustificada es: «Gracias por expresar abiertamente tu deseo. Por desgracia, no es posible satisfacerlo».

Joschka Breitner,
Desacelerar en el carril de adelantamiento: mindfulness *para ejecutivos*

Paseé un poco más por el parque para ordenar las ideas. Tenía que ponerme en contacto con Boris. Y tenía que averiguar lo que había pasado de verdad en el área de descanso.

Solo había dos personas —aparte de mí— a las que habría interesado matar a Dragan en el área de descanso: Boris y Toni. Boris porque quería eliminar a Dragan como rival. Toni porque quería ocupar el lugar de Dragan. De manera que, o se avecinaba una guerra entre bandas, o una revuelta. Ambas posibilidades podían perjudicarme seriamente como regicida de nuevo cuño, sobre todo si no estaba del todo seguro de quién andaba detrás: Boris o Toni. Si arremetía contra el que no era, las consecuencias podían ser malas. Si no hacía nada, el resultado quizá fuera mucho peor aún. Por eso, el plan que concebí a grandes rasgos se basaba en la reflexión de dejar que los dos caballeros se eliminaran mutuamente, sin más.

En su día, Boris había sido el mejor amigo de Dragan. Y Toni había sido el protegido de Dragan. Y ahora Dragan ya no estaba. Ahora Dragan era... yo. Había combatido el estrés que me provocaba Dragan practicando una atención bastante plena, pero con ello había asumido el estrés de Dragan al convertirme en Dragan. Sin embargo, también podría con él.

Mientras paseaba por el parque y dejaba vagar la vista por una larga avenida de chopos, recibí un SMS de Toni. Era como el propio Toni: exigente y descarado.

¿Dónde está Dragan?

¿Qué clase de persona formula una pregunta así? O Toni estaba detrás de la trampa del viernes, y entonces la pregunta no podía ser más insolente, o Toni no estaba detrás, y entonces la pregunta no podía ser más tonta. Y con mayor motivo si se tenía en cuenta que la había enviado abiertamente a un móvil que había pinchado la policía. O desde un móvil que estaba pinchado. En caso de duda, ambas opciones eran válidas.

Antes de precipitarme a responder a ese SMS dejándome llevar por las emociones con un: «¿Se te va la olla o qué?», me senté tranquilamente en uno de los bancos de la avenida, hice tres respiraciones profundas y saqué mi guía de *mindfulness*. Ya había leído el párrafo dedicado al trato con personas descaradas e impertinentes a lo largo de las últimas semanas, cuando me había alterado con Dragan.

Hay personas que se comunican de manera abierta y hay quienes se comunican de manera reservada. Las personas reservadas perciben deprisa a las abiertas como descaradas. En lugar de permitir que el descaro de otras personas lo altere inútilmente, también se puede trabajar la discrepancia entre los distintos estilos de comunicación. Sea usted menos reservado a la hora de expresar sus deseos. Y salga al paso del presunto descaro con claridad. La mejor respuesta a una exigencia injustificada es: «Gracias por expresar abiertamente tu deseo. Por desgracia, no es posible satisfacerlo».

Un buen enfoque. Si yo ahora escribía a Toni, a sabiendas de que la policía lo leería: «Agradezco que quieras saber dónde he escondido a Dragan. Por desgracia, Dragan me ha pedido que no le diga a nadie dónde está», sin duda habría reaccionado al descaro de Toni prestando una atención plena. Y tendría muchas cosas que explicar a esa policía que lo leería con tanta atención plena como descaro. Me decidí por un término medio. Me propuse comunicarme de manera tan abierta que, con mi respuesta, tanto Toni como la policía pudieran hacer todo y nada. Contesté a Toni:

Agradezco que me lo preguntes tan abiertamente. Dragan está en el número 41 de la Hermannstrasse, 2.º piso, en casa de la señora Bregenz (llamar dos veces). Pero no quiere que se pregone a los cuatro vientos.

Que la policía, Toni y, por lo que a mí respectaba, también la señora Bregenz se las arreglaran entre ellos para decidir qué valor informativo tenía lo que se comunicaba en ese SMS. Y si por ello la señora Bregenz se veía en algún apuro... ¡qué caramba!, pues me alegraría, claro.

Aún sentado en el banco, llamé al bufete y pregunté en recepción si tenía en mi mesa el contrato de transacción. Me confirmaron que sí.

Me dirigí a pie hacia allí para firmar el contrato. Desde el Schlosspark, el bufete solo estaba a media hora. Para reavivar una vieja costumbre nueva, antes de entrar en el edificio me tomé con tranquilidad un café en el McDonald's y compré un periódico sensacionalista. A las tres en punto, cuarenta y cinco minutos después de mandar el SMS, estaba en mi despacho. En efecto, el contrato de transacción —con las debidas modificaciones— estaba allí y firmado. Lo firmé asimismo y añadí a la carpeta de documentos la declaración de Dragan. A partir del día siguiente ya no trabajaría con Von Dresen, Erkel y Dannwitz. Quería entregar la carpeta en persona y con una sonrisa a la señora Bregenz, lo último que haría en ese bufete que me había costado diez años de mi vida y tal vez también mi matrimonio, junto con las llaves del coche y mi tarjeta de acceso al edificio. Además de la dirección donde estaba aparcado mi coche de empresa.

Pero en recepción no estaba la señora Bregenz. A mi llegada aún estaba allí, con expresión malhumorada, para no hacerme el menor caso. Ahora se encontraba detrás del mostrador, con la cara blanca y la respiración superficial. Rodeada de dos enfermeros. Y de todos los empleados que tenían tiempo en ese momento. Entre otros Clara, la becaria.

—¿Qué ha ocurrido? —quise saber.

—La señora Bregenz se ha venido abajo —respondió Clara.

—Clara, con vistas al examen oral que tendrá que pasar en un futuro próximo, sería oportuno que tuviera la capacidad de resumir hechos complejos en pocas palabras. Que la señora Bregenz se ha venido abajo ya lo veo. ¿Sabe usted por qué?

—Ha recibido una llamada y se ha venido abajo.

—¿Quién ha llamado a la señora Bregenz?

—La policía.

—¿Eso cómo lo sabe usted?

—Porque yo quería llamar a la ambulancia y la policía seguía al aparato.

—Y ¿qué ha dicho la policía?

—Que ellos se encargaban de llamar a la ambulancia.

—Bien, Clara. Y ¿también le ha dicho a usted la policía qué ha sido lo que ha alterado de tal forma a la señora Bregenz para que se haya venido abajo?

—Sí. La policía me ha dicho que acababa de explotar una granada de mano en su casa. Poco antes de que entrara en acción el grupo especial de operaciones que pretendía irrumpir en la vivienda.

Otra granada de mano.

—Muchas gracias, Clara. Bien hecho.

Me concentré en la respiración y en lo que sin duda era positivo en el aquí y ahora. Así pues, el SMS que había enviado con atención plena se había recibido y tanto Toni como la policía lo habían leído. Perpetrar un ataque contra Dragan, que supuestamente estaba en casa de —por favor— la señora Bregenz, era tan estúpido como precipitado. Y Boris no era ni una cosa ni la otra. Toni, en cambio, era ambas. Lo que significaba que, a no ser que Boris tuviese un confidente en la policía, solo podía ser Toni quien estaba detrás de este último ataque. De manera que yo tenía lo que las personas que practican la atención plena saben apreciar: claridad. Ahora sabía quién había desencadenado todos los problemas. De ese modo, los problemas, sin embargo, no eran necesariamente menos importantes.

Como la señora Bregenz ya no estaba disponible para que yo le efectuase la solemne entrega, dejé la carpeta y las llaves del coche en la casilla del correo interno. Fui consciente de que quizá esa fuera la última vez que salía del bufete en calidad de asalariado. Mientras respiraba hondo para asimilar la noticia de la explosión de la granada de mano en la casa de la señora Bregenz, me sentí alegre y animado. ¿A mí qué me importaba la vida personal de los empleados de mi antiguo trabajo? Tenía una suma de seis cifras en efectivo, una indemnización que casi duplicaba esa cantidad asegurada por contrato y, a partir de ese día, todo el tiempo del mundo para mi hija y una vida sin estrés. En mi casa no había explotado ninguna granada de mano. Sí, aún tenía que aprovechar la rivalidad que existía entre Toni y Boris para que tampoco sucediera en el futuro. Pero todo se andaría.

En efecto, no tenía ni idea de que esas olas solo eran las precursoras de un violento temporal por el que tendría que guiar, ahora como capitán, el barco que en realidad quería abandonar para no perecer en él.

19

Urgencia

El tiempo es relativo. Nuestra percepción del tiempo depende de la subjetividad con que interpretamos la situación en la que nos encontramos. De manera que sentir urgencia no es otra cosa que la expresión de una tensión.

Joschka Breitner,
Desacelerar en el carril de adelantamiento: mindfulness *para ejecutivos*

Nada más salir del bufete recibí un SMS de Toni: «00035247315».

Después del SMS de «¿Dónde está Dragan?» y de la granada de mano que había explotado en casa de la señora Bregenz, ese era el siguiente descaro. ¿Quién se creía ese tío que era? No lo llamaría a un móvil de prepago, eso seguro. Era él quien me tenía que llamar a mí. Esas cuestiones de forma eran importantes. Me propuse tenerlo en vilo un poco más antes de enviar el código de mi nuevo móvil de prepago para que me pudiera llamar.

En ese mismo instante me sonó mi móvil oficial: Peter Egmann. Quería verme. Cuanto antes. Quedamos en el McDonald's. Aún no me había alejado mucho.

Diez minutos después llegó Peter. Fue directo a la mesa en la que yo me estaba comiendo tranquilamente un bollo mientras disfrutaba del lago imaginario que se extendía al otro lado del mostrador del McCafé. En cambio, vi a Peter, que por lo general siempre estaba bastante tranquilo, muy alterado.

—Björn, ¿se puede saber qué mierdas es esto?

—No es una mierda, es un restaurante de comida rápida al que le va muy bien.

Se sentó.

—No me refiero a este sitio, sino al estado en el que se encuentra vuestra señora Bregenz.

Me encogí de hombros.

—Por lo visto ha sufrido un desfallecimiento.

Peter me miró furioso.

—Después de enterarse de que habían lanzado una granada de mano por la ventana del salón de su casa. ¿Quién está detrás?

—¿Cómo quieres que lo sepa?

—Enviaste a Toni un SMS en el que pone que Dragan está en casa de la señora Bregenz.

—¿Y? ¿Estaba allí?

—Por supuesto que no.

—Bien, aparte de la cuestión de sobre qué base legal leéis mis SMS, ¿de verdad os habéis creído lo que pone?

—Debemos seguir todas las pistas.

—Pues entonces será mejor que preguntéis qué mierdas es esto al que tiró la granada.

—Se ha dado a la fuga.

—Ah, ¿sí? Creía que después de leer ese SMS ya teníais a un equipo *in situ*. ¿Es que tuvo que llamar el equipo a otro equipo para que cogiera al tipo?

—Esto es serio, Björn. Tres cadáveres y dos granadas de mano en cuatro días. Y todo ello está relacionado con Dragan.

—Pero no conmigo.

—Ah, ¿no? Un día después de que pasaras la noche en la casa del lago con tu hija aparece el anillo de Dragan junto con el dedo en la mesa de la terraza del vecino. ¿Te importaría explicármelo?

—Para empezar, ¿estáis seguros de que es el dedo de Dragan? —repuse yo.

—No cabe la menor duda de que es el anillo de Dragan que se ve en el vídeo. Esa joya es tan hortera como única. Hecha ex profeso.

—Un momento —objeté—. El anillo de Dragan no es único, hay otro igual. En su día, Boris también mandó hacer ese mismo anillo.

—Pero a estas alturas sabemos por el propio Boris que él aún conserva los diez dedos.

—Y hace años que no lleva ese anillo en ninguno de esos dedos.

—¿Qué quieres decir con eso?

—Bueno, si ni siquiera sabéis aún de quién es el anillo que habéis encontrado, ¿cómo es que estás tan seguro de que sabes de quién es el dedo al que va unido ese anillo? ¿Quién te dice que Dragan no está tomando el sol en alguna playa ahora mismo, con diez dedos y el anillo hortera, y vosotros tenéis en vuestra bolsa de pruebas el anillo de Boris con el dedo de un desconocido?

Como abogado defensor, uno no está obligado a decir la verdad, sino que solo ha de sembrar dudas. Y a mí eso siempre se me había dado muy bien.

—Aún ha de esclarecerse ese punto, pero seguro que la prueba de ADN nos ayuda. Por desgracia, el laboratorio está completamente desbordado, pero espero tener el resultado a finales de semana.

—Para una prueba de ADN necesitarás ADN de Dragan con el que poder compararla. Un consejito de experto: toma una muestra de saliva, es admisible en un tribunal. Claro que... si le metes el bastoncillo en la boca a Dragan, la verdad es que, ya puestos, también le puedes preguntar si le falta un dedo.

Como abogado siempre había sido capaz de poner contra la pared al otro con argumentos. Cierto, mis estupendos argumentos se vendrían abajo en el momento en que comparasen con el ADN del dedo sangre, esperma o saliva pertenecientes a Dragan, sin lugar a dudas. Pero en todos los momentos anteriores, no. Y en ese momento era Peter el que prefería salvarse pisando de nuevo terreno seguro.

—¿No quieres saber lo que encontramos cuando registramos la casa?

¿Quizá se me habría pasado por alto alguna huella inequívoca al eliminar el cuerpo? Me entró frío, la garganta se me secó y el cuello se me tensó. Intenté disimularlo todo.

—Sí, claro. ¿Qué habéis encontrado?

—Los buzos encontraron un reloj de oro y la hebilla de un cinturón delante de la caseta de botes. Y esas dos cosas también se ven en el vídeo.

Me invadió un alivio inmenso. El reloj y la hebilla eran artículos fabricados en serie. De modo que, a excepción de lo del dedo, gracias a mi concentración intencionada al parecer no se habían cometido más errores al eliminar el cuerpo.

—Enhorabuena. Y si los buzos hubieran seguido buscando seguro que también habrían encontrado vasijas antiguas o los restos de la Atlántida. ¿Qué tiene eso que ver con Dragan?

Peter me miró como si estuviera mal de la cabeza.

—Björn, tu cliente es la pieza más importante en la

investigación de un asesinato, y no podemos descartar que él mismo haya sido víctima de un crimen. En un momento y un lugar que tienen mucho que ver contigo. De verdad que no me cabe en la cabeza que todo esto te deje tan frío.

—*Mindfulness*.

—¿Qué?

—Ejercicios de respiración, islas de tiempo, actuar de manera consciente. Deberías probarlo.

—No tengo tiempo.

—Ya llegará el momento. Hasta entonces, podríamos resumir todo esto así: del dedo todavía no hay nada concreto. En cuanto aparezca, Dragan os podrá dar una gratificación por un reloj y una hebilla de cinturón. ¿Por lo demás? ¿Algún indicio del autor del atentado con la granada?

—Solo que es probable que sea el mismo tipo de granada que la que explotó el viernes en el área de descanso.

—No soy yo quién para decirte cómo has de hacer tu trabajo, Peter, pero el ataque solo pudo perpetrarlo el que conociera el contenido del SMS que envié a Toni. En el fondo, lo único que has de esclarecer es si alguno de los vuestros pudo informar del contenido de ese mensaje a Boris. —Peter fue a objetar, pero yo seguí hablando—: Y si no fuera ese el caso, el único sospechoso que queda es Toni.

Dicho eso me levanté y cogí mi bandeja. Peter siguió sentado. Parecía exhausto y consumido.

—Deberías comer algo —le sugerí—. Te recomiendo el Happy Meal. El juguete que regalan esta semana es un pájaro que repite las cosas. Seguro que a tu hijo le gusta.

Pero ten cuidado, que el chip a veces falla. Nada en esta vida es perfecto.

Peter se limitó a soltar un gruñido e hizo un gesto negativo con la mano. Cuando dejé la bandeja y me dirigí a la salida, él ya había desaparecido. No le había dicho que ya no trabajaba en el bufete, pero de todas formas no sería oficial hasta la siguiente semana.

Había llegado el momento de irme a casa. Mientras paseaba a pie por el centro, decidí hacerle una visita a Boris por la tarde, pero antes tendría que haber hablado con Toni. Ya había desatendido su mensaje el tiempo suficiente. Le envié un SMS con once números e inmediatamente recibí una llamada en el móvil de prepago. Me senté en un banco, delante de una sobria fuente de los años setenta cuyo chorro hacía espuma al caer en el agua.

—Björn, ¿por qué no me has llamado?

—¿Mamá? ¿Eres tú?

—Déjate de gilipolleces, tío. Esto está que arde. Dragan no está y tú eres el único que mantiene el contacto con él. Necesitamos tomar decisiones cuanto antes, ¿lo entiendes? ¡Cuanto antes!

—Suena a urgencia.

—¿Urgencia? Vete a tomar por el culo. Como Dragan no le eche huevos y no tome unas cuantas decisiones cuanto antes, nos va a estallar todo en la cara.

—El jueves hay una reunión de oficiales, Dragan os comunicará lo que hay que hacer.

—¿El jueves? No me jodas. Para el jueves aún falta una eternidad, ¡no tenemos tanto tiempo! Tengo que hablar con él ya mismo, ¿me oyes? ¡Ya mismo!

Mi guía de *mindfulness* tenía un par de frases claras con respecto a la urgencia:

El tiempo es relativo. Nuestra percepción del tiempo depende de la subjetividad con que interpretamos la situación en la que nos encontramos. De manera que sentir urgencia no es otra cosa que la expresión de una tensión.

O una señal de que alguien se había dado de morros por segunda vez al intentar matar a su jefe y por eso estaba cabreado consigo mismo.

Podía ponerme en su pellejo a la perfección, aunque yo había conseguido a la primera lo que él había pifiado. Por eso estaba ahora sentado en el banco delante de la fuente, sin sentir ninguna urgencia, mientras contemplaba una paloma, un poco de espuma y unas patatas fritas que se movían en la superficie.

—Oye, Toni, ¿es posible que estés tenso?

—No me digas.

—Y eso ¿por qué?

—Porque... porque... porque antes mi jefe ha estado a punto de saltar por los aires por segunda vez en cuatro días..., porque han encontrado a mi mano derecha en el bosque con un tiro en la cabeza..., porque Boris está masacrando nuestra empresa... ¿Basta con eso?

Seguí con la mirada las patatas fritas que empujaban la espumilla de un color blanco sucio por el borde de la fuente.

—Crea tu propia isla de tiempo. Eso ayuda.

—¿Te estás cachondeando de mí?

—Solo quiero ayudarte.

—Si quieres ayudarme, tío, llévame con Dragan. Cuanto antes.

No tenía ninguna intención de dejarme presionar por la urgencia que sentía Toni. Mientras la paloma intentaba llevarse de la fuente las patatas reblandecidas, pasé al ataque.

—Quizá me puedas explicar cómo es que una hora después de que te enviara el SMS saltó por los aires la casa de la tal Bregenz.

—Claro que te lo puedo explicar, aunque cualquier descerebrado lo pilla: están interceptando nuestros putos mensajes.

—Ya, y entonces la policía lanzó una granada de mano, ¿no?

—Está claro que Boris tiene un topo en la pasma. El topo le dio el soplo a Boris y la gente de Boris lanzó la puta granada. Tenemos que actuar contra Boris cuanto antes.

Tanto «cuanto antes» empezaba a tocarme las narices.

—Bueno, eso lo decidirá Dragan. Y será, como pronto, el jueves.

—¡De eso nada! ¡Me vas a llevar antes con él!

—No creo que eso lo decidas tú.

—El fin de semana el señor abogado estaba tranquilamente con su hija en el lago, pescando, nadando y tostando putas nubes de azúcar mientras yo me quedaba aquí para salvar la empresa, de mierda hasta el cuello. Te diré una cosa: como no me pongas cuanto antes en contacto con Dragan, el próximo fin de semana tu hija chapoteará diez centímetros por debajo de la superficie, ¿está claro?

La espuma del borde de la fuente de pronto no era nada en comparación con la que se me formó a mí en la boca.

Estaba clarísimo. Al amenazar a mi hija, Toni acababa de ganarse un enemigo de por vida. A lo largo de los cuatro últimos días otros habían muerto por menos. Además, Toni acababa de admitir que era más que evidente que tenía un contacto en la policía, de lo contrario no estaría tan bien informado de lo que yo había hecho el fin de semana. Y si ese contacto podía acceder a los datos de mi móvil, Toni también sabía por ese contacto que Murat había querido reunirse conmigo. Y si el contacto sabía que habían encontrado un dedo con el anillo de Dragan en la finca de al lado, Toni se acabaría enterando antes o después.

Del hecho de que Toni en ningún momento mencionara el dedo deduje que o no sabía nada aún o quería guardarse un as en la manga.

Pero, sobre todo, mi para entonces familiar automatismo en lo tocante al *mindfulness* entró en juego.

Fui consciente de lo que pretendía hacer acto seguido: amenazar a Toni.

Hice una respiración profunda.

Empecé de manera tranquila y concentrada a castrar verbalmente a Toni.

—El señor barman quiere saber si está claro. A ver si soy capaz de resumirlo bien: quieres que le diga a Dragan que te la suda completamente su orden expresa de hacer el favor de estarnos quietecitos y esperar hasta que recibamos sus propias instrucciones. Quieres que le diga a Dragan que haga el favor de llamarte. Y también quieres que le diga al tío Dragan, amante de los niños, que pretendes matar a la hija de su abogado preferido si este no cumple tus deseos. Si he entendido bien todas estas cosas, desde el punto de vista legal te puedo ir dando el consejo de que te cortes tú mismo la picha y la prepares como más te guste antes de comértela. Porque de lo contrario será Dragan quien decida el momento y la receta. ¿Está claro?

Toni nunca me había visto así, claro que él tampoco había amenazado a mi hija antes.

Tras un largo silencio, dijo:

—Me... Bueno..., lo importante es que... quizá le puedas pedir a Dragan que tenga en cuenta las circunstancias. Yo solo quiero que...

—¿Cómo se dice?

—Yo solo quiero que...

—«Yo quiero» no, te «gustaría».

—Bueno, pues solo me gustaría que Dragan me dijera lo que hay que hacer.

—Mucho mejor. Y después esperarás a recibir instrucciones, o la próxima granada te la podrás poner de supositorio.

—No... me...

—¿Alguna cosa más?

—Escucha, Björn, si Dragan sigue vivo y tú estás en contacto con él, pídele mil disculpas de mi parte.

Vaya, lo que yo decía. Esas eran unas palabras que ese imbécil no solía utilizar.

Por desgracia, en lugar de dejarlo estar, añadió otras que utilizaba bastante más a menudo:

—Pero si Dragan no sigue vivo o tú no estás en contacto con él, eres hombre muerto. Tienes hasta finales de mes para llevarme con él. En caso contrario, solo vivirás el 1 de mayo en parte.

Colgué.

Ahora tenía que apechugar con el segundo ultimátum. Para el 30 de abril también tendría que haber solucionado el asunto de la plaza en la guardería. Sin saber cómo, mi nueva forma de vivir la vida con atención plena me imponía una urgencia muy concentrada.

El primer enfoque para resolver los problemas que se me ocurrió fue: Toni tenía que desaparecer.

Pero no hacía falta que tomara la decisión en ese mismo instante.

En cualquier caso, antes tenía que hacerle una visita a Boris.

20

Comer disfrutando

Mindfulness también es el arte de disfrutar de lo cotidiano. Por ejemplo, la comida. Comer estimula todos los sentidos. Tome un alimento cotidiano e imagine que lo ve por primera vez. ¿Qué aspecto tiene ese alimento? ¿Qué tacto tiene? ¿Cómo huele? ¿Hace algún ruido? ¿Qué sensaciones percibe cuando el alimento pasa a formar parte de su cuerpo?

Disfrute de la ingesta de alimentos con todos los sentidos. Viva la experiencia. Verá lo buena que es.

Joschka Breitner,
Desacelerar en el carril de adelantamiento:
mindfulness *para ejecutivos*

Contactar con Boris era relativamente sencillo. Cenaba casi todas las noches a la misma hora en un restaurante ruso de su propiedad. En la parte de arriba tenía la oficina; en la de abajo, una discoteca. En el restaurante solo se podía entrar con una reserva o con una orden de registro. O por deseo de Boris. Los porteros del restaurante ruso me cachearon por si llevaba armas y avisaron de mi presencia a Boris.

Yo le tenía mucha simpatía a Boris. Incluso me caía un poco bien. A diferencia de Dragan, no era veleidoso, lo que no significaba que fuese menos cruel. Al contrario: Boris sabía perfectamente lo que hacía. No infligía dolor a nadie obedeciendo a un impulso, sino siempre de manera deliberada. Era ruso-alemán y se había criado en el mismo barrio que Dragan. Como a los dos los habían marginado en el colegio, se habían hecho amigos. Se pegaban con los mismos macarras, perseguían a las mismas chicas. Empezaron a delinquir juntos, compraron las primeras drogas para venderlas juntos y pusieron a hacer la calle a las mismas chicas juntos. Con sus primeros beneficios juntos mandaron hacer los anillos.

El motivo de su separación fue de lo más trivial: Dragan le quitó la novia a Boris. Lo que no fue tan trivial fue la reacción de Boris: mandó decapitar a la novia y clavó el torso en la puerta de Dragan. Después, la policía puso patas arriba la vida de Dragan. A partir de ese momento, cada cual siguió por su camino. Boris se quitó el anillo del dedo, cosa que, por desgracia, Dragan no pudo hacer. Dragan y Boris se repartieron el territorio. Boris sabía que Dragan siempre estaba dispuesto a traspasar los límites. Dragan sabía que eso traería unas consecuencias que él no vería venir. De manera que existía un equilibrio basado en el miedo y la desconfianza.

Para que ese equilibrio no se rompiera, se mantenían conversaciones semestrales. Desde que era el abogado de Dragan, yo asistía a esos encuentros. Boris sabía apreciar mi trabajo, entre otras cosas porque le había dado bajo mano algún que otro consejo para legalizar algún ramo concreto del negocio. Ello cimentaba la tregua. Pero Boris nunca le robaría el abogado a Dragan. En ese mundillo eso no se hacía ni con los abogados ni con las novias, una certeza que a lo largo de los años me había tranquilizado bastante. Me habría hecho menos gracia que, para vengarse, Dragan me hubiese clavado sin cabeza a la puerta de Boris.

Si Dragan era un toro, Boris era un oso: alto, peludo, enorme. Parecía obeso y bonachón, pero era puro músculo, y tras su rostro redondo había un cerebro frío y calculador.

Boris estaba sentado a su mesa, comiendo. Había platos y fuentes por todas partes. Yo nunca le había visto la gracia a la comida rusa. Para ser sincero, incluso me dio asco ver cómo disfrutaba Boris zampándose todas esas cosas que me eran desconocidas.

A la memoria me vino un ejercicio relacionado con la comida que hice con el señor Breitner. Precisamente con la comida disfrutan todos los sentidos. Para comprobarlo nos comimos los dos un trozo de manzana y prestamos atención a cómo se agudizaba cada uno de los sentidos. Fue un tanto grotesco, pero relajante. Para poder sacar algo positivo de las asociaciones negativas que me despertaba ver comer a Boris, probé a realizar este ejercicio mentalmente con Boris y lo que estaba comiendo.

«Tome un alimento cotidiano e imagine que lo ve por primera vez. ¿Qué aspecto tiene ese alimento?»

A mí la comida rusa siempre me parecía como si un chino hubiese comido en un italiano y después hubiera vomitado en un plato con especialidades alemanas. Porciones previsibles de puré avinagrado con pasta y verduras de las que asomaba alguna que otra patata reconocible o un trozo de carne. Nunca había sido amigo de los pucheros. A Boris le encantaban los pucheros.

«¿Qué tacto tiene?»

A juzgar por la salsa que le corría por la barbilla a Boris, por lo visto sin que se diera cuenta, la comida debía de ser como una segunda piel: tibia, aterciopelada, suave.

«¿Cómo huele?»

Olía a domingo por la tarde en la escalera de una casa de vecindad. Un montón de olores que no pegaban entre sí.

«¿Hace algún ruido?»

Sí. Al menos en la boca de Boris. Era como si alguien con mocasines de ante buenos pisara una mierda de vaca bastante líquida. Había que aguzar el oído, pero el sonido era justo ese.

«¿Qué sensaciones percibe cuando el alimento pasa a formar parte de su cuerpo?»

Me invadió un sentimiento de gratitud de que ese alimento no pasara a formar parte de mi cuerpo.

«Disfrute de la ingesta de alimentos con todos los sentidos. Viva la experiencia. Verá lo buena que es.»

Al menos viví la experiencia de que ahora, gracias al pequeño ejercicio de *mindfulness*, había afinado y calentado todos mis sentidos antes de que pudiera necesitarlos en la conversación que iba a mantener con Boris.

—Björn —me saludó—. Aprecio que hayas venido en persona. —Yo sabía que Boris lo decía en serio—. ¿Te apetece comer algo? —preguntó mientras señalaba los platos que había en la mesa.

—No, gracias. Ya...

—No me digas que ya has cenado.

—No, todavía no, pero odio la comida rusa.

Boris soltó una risotada.

—Sabes que prefiero una verdad valiente a una mentira cobarde. Por desgracia, te pierdes un gran placer.

Sonreí con educación.

Boris recuperó la seriedad.

—Pero vayamos al grano —sugirió—. ¿Por qué no ha venido Dragan en persona, ese perro sin agallas?

—Ha... desaparecido. —No era mentira. Solo que en lugar de desaparecer entero, lo había hecho en pedazos.

—Se esconde de mí.

—Evita a la policía.

—Y se esconde de mí.

—Y se esconde de ti. Pero te he traído esto.

Le di a Boris una página de un periódico del día anterior. La página también estaba llena de círculos y líneas. En el borde inferior se veía la huella del pulgar con la «D». Boris cogió el periódico con desdén.

—¿Como en los viejos tiempos?

Boris tenía una «B» en el pulgar derecho. En una vida anterior había ideado el método del periódico con Dragan.

—Si es uno de los crucigramas de Dragan, ya se puede ir tatuando en el culo esto: «Arde en el infierno». —Así y todo, Boris leyó las tres frases que permitían formar los círculos—: Muerte Igor lamentable. Área de descanso era trampa. Abogado tiene pleno poder de negociación.

Boris cogió la página, le prendió fuego con la vela que había en la mesa y la sostuvo en alto delante de mí.

—Si no recuerdo mal el vídeo, Igor ardió bastante más que esta hoja de periódico. —Boris dejó caer la ceniza en un enfriador de vino—. Y a Igor no lo apagaron con agua, sino que le dieron una paliza de muerte mientras se quemaba. En efecto, es muy lamentable.

Boris se metió el tenedor lleno de comida en la boca y estuvo masticando un rato.

—Bien —dijo al cabo, mirándome—. Así que Dragan dice que le tendieron una trampa en el área de descanso, ¿es eso?

Asentí.

—Y que no quería matar a Igor, que eso fue un daño colateral.

Asentí de nuevo.

—Bien. —Boris esbozó una sonrisa claramente falsa—. Si está convencido de ello..., a ver, déjame pensar...

Sí, en ese caso no es culpa suya que ahora Igor sea un puñado de ceniza apaleada. Y el asunto queda zanjado. Así que, haz el favor, dile a Dragan que puede salir de su escondrijo y en cuanto tengamos ocasión hacemos juntos unos blinis.

—¿No son esas tortitas rusas?

Boris se puso serio de nuevo.

—Esas tortitas rusas serán lo último que se le pasará a Dragan por la cabeza antes de que se la corte. —Boris se metió en la boca el siguiente bocado casi con aburrimiento.

—Boris, del desquite podemos hablar más tarde. Si tendieron una trampa a Dragan, el que lo hizo también es el responsable de la muerte de Igor. Si se da con el tipo, podréis vengaros los dos de él.

Boris dejó de masticar. Tragó lo que le quedaba, dejó el tenedor a un lado y se limpió la boca delicadamente con la servilleta. Por fin había captado su atención.

—Hagamos como si Dragan y yo tuviésemos intereses comunes. En tu opinión, ¿qué pasó en esa área de descanso?

Interpreté la pregunta como una buena señal. Respiré hondo.

—Al parecer, desde hacía semanas se estaba vendiendo material a mitad de precio en el territorio de Dragan.

—Yo de eso no sé nada —afirmó Boris. Sonaba a constatación objetiva, no a justificación.

—Sascha recibió una llamada de Murat —continué.

—¿Quién es Murat? —preguntó Boris con cara de genuina perplejidad.

—Un gánster de poca monta de Toni. No creo que te diga nada. En cualquier caso, Murat dijo que en esa área de descanso un tipo iba a hacer una entrega de droga a

Igor para después venderla en el territorio de Dragan. Sascha y Dragan fueron allí y encontraron a Igor y al tipo.

—¿También estaba la droga? —quiso saber Boris.

—No, pero sí una caja con granadas de mano.

—En ese caso deberíamos preguntar al tal Murat por qué metió esa bola.

—Dragan lo haría encantado, pero ayer por la mañana encontraron a Murat muerto, de un disparo.

Boris cogió la servilleta con las dos manos y la dobló dos veces mientras pensaba.

—¿Y qué dice a eso Toni?

—Quiere que Dragan se enfrente a ti. Ya ha amenazado con que a mi hija le pasará algo si no se pone en contacto con Dragan cuanto antes.

—Y Dragan ¿qué opina?

—No le gusta precisamente que amenacen a la hija de su abogado. Y, dicho sea de paso, a mí tampoco.

—Quien quiera hablar con Dragan, quizá debiera matarte a ti sin más. De esa forma, Dragan se quedaría sin portavoz y no tendría más remedio que aparecer.

Hasta ese momento no lo había visto así. Una situación muy desagradable. Pero a fin de cuentas yo seguía siendo el portavoz. De manera que hablé:

—Para él tú tienes prioridad sobre Toni. Dragan no quiere entrar en guerra contigo, Boris. Por ahora quiere que las cosas estén claras entre vosotros.

Boris me miró. Era evidente la conclusión que sacó de mis palabras: Dragan seguía vivo. Dragan estaba cagado. Dragan tenía un problema interno.

Boris apartó el plato como para poner las cartas sobre la mesa.

—Has sido franco conmigo, así que yo también lo seré contigo, señor abogado. Igor recibió una oferta muy buena para comprar granadas francesas, algo que por lo general no es lo nuestro. Como armas de guerra no sirven para nada, pero para lanzarlas en un club de la competencia en el que en un futuro debería venderse nuestra droga son útiles de vez en cuando. Igor no conocía ni la mercancía ni al tipo, ese iba a ser el primer encuentro.

—Y el último para Igor.

Más me valdría no haberlo dicho.

Boris arrugó la frente con gesto amenazador.

—Igor era uno de mis hombres más importantes, y todavía no tengo ninguna prueba de que Dragan no quisiera hacerme la competencia.

Levanté las manos en ademán tranquilizador.

—Boris, a Dragan se la jugaron igual que a Igor. Suponemos que la idea era que esa noche mordieran el polvo los tres: Dragan, Sascha e Igor. De ello se encargaría el tipo de las granadas de mano. Pero entonces llegó el autobús con los niños.

—¿Quién es el responsable de esta mierda? ¡Quiero un nombre!

Una cosa era que los dos supiésemos de quién estábamos hablando —de Toni—, y otra muy distinta que yo pronunciase oficialmente ese nombre. Boris iría a por Toni en el acto. Y antes de que lo hiciera, como seguro de vida propio, yo tendría que haber convencido a los demás oficiales de Dragan de que Toni tenía que desaparecer. Y para ello necesitaba pruebas. Y para eso necesitaba tiempo.

—Dame un poco de margen y... —Boris no me dejó terminar.

—Le doy a Dragan seis días para que me diga bien claro a quién tengo que agradecer que mi oficial esté muerto. Tú me traerás a ese cerdo. Con una manzana en la boca. Y yo le colgaré en persona un par de granadas de mano en las pelotas. En caso contrario... —Yo era todo oídos—. En caso contrario te colgaré a ti un par de granadas alrededor del cuello. Puede que eso te motive.

—¿Seis días? —Hice como si me parase a pensar. Hice como si no me hubieran impuesto ya dos veces el 30 de abril como ultimátum—. Eso es el... lunes.

—Exacto. El lunes que viene me entregarás al traidor. O estás muerto.

Seis días. Fácil no era, pero sí factible. Sentí cierto alivio.

—No te preocupes —repuse—. Te traeré al tipo. ¿Alguna cosa más?

—Y después me llevarás con Dragan.

El alivio era historia.

—¿Perdona?

—Tengo que leerle la cartilla a ese cobarde. Para que no vuelva a pasar nada parecido.

—Sí, pero... ¿cómo? A Dragan lo busca la policía.

—El cómo es cosa tuya. Si para el lunes no he hablado con Dragan, estás muerto.

Empezaba a preguntarme si mi vida no habría sido más fácil si hubiese dejado que Dragan me matara el sábado pasado. Pero bueno, ahora tenía otro problema que solucionar antes del lunes.

—Creo que ya hemos hablado de todo lo relativo a los negocios. —Boris me miró radiante de alegría—. ¿Te apetece una porción de tarta Leningrado de postre?

21

PÁNICO

Con el siguiente ejercicio de *mindfulness* podrá aliviar un ataque de pánico: busque un lugar tranquilo, donde nadie lo moleste, en su piso, su casa o su oficina. Lo ideal sería que tuviera vistas al jardín o a un árbol. Antes de empezar, si fuera necesario, aflójese la ropa ceñida, el cinturón o los zapatos. Dirija su atención al mundo exterior en el que se encuentra.

Poco a poco, enumere mentalmente cinco cosas que vea en ese momento. Después concéntrese en cinco cosas que oiga (por ejemplo, ruidos o voces).

Si es posible, mire a un punto fijo. Ahora sienta lo firme que es el suelo bajo sus pies. La solidez con la que descansan sus piernas sobre los pies. El modo en que el suelo, los pies y las piernas le sustentan el cuerpo. Sienta el peso de su cuerpo sobre el suelo y dígase mentalmente que no hay nada que lo pueda derribar.

JOSCHKA BREITNER,
Desacelerar en el carril de adelantamiento:
mindfulness *para ejecutivos*

A la mañana siguiente, puesto que no tenía obligaciones profesionales, podría haber dormido a pierna suelta, pero a las 8.30 h, de manera sumamente desagradable, me despertó una explosión delante de mi casa. Poniendo en práctica de manera consecuente el *mindfulness*, por de pronto me senté en la cama con la espalda bien recta e hice tres respiraciones profundas. Después subí la persiana y miré la calle: el que ardía era mi antiguo coche de empresa. La parte de atrás entera estaba destrozada, se veían llamas y un humo negro. El resto del coche al parecer estaba intacto, pero era pasto del fuego con cada segundo que pasaba. Delante de lo que quedaba del incendiado vehículo, blanca como la pared y con un vestido de marca demasiado estrecho, se encontraba la paralizada becaria, Clara, a la que, como parte de su formación, a todas luces le había tocado ir a buscar el coche. Con esa era la tercera explosión en cinco días. Las dos primeras iban dirigidas a Dragan, y cabía suponer que esa de ahí no iba destinada a Clara, sino a mí. Era evidente que Toni quería recalcar lo que había dicho el día anterior. Y lo había conseguido: yo sentía el corazón desbocado, tenía el cuerpo entero empapado en sudor. Eso no era miedo. Era pánico.

Eché mano deprisa de mi guía de *mindfulness* y la abrí por el capítulo que incluía un ejercicio para combatir el pánico. En él ponía:

> ... busque un lugar tranquilo, donde nadie lo moleste, en su piso, su casa o su oficina. Lo ideal sería que tuviera vistas al jardín o a un árbol. Antes de empezar, si fuera necesario, aflójese la ropa ceñida, el cinturón o los zapatos.

Eso era fácil. A fin de cuentas estaba asomado a la ventana de mi —hasta que se había producido la explosión— tranquila habitación, desde la que se veía una calle tranquila y verde. Vi un jardín delantero con restos de vehículo. En la otra acera vi un árbol en el que colgaba una rueda trasera en llamas. Llevaba unos bóxer y una camiseta cómodos. Iba descalzo. Seguí leyendo:

> Dirija su atención al mundo exterior en el que se encuentra.

Me encontraba en un piso tranquilo, con el suelo de granito, un material fresco y agradable. Mi habitación estaba amueblada de manera minimalista y era muy espaciosa. Daba la impresión de que al otro lado de la ventana había explotado una bomba, lo cual se debía a que acababa de explotar una bomba.

> Poco a poco, enumere mentalmente cinco cosas que vea en ese momento.

Veía una rueda en llamas en un árbol. Veía la parte

trasera de un coche en llamas. Veía un maletero abombado. Veía a una pasante completamente blanca y veía cristales rotos en un radio de veinte metros alrededor del coche.

Después concéntrese en cinco cosas que oiga (por ejemplo, ruidos o voces).

Me concentré en el pitido de numerosas alarmas de coche que como era obvio había hecho saltar la explosión. Oía el crepitar y el chisporrotear de las llamas que devoraban el asiento trasero del A8. Ahora oía la explosión del depósito de gasolina. Oía que la rueda que ardía en el árbol caía con fuerza a la calle y, por último, oía un grito histérico de la becaria.

Si es posible, mire a un punto fijo.

En un primer momento quise mirar a Clara, pero empezó a correr arriba y abajo alocadamente, así que miré al coche siniestrado, lo cual no era tan fácil, puesto que las columnas de humo que se desprendían desdibujaban su silueta una y otra vez.

Ahora sienta lo firme que es el suelo bajo sus pies. La solidez con la que descansan sus piernas sobre los pies. El modo en que el suelo, los pies y las piernas le sustentan el cuerpo.

Sentí todo eso. La sensación era agradable.

Sienta el peso de su cuerpo sobre el suelo y dígase mentalmente que no hay nada que lo pueda derribar.

En efecto: nada podía derribarme.

Ahora dirija su atención a la respiración. Respire lenta y regularmente.

Estuve dos minutos respirando lenta y regularmente. El pánico que me había asaltado había desaparecido. Las alarmas de los coches habían dejado de sonar. Unos transeúntes habían tendido en el suelo a la becaria y hablaban con ella para tranquilizarla. Un sencillo ejercicio de *mindfulness* había resuelto la situación. Ya podía dedicarme de nuevo a abordar cuestiones pragmáticas. ¿Qué hacer ahora?

Puesto que aún quería informar a Peter, de la brigada de homicidios, de que había dejado el bufete, aproveché la ocasión para comunicarle que, como era evidente, acababan de perpetrar un atentado contra un coche del bufete. Peter lo cogió al segundo tono.

—¿Sí?

—Ayer por la tarde se me olvidó contarte algo importante.

—Dispara.

—He dejado el bufete. Me rescindieron el contrato ayer y a partir del 1 de mayo no volveré a pisar ese sitio.

—¿Y me llamas antes de las nueve para contarme eso?

—Sí, porque esa información podría aligerarte el trabajo.

—¿En qué sentido?

—En el sentido de que hace unos ocho minutos ha saltado por los aires un coche delante de mi casa.

—¿Qué coche?

—Un Audi negro A8.

—¿Tu coche de empresa?

—Ya no. Dejé los papeles y las llaves del coche ayer por la tarde en el bufete. Desde el punto de vista tanto legal como fáctico no soy ni el titular ni el propietario del coche. Y por si necesitaras aclaraciones: me ha despertado la explosión, así que no puedo dar detalles.

—¿Está detrás Dragan?

—A ese respecto podría decir aún menos.

—Entonces, ¿ahora representas a Dragan por tu cuenta?

—Alguien lo tiene que hacer.

—Bien, pues... gracias por la información.

—Nos vemos.

Colgué.

Después llamé a Sascha y le conté lo que había pasado. Y le pedí, ahora sí, que solicitara a Walter un equipo de protección personal. Pero que fuese muy discreto, que me vigilase, sobre todo, para averiguar quién me vigilaba a mí. Sascha me aseguró que dentro de media hora tendría a mi disposición el correspondiente equipo. También me propuso pasarnos esa tarde por la iniciativa de padres. Dije que sí. Cuanto antes nos ocupáramos de ello, mejor. De todos modos, la reunión de oficiales se había fijado para el día siguiente.

Después me sentí considerablemente mejor. Era el primer día desde hacía más de diez años en el que no tenía ninguna obligación profesional. Había cambiado un lucrativo empleo fijo por la libertad de un papá que trabajaría por cuenta propia. Juan con suerte se habría sentido orgulloso de mí. Cierto, aún tenía que ocuparme de un par de investigaciones que había abiertas contra mí por complicidad en delito de encubrimiento, de una amenaza de muerte a mi hija, de dos amenazas de muerte a mí y de los jueguecitos de poder de al menos un psicópata, dos si tenía en cuenta a Boris. Además, mi antiguo coche de empresa había saltado por los aires delante de mi ventana. Pero, al fin y al cabo, Juan con suerte tampoco se quedó directamente con el caballo, sino que siguió haciendo cambios, pero ello no le impidió ser feliz en el momento. Y yo también lo sería.

Llevé a cabo unos cuantos ejercicios de respiración más delante de la ventana y, mientras los hacía, decidí contarle a Katharina ese mismo día lo de mi cambio profesional. A fin de cuentas, la hija que teníamos en común era el motivo de que yo hubiese deseado ese cambio. Llamé a Katharina y le pregunté si le importaba que fuese a buscar a Emily para llevarla a los columpios.

—¿Un miércoles por la mañana?

—Sí, en concreto este.

—¿Qué ha pasado? ¿Te ha despedido Dragan?

En lugar de señalarle las sutilezas del triángulo que formaban un abogado asalariado, su jefe y sus clientes, imaginé que mi futura exmujer quería mi bien. Que el universo entero quería mi bien. Que todas las personas del metro querían mi bien... Y por de pronto me bastó.

—Escucha, Katharina. Gracias al curso de *mindfulness* me he dado cuenta de que profesionalmente no puedo seguir así. El trabajo en el bufete me supera. He llegado a un acuerdo con Von Dresen, Erkel y Dannwitz.

—Vaya, es... —Me di cuenta de que Katharina se había quedado sin palabras.

—Económicamente, por ahora no cambia nada. Hemos pactado una indemnización muy cómoda.

—¿Significa eso que ya no tienes nada que ver con toda esa panda de delincuentes?

—Con los del bufete, no. Con los demás... A ver, de alguna forma tendré que ganarme la vida en el futuro. Y el derecho penal es mi especialidad. No puedo descartar que con algún que otro...

No era del todo mentira.

—¿Y Dragan? —me interrumpió Katharina.

—Ni siquiera sé dónde está. Pero sin duda aún tendré que ocuparme de liquidar este asunto.

De momento preferí no mencionar que, como parte de esa liquidación, el día anterior habían amenazado de muerte a nuestra hija.

—Lo principal es que se acabó lo del horror las veinticuatro horas. Te sentará bien.

—Y a Emily también. —Siempre que Toni no cumpliera su amenaza—. ¿Puedo ir a por ella?

—Claro, pásate.

Puesto que, gracias al contrato de transacción, ya no tenía coche de empresa, no me tuve que poner de mala leche por que el vehículo en cuestión hubiese saltado por los aires y ya no estuviera a mi disposición. De manera que fui a casa de Katharina en autobús voluntariamente. Emily se puso como loca de contenta por volver a ir de excursión conmigo.

Katharina parecía muy relajada y expresó una vez más su alegría de que por fin hubiese dejado mi trabajo.

—¿Es posible que el rayo de esperanza en el horizonte vaya seguido de la luz de la mañana?

No podía decirle que ese rayo de esperanza acababa de ir seguido de una serie de explosiones de granadas de mano que, por de pronto, yo no malinterpretaría como la salida del sol. Pero tampoco quería quitarle la ilusión. Quién sabe, quizá todo a mi alrededor terminase con un sol radiante. Me sentía optimista.

—Puede ser. Ahora disfruto del momento tal y como es. Además, tengo más tiempo para ocuparme de lo de la guardería.

Katharina me abrazó y me dio un beso en la mejilla. Hacía meses que no se mostraba tan cariñosa conmigo. Al parecer, el *mindfulness* lo volvía a uno sexy.

22

Amargura

> La amargura es la expresión de una decepción arraigada. Es posible que la decepción tenga un origen externo. Sin embargo, es usted y solo usted quien decide durante cuánto tiempo echará raíces.
>
> Joschka Breitner,
> *Desacelerar en el carril de adelantamiento:* mindfulness *para ejecutivos*

Cuando entre Katharina y yo hubo fluido la suficiente armonía, me marché con Emily. Katharina me pidió que cada dos horas le frotara el pecho con bálsamo de mentol infantil a nuestra hija, porque tenía síntomas de un leve resfriado. Cogí el bálsamo y a Emily y fuimos en tranvía a los columpios del parque municipal, que el día anterior me habían gustado. Había toda clase de trepadores, toboganes, columpios. Con montones de arena alrededor. Y una cafetería móvil con un montón de monodosis de leche de soja para el creciente número de mamás con intolerancias varias y adictas al *latte macchiato*.

Emily quería tirarse por el tobogán. Ella solita. Para demostrarme lo bien que lo hacía. Así que me senté en un lateral del recinto para observar a Emily. Y a los otros niños. Y a los otros adultos.

Si alguien te dice en general que los niños son increíbles, ese alguien miente. El hijo de uno es el niño más increíble del mundo. Punto. Por suerte, también hay toda una serie de niños que parecen muy simpáticos. Y, lisa y llanamente, toda una serie de niños cabroncetes.

En estos niños se ve en el acto lo tremendamente antipáticos que son sus padres. Sin embargo, los cabroncetes no se definen solo por lo que se ve. Son exigentes, aburridos, sosos y agotadores. También en los columpios del parque municipal se veía muy deprisa quiénes eran los niños cabroncetes por sus monótonas quejas.

A excepción de mí, una parejita y un hombre solo, en el parque infantil solo había mujeres. La parejita era una de esas que se las daban agresivamente de: «Pero qué felices somos». Atractivos, atléticos, triunfadores. Que a todas luces vivían desde que habían nacido del dinero de sus padres, quienes, para más inri, cuidaban de los nietos un setenta por ciento del tiempo.

El hombre solo parecía un poco triste y perdido. Puede que no frecuentase los parques infantiles, era evidente que se sentía incómodo estando solo entre mujeres. Quizá fuese un padre divorciado que intentaba a toda costa fingir ante su hijo un poco de la cotidianidad despreocupada que le habían arrebatado.

A excepción de estas tres personas, descubrí a dos clases de madres: madres y madres de día.

Por regla general, las madres parecían mujeres apáticas, agobiadas, que se ocupaban con una sonrisa forzada de un hijo solo, acelerado.

Las madres de día, en cambio, eran mujeres solas y aceleradas que empujaban en un cochecito de gran capacidad hasta cinco niños de menos de tres años apáticos, agobiados.

Una madre de día puede cuidar de hasta cinco niños. Con que entre estos cinco niños haya un cabroncete, los otros cuatro, en el fondo, estarán abandonados a su suerte mientras la madre de día tiene que impedir que el cabroncete muerda, pegue o arañe a los otros niños. O sencillamente tratar de que deje de refunfuñar.

Mientras mi mirada vagaba por el parque infantil y yo pensaba en estas cosas, de pronto constaté que —en lugar de disfrutar del tiempo que estaba pasando con Emily— me estaba dejando llevar por la amargura al pensar mal en las madres, las madres de día y los niños que había allí.

Al cabo de tan solo tres minutos en el parque mi humor había pasado de «Vaya, qué bonito es esto» a «Son todos unos bobos». Sin que en las circunstancias externas se hubiese operado algún cambio.

De la amargura también decía algo mi guía de *mindfulness*:

> La amargura es la expresión de una decepción arraigada. Es posible que la decepción tenga un origen externo. Sin embargo, es usted y solo usted quien decide durante cuánto tiempo echará raíces. Si es de la opinión de que no quiere que su calidad de vida se vea influida por decepciones pasadas, plantéese las siguientes preguntas:
>
> 1. ¿Cuál es el origen de la decepción?
> 2. ¿De verdad quiere dar tanto poder sobre su vida a los motivos de esa decepción como para vivir ahora con amargura?
> 3. ¿Cómo se sentiría si comprobase que la felicidad no depende de algo concreto?

¿Qué me causaba tanta decepción como para que ahora estuviese tan amargado en el parque infantil? La respuesta era muy sencilla: a diferencia de todas esas mujeres, era la primera vez en mi vida que estaba con mi hija en un parque infantil un día entre semana.

Durante dos años y medio me había mantenido al margen del cuidado de mi hija porque había estado trabajando como un idiota. Durante esos años nunca había estado agotado en un parque infantil, nunca había tenido que postergar mis necesidades durante días y semanas para ocuparme de una única persona. Y me sentía no solo tremendamente decepcionado por ello, sino sobre todo muy enfadado conmigo mismo por no haberlo hecho nunca. Eran dos años y medio perdidos, que no recuperaría nunca. Y la culpa de ello desde luego no la tenían las madres y los niños que estaban en ese parque infantil y de los que yo pensaba mal ahora. La culpa era solo mía. No quería dar ningún poder a esa amargura, aún más ahora que yo había cambiado de arriba abajo mi vida. Mi felicidad era posible allí y en ese momento.

Me levanté y fui con Emily, la cogí en brazos, la lancé por los aires y cogí mi suerte con ambas manos.

A continuación, como expresión de mi felicidad, quise invitar a un *latte macchiato* al otro padre con pinta de amargado e incluso a la parejita feliz, pero en ese momento me sonó el teléfono.

Era Sascha. Me informó de que el equipo de seguridad de Walter que me seguía acababa de neutralizar a mi perseguidor. El hombre me había seguido desde mi casa hasta la casa de mi mujer y hasta el parque infantil del Schlosspark. El equipo, que iba camuflado de parejita, había retirado al tipo de la circulación discretamente cuando fue a llamar por teléfono detrás de un árbol con un *latte macchiato* en la mano. Además del *latte macchiato* también tenía una pistola y dos granadas de mano francesas en el bolsillo, pero ahora se hallaba maniatado en el maletero del coche de la pareja.

Miré a mi alrededor: tanto la parejita feliz como el hombre triste habían desaparecido. Me felicité para mis adentros de que, en vista de mi a todas luces deficiente conocimiento de la naturaleza humana, solo fuera abogado y no responsable de recursos humanos. Antes habría considerado asesinas profesionales a tres de las madres de día que a aquel tipo tímido. Y que la parejita feliz no fuese antimateria paterna, sino mi equipo de protectores, no se me habría ocurrido ni por casualidad.

Le dije a Sascha que pidiera a la parejita que me diese un poco de tiempo. Seguro que al tipo no le iría mal pasar unas horas en el maletero. Sascha y yo podíamos ocuparnos de él más tarde. Sascha me aseguró que no había problema. Además, la iniciativa de padres había confirmado la cita propuesta para esa tarde a través del programa de gestión de citas. Sascha solo debía enviar el correo electrónico de aceptación. Pusimos fin a la llamada y pasé el resto de la mañana ocupándome de mi pequeño sol, feliz y a salvo. De camino a casa, en lugar del *latte macchiato* compramos un batido de chocolate y un periódico sensacionalista en el McDonald's.

23

Activismo

Como es natural, puede usted tirar de la hierba para que crezca más deprisa. Pero también puede apoyar la cabeza en la hierba mientras crece. Nada de ello influirá en su crecimiento, pero solo con una de esas dos alternativas descansará usted si piensa cortar la hierba más tarde.

Joschka Breitner,
Desacelerar en el carril de adelantamiento:
mindfulness *para ejecutivos*

La iniciativa de padres Como pez en el agua tenía un gran interés en mantener esa conversación. Una demanda de desahucio —por infundada que pudiera ser— es una desventaja para el proyecto desde el punto de vista económico. Nadie mete a su hijo tres años en una guardería si dentro de un año en ese mismo sitio se supone que va a abrir un burdel. Los hípsteres también querían evitar un proceso así. Sascha había confirmado modernamente la fecha en mi nombre a través del moderno programa de gestión de citas y también modernamente por correo electrónico.

Yo conocía la guardería Como pez en el agua de la entrevista a la que habíamos acudido para solicitar plaza para Emily. La iniciativa de padres había alquilado la planta que daba al jardín de una preciosa pero muy venida a menos villa en la ciudad. En las tres plantas restantes había, hasta no hacía mucho, un despacho de arquitectos, un centro de yoga y una *startup* de envíos de sopa de fideos por internet. Para entonces, sin embargo, los tres negocios ya habían respondido positivamente a mi oferta de abandonar de inmediato el lugar para ahorrarse muchos problemas.

De todas las entrevistas en guarderías a las que había ido con Katharina, la conversación que habíamos mantenido en Como pez en el agua nos había parecido especialmente absurda a los dos. Si dos progenitores van a ver juntos una guardería porque buscan un lugar donde poder dejar a su hijo, las personas que piensan de manera normal se plantean la pregunta: ¿quién está cuidando del niño mientras los padres acuden a esa entrevista? Katharina y yo habíamos llegado a la más que lógica solución de ir con Emily. ¿Qué mejor lugar que una guardería para ir con el hijo de uno sin vacilar?

Cuando llegamos a la guardería, nos preguntaron casi indignados si no sería mejor que dejáramos a Emily en el coche. Supondría menos molestias durante la evaluación. Que, a fin de cuentas, las plazas de aparcamiento que había delante de la casa se veían bien desde el lugar. La buena visibilidad de las plazas de aparcamiento no es que fuera el peor criterio para elegir una guardería, sino que no llegaba a ser ni un criterio en sí.

A nuestro juicio, la entrevista fue sumamente bien. Al cabo de tan solo treinta segundos teníamos claro que nuestra Emily estaría en las peores manos con esas personas. Sin embargo, nos quedamos. Con Emily. Aunque solo fuera porque teníamos derecho a conseguir una plaza en una guardería. Por tanto, también teníamos derecho a ver bien ese disparate. Y valió la pena.

De hecho, los tres socios hípsteres convirtieron la entrevista de selección en una especie de centro de evaluación. Acudieron cuatro parejas de padres y una madre. Tres de ellas pudieron dejar a su hijo con los abuelos; la madre sola lo había dejado «con mi mejor mitad». Todos miraron a Emily como si llevar a un niño a una guardería por la tarde fuese un símbolo de abandono social.

Primero tuvimos que cumplimentar un test escrito en el que se preguntaba qué sabíamos de Como pez en el agua. Los padres que teníamos a izquierda y derecha escribían como locos. Cuando fui a mirar el de la madre, esta rápidamente me volvió la espalda para impedir que copiara. Como Katharina y yo solo sabíamos que la guardería estaba a diez minutos en coche de nuestras dos casas, le pasamos el test y el boli a Emily para que pintara.

Después hubo una conversación creativa y motivacional en grupo durante la cual los padres debían contar a los que tenían a su derecha por qué creían que su niño —de los cuales, salvo Emily, no había ninguno presente— enriquecería la guardería. Para entonces, Katharina y yo ya no nos tomábamos muy en serio aquello, y por eso indicamos a los padres de nuestra izquierda que Emily tenía un sexto sentido: era capaz de percibir a las personas estúpidas. Pero por desgracia, justo por eso, ahora tendríamos que irnos deprisa a casa, para que los sentidos de Emily no se fatigaran en exceso en ese sitio.

La siguiente vez me las tuve que ver con la guardería de nuevo cuando resultó que Dragan quería comprar la casa donde se hallaba la iniciativa. Por eso no tuve ningún escrúpulo en poner de patitas en la calle a esos prepotentes. Entonces, yo aún daba por sentado que Emily no dependía de esa plaza. Así de rápido podían cambiar las cosas.

24

Comunicación

Si quiere optimizar su propia comunicación, el camino pasa por la inteligencia emocional. Esta inteligencia se puede mejorar ejercitando de manera selectiva la atención plena. Fórmese una idea de cuáles son las necesidades del otro. Aprenda a entender y apreciar mejor a su interlocutor.

Joschka Breitner,
Desacelerar en el carril de adelantamiento:
mindfulness *para ejecutivos*

Que después de esa farsa de entrevista los hípsteres pretendieran jugarle una mala pasada a mi hija, que mi profesión no les encajase, no me hizo ninguna gracia.

Había conseguido dominar mis problemas con Dragan mediante el *mindfulness*, y me sentaba bien. Quería seguir por ese camino. De manera que no tenía ningún escrúpulo, sino que sentía un gran placer en romperles, con Sascha, el engreído a esos prepotentes poniendo atención plena a más no poder. Por Emily, por mí y, sí, también por Katharina.

Por supuesto, me había preparado mentalmente para la reunión.

Mi guía de *mindfulness* también proporcionaba información sobre la comunicación:

> Si quiere optimizar su propia comunicación, el camino pasa por la inteligencia emocional. Esta inteligencia se puede mejorar ejercitando de manera selectiva la atención plena. Fórmese una idea de cuáles son las necesidades del otro. Aprenda a entender y apreciar mejor a su interlocutor.

De manera que ejercité mi inteligencia emocional parándome a pensar qué necesidades podía tener el otro. Sabía que mis interlocutores eran idealistas engreídos. Pasaban mucho tiempo delante del espejo para arreglarse. Y pasaban mucho tiempo delante de sus dispositivos de Apple para adornar las mentiras sobre su empresa de zapatos elaborados con neumáticos en las redes sociales. En primer lugar tenían necesidad de ellos mismos. Y la tenían en un mundo de paz, amor y armonía.

La cuestión era cuánta paz y amor teníamos que ofrecerles para hacernos con la armonía de la guardería.

De los tres hípsteres, uno había estudiado Empresariales y se tenía por un genio de las finanzas. Otro había estudiado Derecho y se tenía por abogado. El tercero, primero había dejado los estudios de Empresariales y después los de Derecho, por lo que se tenía por creativo. Narcisistas como eran, a ninguno se le había ocurrido recurrir a ayuda externa para acudir a esa cita. A mí, sí.

Nos reunimos en el despacho de la dirección de la guardería. Sascha y yo, además, fuimos acompañados de un caballero que rondaba la sesentena y pasaba tan inadvertido que pudo tomar asiento delante de la puerta del despacho en una silla de niño sin que ello despertara interés. El ambiente en el despacho era frío. Poco convencionales como eran, los tres jóvenes renunciaron a saludarnos con el habitual apretón de manos que se daban en todas partes incluso los adversarios. A cambio, nos ofrecieron un expreso de una cafetera de cinco mil euros. Como señal de fanfarronería de que los tres caballeros se podían permitir una cafetera de cinco mil euros incluso para su guardería.

Estábamos sentados los cinco a una pequeña mesa de

juntas que en realidad solo estaba puesta para cuatro personas. Todo en el despacho estaba concebido para fanfarronear. Parecía una agencia de publicidad especializada en productos infantiles de marca, no un espacio donde se atendieran las necesidades de los niños. Mientras el hípster número tres se encendía con gran seriedad una pipa electrónica pulsando el botón de ON de la cazoleta de la pipa, tomé la palabra para iniciar la conversación.

—Hemos solicitado esta reunión para aclarar algunos malentendidos. A mí ya me conocen, pero quiero que conozcan a este señor. —Señalé a Sascha—. Este es Sascha, el nuevo gerente de Como pez en el agua.

Al rostro de los hípsteres asomó una expresión de desconcierto e incredulidad.

—Ya. Y eso ¿desde cuándo?

—A partir de ya. Calculo que dentro de... veinte minutos.

El hípster número uno intervino.

—No sé a qué viene este disparate.

Intenté entender la necesidad de comprensión que tenían mis interlocutores. E intenté explicarles con palabras sencillas lo que iba a suceder.

—Esto es lo que va a pasar: les ofrecemos el 1,5 % del valor nominal de las participaciones por sus participaciones en Como pez en el agua S. L. Las participaciones se convertirán en Sergowicz Kindergarten und Fishing S. L. La guardería seguirá funcionando. Todos los niños tendrán plaza. Por su parte, ustedes tendrán un poco más de dinero y bastante más tiempo libre. El hombre menudo que está a la puerta es notario y se ocupará de las formalidades. Dentro de diez minutos, mi amigo Sascha será el nuevo gerente y todos podremos irnos a casa.

El hípster número uno solo preguntó por la parte que había entendido:

—¿No ha dicho que todo habría acabado dentro de veinte minutos?

—Sí. He añadido un poco de tiempo para preguntas.

Sascha quiso saber:

—¿Alguna pregunta más o pedimos ya al notario que entre?

Sascha se había fijado en el notario hacía unos años, cuando lo vio colgado cabeza abajo y completamente desnudo, a excepción de una bola roja en la boca, en una cruz de San Andrés en el sótano de uno de los burdeles de Dragan. Sascha debía avisar a los clientes deprisa y corriendo cuando había redada. Desde entonces, el notario le estaba agradecido de que la policía no se lo hubiera llevado, con los pies en la tierra de nuevo. Y se sentía un tanto en deuda con Sascha, lo cual también se debía a que Sascha había documentado el antes y después en el sótano con su *smartphone*.

Sin embargo, los hípsteres distaban mucho de estar de acuerdo con que aquello se llevara a término de manera fluida. El hípster número dos tomó la palabra.

—¿Se puede saber de qué está hablando? ¿Quiere convertir nuestra guardería en un burdel para el mierda de su jefe y pretende que le vendamos nuestras participaciones?

—No, como ya he dicho, mi cliente mantendrá la guardería. Así que ya no estamos hablando de los niños, sino tan solo de su ego. Y por eso les acabo de hacer una oferta.

Tocó hablar al hípster número tres.

—Oiga usted, suponíamos que había venido a disculparse por su comportamiento. Amenazarnos con desahuciarnos, querer convertir este paraíso infantil en un burdel, así no funcionan las cosas. Pero si quiere problemas, los tendrá. Está claro que no sabe usted lo bien posicionados que estamos en las redes sociales. Recibirá un linchamiento digital que no olvidará nunca.

Me proponía de verdad mantener la conversación en un tono emocionalmente amistoso. Pero tal y como estaban las cosas, primero había que llevarla hasta ese punto.

Un «linchamiento digital» era y es para mí una nadería que ni siquiera valía la pena esforzarse en pasar por alto. Un concepto del todo vacío de contenido, desprovisto de valor. Una afirmación cuya presentación como prueba de su validez, sin embargo, bastaba por completo a los adoradores de la digitalización. La afirmación «No hagas esto o se producirá un linchamiento digital» hay que tomarla más o menos tan en serio como cuando uno le dice a su hijo «Si no te lo comes todo, en África morirá un niño». Cada segundo mueren niños en África. Y cada segundo escribe alguna mierda en internet algún idiota. Estos hechos no mejoran si se amenaza con echar la culpa a alguien por ello al margen de toda causalidad.

Así que, al parecer, el hípster del linchamiento digital por de pronto tenía necesidad de alboroto. Puesto que le estaba prestando mi atención plena, lo iba a tener, claro que sí. Una vez satisfecha esa necesidad, tal vez después necesitase armonía.

25

Perdón

El perdón es algo muy liberador. Sobre todo para el que perdona. La ira y los sentimientos de venganza lo pueden bloquear a usted por completo. Si perdona a quien lo enfada, conquistará para usted la mayor de las libertades. Si es capaz de ver que aquel que tanto lo enfada tan solo es un alma herida, le será tanto más fácil perdonarlo.

Joschka Breitner,
Desacelerar en el carril de adelantamiento: mindfulness *para ejecutivos*

A veces hay que imponer el bienestar a las personas. En todo caso, yo no quería seguir interponiéndome en la necesidad que sentía el caballero.

—En realidad me gustaría disculparme por lo que va a pasar ahora —dije con amabilidad pero plena convicción y mirando de reojo a Sascha.

—¿Por qué? ¿Qué va a... pfff?

Sin previo aviso, Sascha cogió la cabeza del hípster número dos, que estaba sentado a su lado, y se la estrelló contra la mesa. De la nariz le salió sangre. En la mesa se hizo un silencio horrorizado.

—Como ya me he disculpado por este incidente, podemos hablar de negocios.

El hípster número dos consiguió recuperar el habla.

—Este tipo me ha roto la nariz —exclamó mientras miraba a sus socios—. Llamad a la policía.

—Pueden llamar a la policía si lo desean, pero creo que antes deberían borrar el disco duro.

—¿El disco duro? ¿Por qué? ¿Qué le pasa? —inquirió el hípster número tres.

—Para ser una guardería, en ese disco duro hay mucha propaganda infantil nazi —contesté.

—Menuda gilipollez. ¿Cómo va a saber usted lo que hay en nuestro ordenador?

—Porque yo os he metido todas esas cosas divertidas en él, señoritas —terció Sascha con toda la calma del mundo—. Con ese enlace de confirmación tan guay de vuestro moderno programa de gestión de citas.

El hípster número uno se volvió hacia el ordenador que descansaba en la mesa. Hizo clic con el ratón y apareció el escritorio. Como fondo de pantalla, los muchachos habían escogido una instantánea de ellos tres en una playa de Asia. Tres sombreros de paja, tres gafas de sol Ray-Ban, tres idealistas globalizados.

—¿Ves la carpeta «*Sieg Heil*, gansitos»? —le preguntó Sascha—. Ahí es donde guardáis vuestra porquería. Muy mal escondida, en mi opinión.

A través del programa de citas, Sascha había enviado a los hípsteres un troyano que ahora estaba en el escritorio. El hípster número uno abrió la carpeta con manos temblorosas, tan incrédulo como curioso. Se abrió un archivo ejecutable que instaló algo en el ordenador.

—No puede ser verdad —dijo el alterado hípster.

En ese mismo instante se almacenaron y difundieron cientos de imágenes, libros, películas y carteles de pedagogía negra alemana del siglo pasado en la red de la guardería. Del librito infantil antisemita *La seta venenosa* a *Quax en las juventudes hitlerianas*, la obra propagandística cuyo objetivo era demonizar a los comunistas, pasando por *Hans y Pierre*, el divertido libro infantil sobre las trincheras y el odio a los franceses, allí estaba el más amplio abanico de entretenimiento infantil políticamente correcto del siglo pasado.

Miré a Sascha.

—No me lo puedo creer: el idiota ha abierto el archivo.

—Ya te lo dije: solo es posible acceder al ordenador de un desconocido si el desconocido te abre la puerta. Después entrar es pan comido.

El hípster número tres fue el primero que recuperó la compostura.

—¿Propaganda infantil nazi? ¿Qué pensáis hacer con la mierda que nos habéis cargado en el ordenador?

Se lo expliqué encantado.

—Es muy sencillo. Ahora tenemos dos posibilidades para poner fin a esta reunión. La primera: el tipo que se ha hecho pupa en la nariz llama a la policía y le cuenta lo de la gente mala que quiere abrir un burdel y os ha roto la nariz. Después nosotros contamos lo de los capullos a los que pillamos reavivando métodos educativos nazis. Y ya veremos con qué historia se ceba la prensa.

—¿Cuál es la segunda posibilidad?

—Todavía no había terminado con la primera. Cuando se investigue la idea que tenéis de una educación infantil políticamente correcta, saldrá a la luz la historia de Taruk.

—¿Quién es Taruk?

—Taruk, amigo mío, es vuestro empleado del mes. Un niño de siete años que sufre una enfermedad de las vías respiratorias y trabaja en una fábrica de Sri Lanka. En ella suelda y pega vuestros modernos zapatos hechos con neumáticos para vosotros desde hace dos años sin máscara protectora. Por quince céntimos al día.

—Eso es mentira.

—¡Vaya! ¿Y quién de nosotros dos ha creado este mundo de la posverdad como le ha dado la gana? Tanto si es verdad como si es una invención, para Taruk no cambiaría nada el hecho de que, si llamáis a la policía, tanto vuestra guardería como vuestra marca de calzado se irán a pique.

—Con lo bien posicionados que estáis en las redes sociales, seguro que la voz se corre deprisa, señor Linchamiento Digital —añadió Sascha.

—A falta de solicitudes de plaza, probablemente la guardería acabaría siendo un burdel fino, y si vosotros tres sois listos, seguro que pronto se os ocurriría alguna modernidad para hacer condones con cero emisiones a partir de neumáticos desechados del tercer mundo. Ese sí sería un modelo de negocio sostenible —aseguré.

—No podéis hacer eso.

—Claro que podemos, pero no tenemos por qué hacerlo. Al fin y al cabo contamos con la posibilidad número dos.

—¿Que sería...? —quiso saber el hípster de la nariz ensangrentada.

Por fin habíamos llegado a donde yo quería desde el principio.

—Cedéis vuestras participaciones de Como pez en el agua a Sergowicz Kindergarten und Fishing Company y la guardería sigue funcionando. Nosotros os pagamos la mitad del valor nominal de las participaciones y vosotros podéis seguir fabricando vuestras ridículas chanclas con trabajo infantil.

—Pero antes la oferta era del 1,5 % del valor nominal...

—Eso era antes de que descubriésemos toda esa propaganda nazi en vuestra red. Entonces, ¿estáis de acuerdo o no?

El hípster número uno aún no estaba de acuerdo.

—¿Qué habríais hecho si no hubiese abierto el ordenador por error? Las imágenes no se habrían instalado, ¿no?

—En primer lugar, no has hecho clic por error, sino por estupidez. Y en segundo lugar, Sascha no le habría partido la nariz a uno de vosotros, sino al menos una pierna a cada uno. Y, entonces, alguno de vosotros habría ido cojeando al ordenador para echar un vistazo a ese archivo.

El hípster número tres intervino de nuevo:

—Primero tenemos que hablar esto entre los tres. Me refiero a que estos son los típicos métodos mafio... grmmmpf... ¡Ahhhh...!

Sascha cogió la cabeza del hípster número tres y le dio asimismo contra la mesa, donde por desgracia estaba la pipa electrónica. La mesa le rompió al hípster la nariz; la pipa le saltó un diente.

—¿Lo habéis hablado bastante?

—Sí. Sí... lo haremos.

Salí un instante para llamar al notario.

—Este es el ilustre señor Derkes. Señor Derkes, estos caballeros desean ceder sus participaciones de Como pez en el agua S. L. a Sergowicz Kindergarten und Fishing S. L. Por una cuarta parte del valor nominal.

El hípster número uno iba a decir algo, pero al parecer tenía más interés en conservar la nariz intacta que en conseguir un precio justo.

La firma y legitimación notarial de los contratos duró

menos de cinco minutos. Desde que habíamos llegado no habían pasado ni veinte minutos.

Delante de nosotros teníamos a tres exsocios de una iniciativa de padres profundamente humillados. Unos padres que financiaban la infancia de lujo de sus hijos con el trabajo esclavo de niños de países subdesarrollados, y encima se corrían dándoselas de fundadores responsables y sostenibles. Unos capullos que negaban arbitrariamente a mi hija una plaza en la guardería porque mi profesión no les gustaba. Dos de esos idiotas ya tenían la nariz partida. Mientras el notario recogía sus cosas y Sascha imprimía un documento en el ordenador, me di cuenta de que en realidad delante tenía a tres almas profundamente heridas. Y en ese momento entendí a qué se refería mi guía de *mindfulness* con lo del perdón.

> El perdón es algo muy liberador. Sobre todo para el que perdona. La ira y los sentimientos de venganza lo pueden bloquear a usted por completo. Si perdona a quien lo enfada, conquistará para usted la mayor de las libertades. Si es capaz de ver que aquel que tanto lo enfada tan solo es un alma herida, le será tanto más fácil perdonarlo.

Ya no sentía rencor ni odio hacia esos muchachos que habían intentado descargar en mi hija el odio que me tenían a mí. Me sentía relajado y liberado. Había perdonado a esos chicos.

Por tanto, quería despedirme de ellos sin acritud.

—Ah, sí —recordé—. Puesto que nuestros caminos se separan aquí, es mi deseo comunicarles cuál será el segundo acto oficial del nuevo gerente de la que hasta ahora era su guardería.

El hípster número uno, que conservaba la nariz intacta, preguntó perplejo:

—¿Qué va a ser lo segundo que haga?

—Le ofrecerá a mi hija la plaza que ustedes le negaron en su guardería. ¿Saben cómo se llama mi hija?

Ninguno de los tres hípsteres lo sabía, así que se encogieron de hombros, desconcertados. Para ellos, Emily solo era la niña anónima del abogado «caca».

—Bien. Ahora procederemos al primer acto oficial. Señor gerente, cuando quiera.

Sascha se plantó delante del hípster que aún tenía la nariz intacta y cambió este estado con un puñetazo certero.

—La niña se llama Emily, capullo. Y ahora firma aquí.

Era evidente que Sascha todavía no estaba listo para perdonarlos.

26

Resistencia interna

La resistencia interna tiene una finalidad positiva. Para manejar de manera constructiva la resistencia interna es importante reconocer y saber apreciar su finalidad positiva.

Joschka Breitner,
Desacelerar en el carril de adelantamiento:
mindfulness *para ejecutivos*

Tras cerrar de manera satisfactoria una negociación, yo, como abogado, siempre me sentía un poco como un corredor de maratón después de llegar a la meta: agotado pero feliz y rebosante de endorfinas. En ese estado de euforia fui con Sascha a la central de la empresa de seguridad de Walter para hablar con el tipo al que habían parado los pies cuando me seguía por la mañana. Aún estaba en el maletero del Volkswagen Passat de la parejita de seguridad. Y el Passat estaba en el garaje subterráneo de un edificio funcional anodino de las afueras.

Nos recibieron mis ángeles de la guarda, que no eran una pareja de enamorados, sino dos profesionales de pies a cabeza. Bajo la luz de los fluorescentes del garaje seguían pareciendo atléticos y atractivos, pero ya no los hijos mimados de unos padres ricos, sino dos personas con las que uno solo bromearía después de haberles pagado para ello.

Les di las gracias a ambos por su excelente trabajo. Sascha abrió el maletero. Hay una gran diferencia entre pasar treinta y seis horas —veinticuatro de ellas a pleno sol— en un maletero o solo ocho. A diferencia de

Dragan, el tipo que teníamos delante todavía no presentaba rigidez cadavérica ni tampoco empezaba a descomponerse. Sin embargo, sí mostraba una tozudez rayana en la cabezonería y no estaba dispuesto a hablar ni una sola palabra con nosotros. El número que se disponía a marcar antes de que lo metieran en el maletero seguía guardado en el móvil. Al menos la parte que ya había tecleado. Faltaban los últimos cuatro dígitos, pero los otros siete coincidían con el último número de prepago de Toni.

En el sótano de la empresa de seguridad de Walter había una sala de juntas, una denominación intencionadamente engañosa. En esa habitación no había un plato con pastas para crear un ambiente que invitase a la conversación; allí había una batería eléctrica normal y corriente con unas pinzas para dedos fabricadas ex profeso. Además, en la sala había un equipo de videoconferencia ultramoderno con el que, en caso necesario, se podía transmitir en directo a personas externas uno de esos interrogatorios íntimos. Con ese equipo también se podían grabar de lujo los resultados de dichos interrogatorios.

Eran muchas las preguntas a las que yo quería que el tipo del maletero me contestase. Por ejemplo: para quién trabajaba, quién estaba detrás de aquello y si también era responsable de la muerte de Murat, la emboscada en el área de descanso de la autopista o la voladura del que, hasta no hacía mucho, era mi coche de empresa.

Pero, por otra parte, sentía una resistencia interna a conectar a una batería a alguien a quien no conocía de nada.

A los hípsteres les había prestado mi atención plena antes de llegar a la conclusión de que la necesidad interna que tenían de bronca pedía a gritos que Sascha les rompiera la nariz. Y precisamente este camino hizo posible que perdonase a las almas heridas a las que había conocido por el camino.

Al tipo que tenía delante, en cambio, no lo conocía de nada. Y de lo que quería que me contase dependería que me cayera bien o no.

Vi que Sascha y la parejita de seguridad, con hábiles movimientos, afianzaban al tipo a una silla de jardín metálica utilizando esposas y una cadena de hierro de gruesos eslabones. Me sentí un poco incómodo. Al ver un cubo con agua con el que probablemente le humedecerían la ropa a ese hombre joven de un momento a otro para aumentar la conductividad, mi resistencia interna incluso provocó que una fina capa de sudor me recubriera la frente. Todo en mí se resistía a lo que estaba presenciando.

Fui un momento al cuarto de baño para consultar mi guía de *mindfulness* en lo tocante al tema «Superar la resistencia interna». Rezaba:

> La resistencia interna tiene una finalidad positiva. Para manejar de manera constructiva la resistencia interna es importante reconocer y saber apreciar su finalidad positiva. Consiga en seis pasos manejar de manera constructiva su resistencia interna.

Interioricé los consejos que daba la guía y volví deprisa a la sala de juntas. Como Sascha y la parejita aún tenían por delante algunos pasos antes de aplicar los electrodos de la batería a los dedos del joven, aproveché ese tiempo para realizar un ejercicio de *mindfulness* consciente y seguí mentalmente los pasos que acababa de aprenderme.

Paso 1: Preste atención plena a lo que está sucediendo.

Describa con franqueza la situación en la que se encuentra.

Bien, pretendía ponerle una batería eléctrica en los dedos a un tipo al que no conocía de nada. Lo que me resultaba difícil era colocarle la batería en los dedos.

Paso 2: Ponga nombre a sus intereses internos.

Su resistencia interna no reside solo en su cuerpo. Se opone a un estímulo interno. ¿Cuál es ese estímulo? ¿A qué se opone la resistencia?

Mi estímulo era: quería vivir en paz. No quería que los jueguecitos de poder de unos mafiosos determinasen mi vida. No quería tener que comprobar con un termómetro de infrarrojos si mi cliente seguía vivo en mis fines de semana libres. No quería que le pegaran un tiro a alguien si no me reunía con él. No quería que por un SMS de coña que había enviado lanzaran una granada a la casa de una secretaria a la que odiaba. No quería que me despertasen explosiones de coches por la mañana. Y ni de lejos quería que un capullo amenazara, pusiera en peligro o tan siquiera observara a mi hija. Y quería que ese tipo me dijese quién era el responsable de toda esa mierda.

Mi resistencia interna era: había aprendido e interiorizado que no se hace daño a otras personas. Al menos, no si no se las conoce. Aplicar descargas eléctricas cada vez más intensas al cuerpo humedecido de una persona desconocida sin tan siquiera saber cómo se llamaba no se podía conciliar con esa idea sin más ni más. No quería torturar.

Paso 3: Aprenda a entender la finalidad positiva de la resistencia interna.

Si ya sabe lo que no quiere la resistencia interna, pruebe a averiguar qué quiere la resistencia interna. ¿Cuál es su finalidad positiva? Dialogue con su resistencia interna. Primero pregúntele qué es lo que le molesta. Después pregúntele qué le gustaría hacer en vez de eso.

Muy bien...

—Querida resistencia interna, ¿por qué no quieres que le dé descargas en el cuerpo a ese tipo?

Para mi sorpresa, mi resistencia interna me respondió de inmediato y sin pensárselo mucho:

—Hola —dijo—, pues se me ocurre que en los puntos de contacto la peste será atroz. No serás capaz de sacarte ese olor de la nariz y te recordará siempre que eres un torturador. Al que la conciencia remorderá a base de bien.

De acuerdo. Anotado. Ahora la segunda pregunta.

—Querida resistencia interna, ¿qué te gustaría hacer en vez de esto?

—¿No le puedes ofrecer unas pastas a ese tipo y que te lo cuente todo sin que le deis calambrazos? Así obtendrás tus respuestas sin que te remuerda la conciencia.

Y automáticamente averigüé cuál era la finalidad positiva de mi resistencia interna: lisa y llanamente, quería impedir remordimientos de conciencia.

Paso 4: Cambie el nombre a la resistencia interna.

Dé a su resistencia interna un nombre positivo, que esté relacionado con su finalidad positiva. De ese modo le resultará más fácil apreciarla e incluir su finalidad positiva en el siguiente paso.

Mi resistencia interna quería impedir que me remordiera la conciencia, así que la llamé Escrupulosa.

Paso 5: Involucre a su resistencia interna.

Su estímulo tiene una motivación positiva. Como acaba de constatar, su resistencia interna también tiene una razón de ser positiva. Si dos cosas son positivas, no es usted tan radicalmente distinto. No tienen por qué contradecirse. También se pueden apoyar entre sí. Mire a ver si hay un camino que sea viable para el estímulo y la resistencia.

Ahora sabía que los remordimientos de conciencia hacían que me resultara problemático darle descargas eléctricas cara a cara a un hombre al que no conocía, pero tendría más remordimientos aún si ese tipo le hacía algún daño a mi hija, a mí o a cualquiera de mi entorno solo porque yo no estaba preparado para aguantar el olor a piel quemada. La buena conciencia de poder impedir que alguien cercano a mí sufriera algún daño prevalecería sobre la mala conciencia de hacerle daño a un desconocido. Para que esto último no limitase demasiado lo primero, tenía incluso dos posibilidades para aunar estímulo y resistencia: le ofrecería a ese tipo unas pastas y después le preguntaría si estaría dispuesto a contestarme a unas preguntas. Si no se mostraba dispuesto, podría ayudarlo en el acto con unas descargas sin que me remordiera la conciencia. Para aguantar el olor seguro que me serviría de ayuda el bálsamo de mentol de mi hija, que había olvidado devolver.

> Paso 6: Tome ese camino de manera consecuente.
>
> Cuando haya encontrado un camino viable, tómelo de manera consecuente. Podría ser perfectamente posible que entretanto su estímulo o su resistencia pidiesen la palabra porque querrían apartarse de ese camino. Hable un instante con ellos, tómese en serio sus necesidades, pero siga siendo consecuente.

De modo que, antes de que Sascha y la parejita pudieran entrar en acción, me dirigí de manera consecuente al hombre que estaba sentado en la silla. Le dediqué una sonrisa amable y le ofrecí con cortesía unas galletas. No quería. Bien. Le pregunté si estaría dispuesto a contestarme a unas preguntas. No lo estaba. Bueno, pues listo. Me unté el labio superior con el bálsamo de mentol de mi hija. La parejita de seguridad y Sascha también metieron el dedo, agradecidos.

Pregunté a mi resistencia interna si le parecía bien que ahora le pusiéramos los electrodos en los dedos al que había rechazado las pastas. La resistencia interna no solo estaba conforme, sino que además me indicó que, a efectos de una mejor conductividad, sería oportuno echarle antes el cubo de agua por el torso.

Cuando el tipo estuvo empapado, Sascha se ocupó de los electrodos. Los cinco con polo negativo los afianzó a los dedos de la mano derecha, y los de polo positivo a los de la izquierda. Centré mi interés en el regulador de corriente de la batería.

La parejita de seguridad se sentó discretamente en un rincón de la sala, cogió el móvil y se enfrascó en un juego de preguntas y respuestas.

Diez minutos más tarde lo sabíamos todo. Solo tuvimos que darle dos descargas para averiguar que el tipo se llamaba Malte y era de Chemnitz. Una vez que empezamos, las siguientes respuestas salieron con un considerable ahorro de energía. Malte era sobrino de Toni, había estado en la legión extranjera y hasta entonces no había trabajado para la organización de Dragan. Toni lo había contratado para que «limpiara» —esa fue la palabra que utilizó— para él. ¿Qué significaba eso? No sabía qué decir. Una descarga más y lo supo.

Toni había involucrado a Murat para que convenciese a Dragan de que fuera al área de descanso. El tipo de las granadas de mano era un delincuente de poca monta, también de Chemnitz, que había ofrecido a Igor las granadas en nombre de Toni. El cometido del tipo de las granadas era hacer saltar por los aires a Dragan, Sascha e Igor. Después le echarían la culpa del ataque a Boris. Toni habría ocupado el puesto de Dragan, Murat habría ascendido a oficial y la guerra entre bandas que se desataría a continuación serviría para consolidar los nuevos cargos. Pero el autobús con los niños les desbarató los proyectos.

—¿Puedo? —preguntó Sascha. Claro. Sascha puso el regulador al máximo una vez. Malte gritó como un condenado, y Sascha cortó la corriente. ¿Tenía alguna pregunta Sascha? No, ninguna. Solo sentía la necesidad de oír chillar a ese idiota sin motivo alguno. Yo podía continuar.

Hizo falta una descarga más para que Malte contara que el domingo Toni le había encargado que nos pegara un tiro a Murat y a mí el lunes en el bosque. Por desgracia, yo no había ido a la reserva. Ahhhh..., ¿por qué le habíamos vuelto a aplicar una descarga, si había contestado a la pregunta?

—Por decir «por desgracia».

Sascha le preguntó cómo sabía Toni que Murat quería reunirse conmigo el lunes por la mañana. Pues por el mensaje que dejó en el buzón de voz. A fin de cuentas me habían pinchado el teléfono.

¿Quién? Ni idea. Ahhhh... Otra descarga. Ahora ya lo sabía: la policía. Toni tenía a un informante dentro. ¿Cómo se llamaba?

—Ni ideahhhh... Möller. El tipo se llama Möller... Trabaja en la brigada de homicidios.

—Ya. ¿Y la granada de mano que lanzaron a la casa de la señora Bregenz?

—¿De quién? —Me miró con cara de genuina sorpresa.

—La arpía del bufete.

—¿La arpía del bufete? Ni ideahhhh... No sé nada de ninguna arpía de un bufete. De verdad que no tengo ni... ideahhhh.

Bien, lo creíamos. Y además daba lo mismo. Probé de otra manera.

—¿Lanzaste una granada de mano a la casa de una mujer el martes?

—Sí.

—¿Hiciste volar mi coche esta mañana?

—Sí.

—¿Por qué?

—Para demostrarte que no puedes amenazar a Toni.

—Bien. No hay más preguntas. ¿Tenéis alguna vosotros?

—¿En qué proceso biotecnológico se basa la bebida refrescante Bionade? —quiso saber la chica de seguridad.

Malte no entendió en el acto que la pregunta no tenía nada que ver con Dragan ni con Toni, sino que formaba parte del juego en el que estaba compitiendo contra su compañero. Sascha y yo lo entendimos un poco antes y reforzamos la memoria del joven con un poco de electricidad.

—¿Qué? ¿Cómo? Ni ideahhhhhhhh... Fermentación. Se llama fermentación.

—Fermentación, muy bien.

—Esto... gracias... —Malte iba a decir algo, pero nadie lo quería oír.

—¿Qué prefieres «Animales y plantas» o «Comida y bebidas»? —inquirió el de seguridad.

—Lo que me gustaría de verdad sería levantarme de esta sill... aaaaaahhhh. «Animales y plantas.» Escojo «Animales y plantas».

—¿De qué flor se obtiene el azafrán?

—¿Del hibisco?... Aaaahhhh... Del croco, ¡del croco!

Sascha y yo dejamos a la parejita de seguridad con la batería de coche y el concursante. Acordamos dejar en la sala de juntas al joven hasta nueva orden. Eso siempre era posible hacerlo un par de días sin que nadie hiciera preguntas. Hasta entonces, tampoco saldría de esa sala ni una palabra de lo que se había hablado sin mi consentimiento.

Sascha y yo ahora lo sabíamos todo: Toni era el traidor; Malte, el asesino; Möller, el topo. Y teníamos muchos y muy buenos motivos para hacer algo contra los tres. Sascha porque Toni había intentado matarlos a su jefe y a él. Yo porque había matado al jefe de Sascha y Toni intentaría hacerme eso mismo a mí.

De manera que, por distintos motivos, Sascha y yo estábamos de acuerdo en que Toni debía desaparecer. Pero eso no lo decidíamos nosotros. Eso solo lo podía decidir Dragan.

27

Tormenta de ideas

El primer paso para dar con una buena solución es ante todo, tener un problema. Muchas buenas propuestas para solucionar un problema fracasan porque no existe ningún problema que resolver. El segundo paso es evitar buscar una única solución. Existe un sinfín de soluciones. Para cada problema. La solución adecuada lo encontrará a usted.

Realice el siguiente ejercicio: vaya a dar un paseo. Tanto física como mentalmente. Invite a su problema a acompañarlo. Espere a que el problema le cuente lo que necesita para desaparecer. No efectúe ninguna valoración de estas propuestas. Cada una de estas propuestas es una solución. Invite a cada una de estas soluciones a acompañarlo un rato. A la técnica de dejar que varias soluciones, por desacertadas que puedan parecer, caminen a su lado mentalmente con los mismos derechos para ver cuál es la adecuada para usted se denomina lluvia de ideas.

Cuando termine el paseo volverán tres: usted, su problema y la solución adecuada.

Joschka Breitner,
Desacelerar en el carril de adelantamiento:
mindfulness *para ejecutivos*

El jueves por la mañana desperté sintiéndome descansado. Iba por el buen camino para poder cumplir el ultimátum que me había dado Katharina. Desde el día anterior por la tarde también sabía que podría cumplir el ultimátum que me había dado Boris si le entregaba a Toni antes del lunes. Y de ese modo también quedaría zanjado el ultimátum de Toni.

Para ello era necesario que esa tarde Sascha y yo implicásemos a todos los demás oficiales y los convenciéramos de que Toni debía desaparecer. Como Dragan no podría dar en persona esta orden, nosotros dos teníamos que resultar tanto más convincentes.

Sin embargo, de la cordada de Toni colgaban también el policía corrupto Möller y el joven alemán del este Malte.

Y yo tenía que estar completamente seguro de que, antes de que Boris lo enviara al infierno de criminales con Dragan, Toni no pudiera poner en marcha ninguna mierda más que desbaratase mis plenamente conscientes proyectos antes de que venciera el ultimátum.

Así que antes de que llegara esa tarde tenía que dar

con las soluciones a los problemas de Toni, Möller y Malte. Además debía cumplir la exigencia de Boris de reunirse con Dragan y encontrar respuestas a las preguntas de Peter Egmann sobre el origen del dedo anular. Y tenía que dar con la solución —fuera de la índole que fuese— para presentar a Toni, Möller y Malte de forma que pudiera convencer a los oficiales de Dragan.

De no ser por el *mindfulness* no habría sido capaz de lograrlo sin acabar con dolores de barriga, cabeza y cuello. Primero me dejé una cosa clara a mí mismo: la única persona que me venía con exigencias era yo mismo. Y si eso era así, también estaba en mi mano cómo formular esas exigencias.

De manera que, por de pronto, las reformulé así:

Tenía la gran oportunidad de debatir esa tarde con mis oficiales las posibles soluciones a todos mis problemas, siempre que para entonces esas soluciones se me hubiesen dado a conocer.

Así sonaba mejor. Bien, siguiente paso. ¿Cómo iba el tema de las soluciones? Joschka Breitner había dedicado un capítulo al asunto. En él decía:

> El primer paso para dar con una buena solución es, ante todo, tener un problema. Muchas buenas propuestas para solucionar un problema fracasan porque no existe ningún problema que resolver.
>
> El segundo paso es evitar buscar una única solución. Existe un sinfín de soluciones. Para cada problema. La solución adecuada lo encontrará a usted.
>
> Realice el siguiente ejercicio:
>
> Vaya a dar un paseo. Tanto física como mentalmente. Invite a su problema a acompañarlo. Espere a que el pro-

blema le cuente lo que necesita para desaparecer. No efectúe ninguna valoración de estas propuestas. Cada una de estas propuestas es una solución. Invite a cada una de estas soluciones a acompañarlo un rato.

A la técnica de dejar que varias soluciones, por desacertadas que puedan parecer, caminen a su lado mentalmente con los mismos derechos para ver cuál es la adecuada para usted se denomina lluvia de ideas.

Cuando termine el paseo volverán tres: usted, su problema y la solución adecuada.

Bien. Ya había zanjado de manera eficaz el primer paso para dar con una solución: sabía cuáles eran mis problemas. Puesto que la reunión de oficiales no se celebraría hasta la tarde, tenía todo el día para ir de paseo. Me puse un pantalón vaquero cómodo y unas zapatillas de deporte viejas, dejé atrás la plaza de aparcamiento quemada, donde el día anterior había explotado mi antiguo coche de empresa, seguí hacia la parada de autobús y fui en transporte público hasta la zona de recreo de las afueras donde había estado por última vez hacía más de diez años.

Aparte de mí, los dos profesionales de la empresa de seguridad que se hacían pasar por parejita fueron los últimos y únicos pasajeros que se bajaron del autobús en la última parada, en medio del bosque. Nadie salía a pasear un jueves a las nueve de la mañana. En el aparcamiento solo había un coche, pero ya estaba allí antes de que parara el autobús. Pedí a la parejita que me esperase en la parada. No llevaba ningún móvil encima. Nadie me había seguido. Nadie podía saber que estaría en ese sitio a esa hora.

Me decidí por una ruta circular bien señalizada de dos horas de duración y me puse en marcha. Los problemas Peter Egmann, Toni, Boris, Möller y Malte no tardaron en presentarse e ir mentalmente a mi lado. Los saludé a los cinco y empecé abordando el problema Peter Egmann. En comparación con los otros cuatro, este planteaba una peculiaridad: yo no sabía lo grande que era. En los demás, la cosa estaba clara: Toni me quería matar, Boris me quería matar, Malte había intentado matarme. Y Möller le había facilitado la información necesaria para lograrlo. Sin embargo, en lo tocante a Peter Egmann y el dedo que habían encontrado no sabía qué más se me vendría encima. En el peor de los casos, el dedo podía ser la prueba que me señalara como culpable del asesinato y me diese la puntilla. En el mejor de los casos no habría ADN fiable de Dragan con el que compararlo y el asunto quedaría zanjado. Si Boris y Toni llegaban a enterarse de lo del dedo y caían en la cuenta de que, en contra de lo que yo afirmaba, Dragan había muerto, que se abriera una investigación contra mí sería el menor de mis problemas. Pero quizá yo pudiese influir en si Toni y Boris iban a enterarse de ello y en qué momento lo harían. Quizá, en el mejor de los casos..., o en el peor de los casos... En resumidas cuentas: mientras no supiese cuál era el alcance del problema, sería inútil buscar una solución. Por tanto, me despedí cordialmente del problema Peter Egmann y abordé los demás problemas, que existían de manera concreta.

Pedí al problema Toni que me contara lo que necesitaba para desaparecer. Salió de él como si pulsara un botón de «Llévame con Dragan» a «Liquídame y listo», pasando por «Conviérteme en jefe».

Esas ya eran tres soluciones posibles al problema Toni.

Y yo solo había recorrido quinientos metros.

«Llévame con Dragan» de hecho desembocaría en «Liquídame y listo». La consecuencia de «Conviérteme en jefe» sería que acto seguido sería yo quien estuviese muerto. Así que «Liquídame y listo» fue la solución que caminó a nuestro lado con mayor naturalidad.

El problema Boris era un caso algo más sencillo. Las únicas alternativas eran «Llévame con Dragan» y «Liquídame o te liquido». Sin embargo, la solución de liquidarlo me parecía algo más complicada que en el caso de Toni. Si me daba maña, Toni estaría bastante solo, mientras que a Boris lo respaldaba todo un sindicato. Pero en ese punto todavía no quería tomar en consideración esa propuesta de solución. Así y todo me alegré de que se hubiese dejado ver tan deprisa.

El problema Malte era de naturaleza similar. Las alternativas «Ofréceme un trabajo», «Ofréceme dinero», «Dame una paliza tal que no me vuelva a atrever a hacer algo así» eran posibles soluciones. Pero la solución más prometedora en este caso también era «Liquídame y listo».

El problema Möller era algo distinto. Desde que habíamos interrogado a Malte me había estado devanando los sesos para dar con la manera de quitar de la circulación a Klaus Möller, el topo que había en la policía. A primera vista quizá incluso pareciese del todo innecesario. Möller no constituía un peligro directo. El tal Möller solo se enteraba de lo que yo comunicaba a través del móvil que tenía pinchado y de lo que averiguaba por la vía oficial a través de Peter Egmann. Y eso era lo único que podía pasar a Toni. De manera que yo podría seguir sin comunicarme a través de mi móvil normal y podría avisar a Peter de la filtración que había en sus propias filas. Sin embargo, no había ido a doce sesiones de *mindfulness* para acabar evitando todos los conflictos. Quería resolverlos de manera activa. Y lo cierto es que tenía un conflicto con un idiota integral como el tal Möller, que había utilizado a mi hija embadurnada de helado como prueba de que yo podría haber ayudado a huir a un asesino. Pero, sobre todo, porque tenía razón y, por tanto, no podía ser un idiota tan integral. Sin embargo, ese tipo había pasado a Toni la información de que me habían seguido durante el fin de semana que había estado en el lago con Emily. Ese tipo le había contado a Toni que Murat quería reunirse conmigo en la reserva y, por consiguiente, era responsable de la muerte de Murat. Y también lo habría sido de la mía si hubiese acudido al encuentro. No estaba dispuesto a que una persona así determinara cómo tenía yo qué utilizar el móvil. En otras palabras: ese tipo era un problema gordo.

El problema me hizo las siguientes propuestas: «Denúnciame a la policía», «Chantajéame con la amenaza de denunciarme a la policía» y «Liquídame y listo».

Denunciar a Möller a la policía daría mucho trabajo. Sobre todo porque después mirarían con lupa cada una de mis llamadas telefónicas y cada uno de mis SMS. Y de ese modo me vería de repente siendo el centro de las investigaciones, como Möller. La última solución —«Liquídame y listo»— también me parecía la más interesante en este caso.

Después de pasar menos de un cuarto de hora en el bosque había encontrado varias soluciones a los cuatro problemas. Y de ese gran número de soluciones, las óptimas me habían seguido el ritmo automáticamente. Las que no eran tan buenas se habían ido sin que nadie se lo dijese.

Estuve caminando un rato así, y aunque —a excepción de las soluciones— creía que estaba completamente solo en el bosque, de pronto tuve la sensación de que me observaban. Además percibí un zumbido suave y mecánico por encima de mí. Al levantar los ojos, lo vi: un pequeño dron. La peste moderna en el espacio aéreo más bajo. Volaba a unos tres metros sobre mi cabeza. Fui a la izquierda y el dron fue a la izquierda. Retrocedí y el dron me siguió. No sabía a quién le podía interesar observarme con un dron.

Puesto que había dejado a la parejita de seguridad en la linde del bosque, debía eliminar yo solo ese estorbo. Cogí un palo grande del suelo y se lo tiré a la buena de Dios a la enervante aeronave.

Le di de lleno. El dron se hizo pedazos en el aire y se estrelló contra el suelo en docenas de pequeños fragmentos. Resultó que el aparato tenía un diámetro de casi medio metro, cuatro rotores y una pequeña cámara HD.

Mientras me preguntaba quién se tomaría tantas molestias para observarme, un tipo furioso salió de detrás de un árbol.

—Se ha cargado usted mi dron —exclamó furibundo.

—Me estaba molestando —repuse—. ¿Se puede saber cómo se le ocurre la chaladura de observar a la gente en una reserva natural con ese chisme enervante?

—Era un juguete para mi hijo. ¿Dónde quiere que practique si no es aquí? ¿En una zona peatonal? Además, solo lo vio cuando lo hice descender. A diez metros de altura ni lo notó. —Al borde de las lágrimas, el hombre cogió del suelo lo que quedaba del dron.

—Un momento —dije—. ¿Esto es un juguete infantil? ¿Con cámara y todo lo demás? ¿Se puede saber cuánto tiempo me ha estado observando?

—Unos cinco minutos.

—Y ¿cómo es que no lo he visto?

—La cámara transmite todas las imágenes a mi monitor. Yo lo veo a usted, pero usted no me ve a mí.

—Y ¿cuánto vale el juguetito de marras?

—Me costó más de cuatrocientos euros. O me lo paga o llamo a la policía. —Se había erguido y me miraba con cara de enfado.

Para que me dejara en paz de una vez, le di quinientos euros a tocateja y el consejo de que en el futuro no practicara sus ejercicios de vuelo con desconocidos. El tipo desapareció y yo volví a verme solo en el bosque. Sin embargo, el dron no desapareció por completo de mi cabeza, sino que me dejó entrever una idea.

Seguí caminando y no tardaron en sumarse a mí de nuevo mis soluciones que, en los cuatro problemas, conducían a «Liquídame y listo».

A toro pasado, la cosa es obvia, claro: si la vida de una persona constituye el problema, su muerte es la solución. Pero la mayoría de las veces uno no suele llegar solo a la solución más evidente. La experiencia de lo absolutamente liberador que puede llegar a ser liquidar un problema ya la había vivido hacía menos de una semana con el problema Dragan. Esa barrera psicológica ya la había salvado. Y, por lo que a mí respectaba, con el asesinato de Murat, en el que también tendría que haber muerto yo, Toni, Malte y Möller habían perdido todo el derecho a que yo pudiera mostrar escrúpulos morales. La idea de eliminar a esos tres pedazos de cabrones me parecía de lo más justa. Y que Boris no hubiese tenido nada que ver con el asesinato de la reserva no era un motivo ni de lejos para no liquidarlo antes de que él me matara a mí.

Sin embargo, ahora lo importante era estudiar bien los detalles relativos a la manera de eliminarlos. Cuatro hombres que estaban unidos entre sí al menos a través de Toni debían morir. A ser posible sin que se llegara a saber lo que les unía. Por otro lado, valdría la pena, por supuesto, que de la relación que unía a esas cuatro personas resultase una suerte de sinergia que me quitara trabajo a mí. De todas formas, yo quería que a Toni lo matara Boris, eso estaba claro. Pero ¿y si antes Toni se encargaba de Malte o de Möller? ¿Qué podía hacer yo para propiciar eso?

Continué paseando por el bosque bajo esa tormenta de ideas. Pensé en cómo era cada uno de los cuatro hombres, en su entorno, sus preferencias, sus puntos fuertes y débiles. Y si los problemas y las soluciones tuviesen pies, en mi ruta circular habría habido puntos en los que el sendero del bosque habría estado hollado por cientos de pisadas. Pero al final del paseo esas pisadas cada vez eran menos. Cuando salí del bosque y llegué a la parada de autobús, solo estaba rodeado por cuatro soluciones esbeltas que ya cargaban con los problemas Toni, Boris, Malte y Möller.

Volví a la ciudad con la parejita encargada de mi protección. En el centro insistí en invitarlos a tomar café en mi nuevo restaurante preferido. De paso compré el periódico sensacionalista más reciente.

Una vez en mi apartamento, empecé a poner en práctica las soluciones: hablándoles del dedo de Dragan.

28

Dar y recibir

Podemos dar y podemos recibir. Es un ciclo. Y cuando dar y recibir se equilibran nos va bien. El que solo da, pero no es capaz de recibir, siente que se queda sin fuerzas en este ciclo. Y el que solo recibe, pero no es capaz de dar, se siente mal.

Joschka Breitner,
Desacelerar en el carril de adelantamiento: mindfulness *para ejecutivos*

Estuve hasta después de comer redactando las soluciones que había encontrado en el bosque de manera que pudiera implantarlas en nombre de Dragan en la reunión de esa tarde con los otros oficiales... Pura palabrería empresarial: sencillamente busqué en casa lo que necesitaba para poder exponer mis soluciones con absoluta veracidad. Y lo que necesitaba era el pulgar de Dragan y unas páginas de periódico.

El resto de la tarde, hasta la reunión de oficiales, lo aproveché para planificar mi propio futuro profesional.

Como persona de leyes, uno se puede comer el mundo. O al menos eso piensan todos los estudiantes de primer semestre de Derecho. Y eso es cierto en el sentido de que una persona de leyes se puede comer el mundo si sus padres son ricos. Sin embargo, sin padres ricos, uno también se puede comer el mundo con un título de delineante, con unas prácticas de vigilante de vías férreas e incluso sin tener ninguna cualificación. No obstante, la densidad de hijos de padres ricos en una clase del primer semestre de Derecho es mucho mayor que en el caso de los delineantes o los vigilantes de vías férreas.

Mis padres no eran ricos, y yo solo pude llegar a «abogado». Y, como tal, lo más factible era el derecho penal y el derecho empresarial. Puesto que los diez últimos años había probado a ver si me divertiría siendo asalariado —y no había sido así—, ahora quería probar suerte trabajando por cuenta propia. Si sobrevivía al 30 de abril, el 1 de mayo me gustaría alquilar un buen lugar para establecerme, a ser posible cerca de mi piso, cerca de la casa en la que vivía mi hija y cerca de su futura guardería.

El inmueble en el que se hallaba la guardería Como pez en el agua reunía esas condiciones no solo geográficamente. Gracias a mi pericia anterior en los procesos de desahucio, la villa además estaba desocupada, a excepción de la guardería. Por tanto, decidí mirar bien las habitaciones de las plantas superiores, y allá me fui en autobús.

En efecto, eran preciosos despachos con techos altos, estuco, puertas correderas y un estupendo piso de parqué. Como burdel fino, la casa habría sido imbatible. Dragan tenía buena mano para esa clase de visiones. Ahora, sin embargo, yo tenía el pulgar derecho de esa mano en forma de molde de escayola en mi casa y podía decidir lo que sería del inmueble. ¿Y qué mejor que tener mi propio bufete sobre la guardería de Emily?

Me paseé por las tres plantas vacías y amueblé mentalmente un despacho, una sala de juntas, un cuarto de juegos para mi hija. Justo me estaba imaginando una habitación con un televisor y un cómodo sofá para repantigarme cuando me sonó el teléfono. Era Peter, el jefe de la brigada de homicidios. Esperaba encarecidamente que la llamada no tuviese nada que ver con dedos, sino con granadas de mano.

—Hola, Peter. ¿Qué hay de nuevo?

—Si tienes un momento, quería ponerte al día de lo de tu coche de empresa.

—No tengo coche de empresa.

—Bueno, pues del que hasta hace nada era tu coche de empresa. La explosión la causó una granada de mano.

Sentí alivio. Pero me hice el sorprendido, lo cual me costó, puesto que ya había averiguado esa información el día anterior por medio de unas cuantas descargas eléctricas.

—¿Una granada de mano? ¿Cómo?

—Un dispositivo de detonación rudimentario pero eficaz. La granada estaba pegada con cinta americana al tapacubos de una rueda trasera. El pasador de seguridad iba unido a la llanta con un alambre. El más mínimo movimiento de las ruedas retiró el pasador de la granada y... ¡Bum!

—Parece sencillo técnicamente pero complicado emocionalmente.

—Te puedo decir tres cosas. La primera: la granada de mano era igual que la que lanzaron a la casa de la señora Bregenz el martes y que la que estalló en el área de descanso de la autopista el viernes.

De manera que también Peter podía contar con que Toni estaba detrás del atentado contra mí, pero no tenía ninguna prueba.

—La segunda: tal y como estaba colocada, la granada no podría haber matado al conductor. Si alguien te hubiese querido matar, habría tenido que pegar la granada bajo el tapacubos de la rueda delantera.

—Y ¿la tercera?

—De la tercera me gustaría hablarte en privado.

—Claro. ¿Dónde?

—¿Dónde estás? Voy donde me digas.

—Ahora mismo estoy en uno de los inmuebles de Dragan. En el 42 de la Herderstrasse. No sé si habrá un café por aquí...

—¿En qué planta?

—¿Como que en qué planta? Ahora mismo estoy en la tercera, ¿por qué?

—Tardo diez segundos.

Me guardé el móvil, perplejo, y oí pasos en la escalera, que era de madera. Cinco segundos después, Peter llamó a la puerta entornada del piso y entró.

—¿Qué estás haciendo aquí? —pregunté asombrado.

—Eso mismo podría preguntarte yo.

—Estoy viendo el inmueble de un cliente, ya te lo he dicho.

—Y yo viendo a una víctima de tu cliente.

—Puede que yo sea víctima de un atentado perpetrado con una granada, pero no víctima de mi cliente.

—Bueno, en esta ciudad se cometen otros delitos que no tienen nada que ver con granadas de mano.

—Ah, ¿sí?

—Así que se me ocurran: lesiones, coacciones, difamaciones, fraude informático...

Descarté que los hípsteres de la planta baja hubiesen presentado una denuncia. Sabían perfectamente que tenían hasta el fin de semana para recoger sus cosas e informar del traspaso del negocio a los padres. En caso contrario se verían en la nada profesional.

Asentí.

—Ya. ¿Y por eso investigas precisamente en una guardería?

—Bueno, probablemente fuese una falsa alarma. La mujer de uno de los socios nos llamó esta mañana y dijo que quería hablar con la persona que se ocupa de Dragan Sergowicz. Y, como ya sabes, ese soy yo.

—Y ¿qué quería la mujer?

—Me dijo que el día anterior a su marido lo habían amenazado y pegado de mala manera dos colaboradores del señor Sergowicz. Le habían roto la nariz y le habían hecho saltar un diente. Y además lo habían amenazado con partirle una pierna y lanzar una campaña de difamación contra su empresa si no cedía su participación de la guardería al señor Sergowicz.

Nariz rota y diente saltado... Era el hípster de la pipa electrónica. No me extrañaba que ese inútil hubiese ido llorando a su mujer.

—Vaya, son unas cuantas afirmaciones desagradables. ¿Hay testigos?

—Pues la cosa tiene gracia. He venido a ver al hombre, que precisamente está abajo, recogiendo el despacho que tenía en la guardería, y lo curioso del caso es que no recuerda nada.

—¿Quieres decir que no tiene la nariz rota?

—Sí, y también le falta un diente. Pero jura y perjura que se cayó por la escalera aquí.

—Y ¿hay testigos?

—Sí, los otros dos socios, que casualmente también tienen la nariz rota.

—¿También la escalera?

—También la escalera.

—Siendo así, voy a tener que hablar con mi cliente del estado de esa escalera.

—Bien. Eso está bien. Es solo que...

—No te preocupes. Mi cliente y sus colaboradores no denunciarán a la mujer por difamación.

—Eso también está bien. Bien.

A Peter le preocupaba algo más, se le notaba. Al final lo soltó.

—Abajo, en la pared, he visto unas fotos de los niños y sus padres. Tiene gracia la casualidad, entre ellos están Paul y Mary.

—¿Quiénes son Paul y Mary?

—Los hijos de Karl Breuer, el director de la Delegación de Urbanismo. Suelo jugar con él al squash, y está entusiasmado con Como pez en el agua.

Vaya, vaya. Conque el director de la Delegación de Urbanismo. Siempre que Dragan necesitaba que se tramitara algo deprisa para lo que fuese, el señor Breuer primero expresaba grandes reparos relativos al cambio climático o la protección de los animales, pero después hablaba con Dragan en uno de sus burdeles y los reparos desaparecían como por arte de magia. ¿Y el caballero tenía a sus hijos en mi guardería? Estaba bien saberlo.

—Es posible. No te sabría decir. Al fin y al cabo, la guardería no es mía.

—Pero los tres exsocios han declarado que han cedido todas sus participaciones de la guardería a una filial de Dragan. ¿Tú sabes algo?

—Claro, fui yo quien redactó el contrato. Pero, como bien sabes, solo soy abogado, no educador. Sascha, en cambio, sí es educador.

—¿Y Sascha es el nuevo gerente de la guardería?

—Sí. ¿Por qué?

—Verás... No me malinterpretes, pero... —De pronto

daba verdadera lástima. Hizo de tripas corazón—. ¿Todavía hay plazas libres?

Casi no me podía creer que el plan que en realidad yo había ido improvisando mientras hablaba con Sascha de verdad funcionase. Con las plazas de la guardería se atraía a unos padres que se volvían dependientes de ellas. Ya me extrañaba a mí que Peter me hubiese informado de los resultados de la investigación relativa al atentado que había sufrido mi antiguo coche de empresa sin que yo se lo pidiera. Muy sencillo: porque la vida era dar y recibir. Peter quería algo de mí: una plaza en la guardería.

Los hípsteres ni siquiera habían dejado aún la casa y Sascha, el director de la Delegación de Urbanismo y ahora también el jefe de la brigada de homicidios ya eran los primeros yonquis de mi nueva droga. Si ese no era un buen comienzo...

Ya solo por razones de atención plena, no podía negar a Peter la petición de aceptar a su hijo en la guardería. En mi guía de *mindfulness* ponía de manera inequívoca:

> Podemos dar y podemos recibir. Es un ciclo. Y cuando dar y recibir se equilibran, nos va bien. El que solo da, pero no es capaz de recibir, siente que se queda sin fuerzas en este ciclo. Y el que solo recibe, pero no es capaz de dar, se siente mal.

Yo no quería que Peter se quedara sin fuerzas ni tampoco sentirme mal yo. Por supuesto que le daría la plaza en la guardería, pero solo acogería a su hijo bajo mi protector manto si a cambio Peter me entregaba el dedo de Dragan.

—¿Preguntas en general o te refieres concretamente a tu hijo, Lukas?

—A Lukas, sí. No te puedes creer lo difícil que es conseguir plaza en una guardería. Ese sistema de adjudicación demencial...

—Kotz. Lo conozco.

—Enviamos veintiocho solicitudes.

—Nosotros treinta y una.

—Y no hemos recibido ni una sola respuesta afirmativa.

—Igual que nosotros.

—Y entonces se me ocurrió que podía preguntarte sin más si crees que es posible que aquí haya alguna plaza libre.

Lo miré como para tantearlo.

—A ver si lo he entendido bien. Para que tu hijo de tres años no tenga que seguir pasándose media jornada pintando solicitudes de órdenes de detención para Dragan para mantenerlo ocupado en tu despacho, me preguntas si no aceptarían a Lukas en la guardería de Dragan, ¿es eso?

—Bueno, solo es una pregunta. Los niños son niños y el trabajo, trabajo. Además, a fin de cuentas la guardería no es de Dragan, sino de una asociación sin ánimo de lucro cuyos socios son una filial de Dragan. Aunque soy policía, también me puedo tomar una cerveza en un bar de Dragan. Si la pago de mi bolsillo.

—¿Y asumirías que Lukas podría acabar en un grupo con Emily, cuyo padre es sospechoso de haber sustraído un dedo en el que había un anillo que se parecía mucho al del gestor de la guardería?

—¿Quién ha dicho eso? —replicó, indignado, Peter—. Hay casi diez veces más dedos que personas en el mundo. Se producen confusiones.

—Defíneme *confusiones*, anda...

Peter carraspeó.

—He leído bien el expediente. Creo que es inequívoco que el dedo se encontró en la finca del vecino, así que tú no tienes nada que ver con él. Por desgracia, tampoco he encontrado ADN fiable de Dragan con el que compararlo. Y, para variar, el laboratorio está desbordado. Así que creo que ese dedo no tiene ninguna relevancia para nuestro caso...

Eso sonaba mucho mejor. Relajado, metí las manos en los bolsillos del abrigo.

—Yo también lo veo así. ¿Nemo o Flipper?

—¿Perdona?

—Lukas, ¿preferiría el grupo de Nemo o el de Flipper? Todos los grupos tienen nombres de peces.

—Pero los delfines no son peces.

—Si quieres conseguir plaza en la guardería hípster más hípster de la ciudad, no deberías ser tan estrecho de miras. Bienvenido a Como pez en el agua.

Le tendí la mano a Peter y, al hacerlo, saqué sin querer el pájaro de juguete del bolsillo, que cayó al suelo entre ambos y dijo con su absurdo falsete:

—He descuartizado a mi cliente y soy libre.

Vaya, qué bien que esa mierda volviera a funcionar. Pero qué mierda que tuviera que suceder precisamente en esa situación. Entre Peter y yo se hizo un silencio incómodo.

—¿Qué ha sido eso? —quiso saber Peter.

—¿Qué ha sido eso? —repitió el pajarraco.

—Es el pájaro de juguete con el chip defectuoso del

que te hablé. Y bien: ¿Nemo o Flipper? —Me metí el pájaro en el bolsillo.

Peter vaciló un segundo y después contestó, con absoluta convicción:

—Flipper. Seguro que Lukas prefiere el grupo de Flipper.

—Una buena decisión. No te arrepentirás.

—No te arrepentirás —se escuchó en mi bolsillo.

29

Convencer

Si quiere convencer a alguien para que opine como usted, existe una máxima muy sencilla: quien se siente bien está abierto a lo nuevo. Quien no se siente bien se cierra en banda automáticamente. Cree un ambiente en el que se sienta usted bien. Transmita su bienestar y su espíritu abierto al otro. Sorpréndalo positivamente. Despierte la curiosidad del otro. Hable de lo que aportará su propuesta. La mayoría de las veces ya no será necesario convencer, pues eso ya habrá sucedido.

Joschka Breitner,
Desacelerar en el carril de adelantamiento: mindfulness *para ejecutivos*

La reunión se celebraría a las siete de la tarde. Todos los oficiales habían confirmado su asistencia. La empresa ilegal de Dragan estaba compuesta, hasta entonces, por cuatro sectores claramente separados entre sí: droga, prostitución, tráfico de armas y contrabando de todo tipo.

El ramo de la droga lo dirigía Toni, haciéndose pasar por director de una empresa que gestionaba bares y discotecas.

De la prostitución se encargaba Carla, exprostituta y exnovia de Dragan. Oficialmente llevaba una agencia de casting. Carla odiaba a muerte a Toni, porque Toni solo veía en ella a la exprostituta.

Del tráfico de armas se ocupaba Walter, exsoldado profesional de la brigada franco-alemana que ahora trabajaba de director de una empresa de seguridad.

Al frente de todo tipo de contrabando, tanto de mercancías como de personas, se hallaba Stanislav, que públicamente ejercía de director de una agencia de transportes.

Entre los distintos negocios había numerosas sinergias: Stanislav transportaba la droga de Toni, el personal de seguridad de Walter mantenía conversaciones esclarecedoras con personas que no se tomaban en serio a Carla. De las discotecas de Toni entraban y salían cazatalentos de Carla. Al arsenal de armas de Walter podía recurrir cualquier oficial y comprar a precio de coste. Cada negocio podía solicitar los servicios de cualquiera de los otros.

Y además de droga, armas, putas y esclavos, desde que Dragan había desaparecido ahora también estaba en escena Sascha, oficial del ramo de cuidados infantiles.

En la reunión de oficiales había cuatro puntos que esclarecer.

Debía convencer a los oficiales de que Dragan continuaría desaparecido durante un periodo de tiempo indeterminado y que llevaría los negocios desde la distancia sin menoscabo de su autoridad. Para ello, el requisito era que todos estuviesen convencidos de que Dragan seguía vivo.

A excepción de Toni, no parecía que nadie lo dudara.

El segundo punto guardaba relación con el primero: debía convencer a todos los oficiales de que era la voluntad de Dragan y lo mejor para todos que todo siguiera como hasta entonces. O sea: que no podía estallar una guerra entre bandas con Boris.

A excepción de Toni, nadie tendría interés en que sucediera eso.

El tercer punto era: tenía que convencer a una prostituta, un exsoldado profesional y un contrabandista y traficante de personas de que hacernos con una guardería en la situación actual era el cometido más apremiante. Un cometido que, además, justificaba que Sascha pasara de ser chófer a ser oficial.

Que no sería capaz de convencer a Toni de ello era algo que a esas alturas yo tenía claro, de manera que ese no podía ser mi objetivo.

Ah, sí, y el cuarto punto: convencer a todos —salvo a Toni— de que Boris tenía permiso para matar a Toni.

En lo que respectaba a los objetivos, Joschka Breitner me había aconsejado algo muy sabio:

> *Mindfulness* es saber reconocer los éxitos parciales. El que aspira a alcanzar el 100 % fracasará al 100 % en sus aspiraciones aunque consiga el 90 % de esos resultados. El que solo aspira al 80 %, con alcanzar un 90 % tendrá un éxito del 100 %.

Así que no tenía que romperme la cabeza para convencerlos a todos. Solo tenía que pensar en cómo podía convencer a Carla, Walter y Stanislav; a fin de cuentas, Sascha ya estaba convencido.

En el resultado de convencer a Toni, por de pronto no debía malgastar ninguna energía. Al contrario. Si todo iba según lo previsto, incluso sería una ventaja que Toni fuese el único que se opusiera.

De todos modos, yo quería poner a los demás en su contra, así que era bueno que diese la impresión de que la culpa la tenía él solito. De manera que el problema Toni ya formaba parte de su propia solución.

Por tanto, lo único que tenía que hacer era parecer lo más convincente posible. En mi guía de *mindfulness*, bajo el epígrafe «Convencer» ponía esto:

> Si quiere convencer a alguien para que opine como usted, existe una máxima muy sencilla: quien se siente bien está

abierto a lo nuevo. Quien no se siente bien se cierra en banda automáticamente. Cree un ambiente en el que se sienta usted bien. Transmita su bienestar y su espíritu abierto al otro. Sorpréndalo positivamente. Despierte la curiosidad del otro. Hable de lo que aportará su propuesta. La mayoría de las veces ya no será necesario convencer, pues eso ya habrá sucedido.

Por lo general, las reuniones de oficiales de Dragan se celebraban en el reservado de algún restaurante fino tan prohibitivo como impersonal. En un ambiente de miedo al empezar y alivio inmenso al terminar. Cada oficial estaba preparado para que le cayera sin venir a cuento una lluvia de elogios, cólera y gritos por parte de Dragan. Lo mejor de las reuniones era, hasta el momento, que no se celebraban a menudo.

Algo que yo pretendía cambiar. En comparación con el ambiente que todos conocían, crear un clima agradable en el que todo el mundo se sintiera bien no era un imposible. El mero hecho de que desaparecieran la cólera y los gritos ya supondría un salto cuántico en cuanto a relajar el ambiente. Para el resto, Sascha y yo contábamos con el factor sorpresa. Por ello habíamos preparado para la reunión la habitación del grupo Moby Dick en el número 42 de la calle Herderstrasse. Habíamos retirado los pupitres del centro de la habitación, los habíamos puesto contra la pared y habíamos dispuesto seis sillas en círculo en el medio. En cada silla había una tarjetita de cartulina con forma de pez con el nombre de cada uno. Durante el día, Sascha se había estado familiarizando con la documentación de la guardería y había pedido a la empresa de catering que enviara seis raciones adicionales para la tarde. El ambiente en la habitación no podría ser más distinto del de un restaurante fino.

A las 19.12 h, cinco criminales legalizados y un abogado estaban sentados en círculo en sillitas de madera de distintos colores destinadas a niños de seis años como máximo, mirando a su alrededor con cara de sorpresa.

Todos esperaban escuchar declaraciones desagradables sobre los puntos del día: guerra entre bandas, violencia y traición, pero nada en el grupo Moby Dick apuntaba a eso. Sobre la cabeza de Carla, Walter y Stanislav había suspendido un signo de interrogación claramente visible; sobre la de Toni, un nubarrón negro como la pez.

Si quiere desconcertar por completo a empleados confundidos, existe un truco infalible: deles las gracias sin motivo alguno. Así que empecé la reunión de esta forma.

—Permitidme que os dé las gracias a todos en nombre de Dragan por asistir a esta reunión de manera tan espontánea.

Un saludo así sorprendía. Y de un modo positivo. Hasta entonces, el mayor mensaje de agradecimiento que Dragan había transmitido a sus oficiales había sido omitir los gritos.

—Dadas las circunstancias, Dragan no estará localizable hasta nuevo aviso. Le habría gustado estar aquí, aunque solo fuera por veros sentados en estas sillas ridículas.

Un primer asomo de alegría insegura.

—He recibido toda una serie de mensajes de Dragan para vosotros. Si os parece, empezaremos, sin más, por el primero.

Abrí el recipiente isotérmico que tenía al lado y le di a cada uno de los oficiales un plato de plástico tapado. En el grupito se oyó un murmullo de asombro.

Después abrí el periódico sensacionalista del día anterior, que también estaba en la caja térmica. Sellado con el pulgar de Dragan. Solo había dos palabras rodeadas con un círculo y unidas entre sí.

La alegría había desaparecido. Cada uno de los oficiales temía encontrarse en el plato, como poco, las orejas de Boris. Leí el mensaje del periódico y al mismo tiempo levanté la tapa de mi plato.

—Que aproveche.

En cada uno de los platos había guisantes y zanahorias, espirales de pasta y palitos de pescado, además de un tetrabrik de zumo de manzana ecológico sin filtrar.

Carla, Walter y Stanislav se sintieron visiblemente aliviados. Tan solo Toni, como era de esperar, se llevó un chasco al ver que en el plato no estaba la parte de ningún cuerpo.

—¿Se puede saber qué es esto? —preguntó Toni con cara de asco.

Iba a contestar, pero Stanislav se me adelantó.

—Palitos de pescado, tío. ¿Sabes cuánto hace que no como esto? Seguro que... Uy, tendría como mucho quince años.

—La última vez que comí yo espirales de pasta estaba de maniobras. Qué recuerdos —añadió Walter.

El amor no es lo único que entra por el estómago, sentirse bien también. Los restaurantes finos están muy bien si por fuera uno está cagado de miedo. Sin embargo, hay algo que no consiguen: saciar el hambre. Ni la física, ni tampoco la espiritual. Los palitos de pescado con pasta consiguen crear de manera improvisada un ambiente del todo distinto, más abierto.

—¿También hay Capri-Sun? —quiso saber Carla mientras introducía la pajita en el zumo de manzana—. De pequeña me encantaba.

Con ayuda de unas sillas infantiles, tarjetitas con nombres y palitos de pescado, Sascha y yo habíamos logrado como por arte de magia convertir a cuatro criminales escépticos en tres niños atrapados en un cuerpo de criminal capaces de entusiasmarse y cabrear a un criminal.

—No sé qué queréis que haga con esta mierda. ¿Podemos ir al grano de una vez? —Toni empezó a torpedear los recuerdos del resto.

Existe un remedio muy sencillo para crear un ambiente en el que todas las personas menos una se sientan bien, y este remedio se llama acoso. Si se utiliza según los criterios del *mindfulness*, el acoso puede ser algo muy grato. Al menos para el acosador, que tiene la libertad de reírse de otro cuando se quiere reír. Y tiene la libertad de no tener que hacer nada por ese otro si no quiere hacer nada por ese otro. El acosador descansa cuando acosa, satisfecho de no ser él el acosado.

Al estar yo al frente de la reunión, sentí que era el responsable de empezar con el acoso.

—Bien, Toni, si no tienes hambre, haz el favor de traerme el maletín, ahí está el resto de las instrucciones —pedí mientras seguía comiendo con los demás y señalaba el maletín, que estaba junto a la puerta.

Para no asumir por completo el papel de niño enfurruñado, Toni se vio obligado, mal que le pesara, a levantarse e ir a por el maletín. De adulto, ¿ha conseguido levantarse alguna vez de una sillita de niño con dignidad? No, no lo ha hecho. Porque no es posible. Y Toni, con su cuerpo bien entrenado y duro, pareció completamente perdido y ridículo cuando intentó ponerse de pie desde esa silla demasiado pequeña. Fue un fracaso estrepitoso. Incapaz de flexionar las piernas debidamente, tras tres intentos fallidos se tuvo que apoyar en los hombros de Sascha y Carla. Una vez de pie, no consiguió recuperar el equilibrio de inmediato, y el resto no pudo evitar reírse. Su sensación de bienestar aumentó en la misma medida en que se hundió la de Toni. Él fue a la puerta caminando con pesadez, furioso, y tras coger el maletín y dejármelo a los pies sin miramientos, se volvió a sentar.

—Gracias, Toni, pero, sintiéndolo mucho, no es este. Me refería al que está junto a la puerta del jardín.

Toni me miró boquiabierto. Los demás esbozaron una sonrisa sarcástica.

—Solo era una broma. No te levantes. Claro que es este. —Me limpié la boca, dejé el plato y saqué varias páginas de periódico del maletín—. Como todos sabéis, desde el viernes por la tarde han pasado algunas cosas que se podrían interpretar como una interrupción del curso habitual de nuestro negocio.

Aunque en realidad todo el mundo sabía lo que había pasado, lo resumí, desde la emboscada que tendieron a Dragan y Sascha el viernes por la noche hasta la granada de mano que pusieron en el que era mi coche de empresa, pasando por el asesinato de Murat y la granada que lanzaron al piso de la señora Bregenz.

—Y detrás de todo esto está Boris —me cortó Toni.

—¿Os acordáis de cuando nos mandaban callar haciendo el gesto del rey del silencio con los dedos? —pregunté. Sillas de niños, palitos de pescado y el deseo de tomar Capri-Sun habían abierto al grupo a más recuerdos de infancia.

Sascha y Carla hicieron el gesto en el acto con los dedos mirando a Toni.

—Y eso ¿qué significa? —se interesó Walter.

—Cuando te hacen el gesto del rey del silencio, no puedes hablar —aclaró Stanislav mientras enseñaba a Walter el gesto: se juntan los dedos corazón y pulgar y los otros tres forman una corona.

A continuación, cuatro coronas señalaron a Toni.

Este se los quedó mirando atónito. Estaba acostumbrado a utilizar las armas y los puños como argumento. Con esas coronas que exigían silencio no podía hacer nada. Continué.

—Dragan quiere que todo siga como hasta ahora. No quiere verse obligado a empezar una guerra entre bandas mientras no sepa quién es el instigador y por qué.

Las coronas desaparecieron y dieron paso a un gesto de asentimiento y alivio.

—Y ¿por qué no nos lo dice el propio Dragan? —preguntó Toni.

Las coronas aparecieron de nuevo, acompañadas de cuatro cabeceos reprobadores. No respondí directamente a la pregunta de Toni.

—Si hay diferencias con Boris, Dragan se encargará de aclararlas. Dragan y solo Dragan. A través de mí y solo de mí. Los demás negocios seguirán como antes. ¿Entendido?

Cuatro coronas que asentían y un Toni que guardaba silencio.

—Bien. Por otra parte, estas son las instrucciones personales que envía Dragan. Una para todos y otra personal, para cada uno de vosotros. Primero leeré la que nos atañe a todos.

Todos se echaron hacia delante, en la medida en que se lo permitían las sillitas, en tensión.

—«Me encuentro bien. Tengo mucho tiempo para pensar en mi vida. No voy a permitir que nadie me arrastre a una guerra entre bandas. Hasta que tengamos todos los datos, todo seguirá como hasta ahora. Como expresión de normalidad, ayer, por orden mía, nos hicimos con la guardería en la que estáis ahora. Las preguntas que tengáis al respecto, a Björn.»

Les enseñé la página del periódico del día anterior, llena de círculos y líneas y sellada con el pulgar de Dragan.

Después le di a cada uno de los cinco, incluido Sascha, una página de un periódico de la víspera. También había una para mí.

Para darle al asunto un aire de dinámica de grupo, se me había ocurrido una pequeña distensión en nombre de Dragan.

—Dragan os pide que paséis el mensaje que habéis recibido a la persona que tenéis a vuestra derecha para que lo lea en voz alta. De este modo, todos sabremos lo que Dragan tiene que decirnos a cada uno de nosotros.

Seis páginas de periódico cambiaron deprisa de mano. Yo había asignado intencionadamente el sitio en el que se sentaría cada cual para que Toni leyese las instrucciones de Sascha; Carla, las de Toni, y Sascha, las mías.

—Toni, propongo que empieces tú.

Malhumorado y debido a una severa dislexia, Toni

empezó a leer muy despacio las instrucciones que Dragan tenía para Sascha.

—Por la presente... nombro... a Sascha... oficial. Por el... leal servicio... prestado... durante años... pasa a ser... director de... Como... pez... en el agua. —Toni levantó la vista—. ¿Se puede saber qué mierda es esta?

—Toni, antes de que aclaremos juntos todas las preguntas que pueda haber, deja que primero leamos todos los mensajes —le pidió Sascha, recién nombrado oficial, de tú a tú.

Carla empezó a leer el mensaje de Toni:

—Para Toni tengo tres instrucciones. Primera: estate calladito y quietecito. Segunda: tu siguiente amenaza será la última. Tercera: cuando encontremos al responsable de toda la mierda que está pasando, tú te encargarás del interrogatorio.

Carla cantó el mensaje con una voz angelical casi risueña. El jefe psicópata le había dado una en los morros al subordinado psicópata y al mismo tiempo lo había enjabonado. Para entonces, Toni ya estaba rojo de ira, pero no se atrevió a decir nada antes de que se leyera el siguiente mensaje.

Stanislav leyó el mensaje dirigido a Carla:

—Carla, el puti fino llegará, pero no estará en la guardería, como tenía pensado. Estoy buscando otro sitio.

Walter tenía las instrucciones de Stanislav:

—Puede que pronto tengas que enviar unos paquetes extra. Espera instrucciones de Björn.

Yo tenía las de Walter:

—Que tu personal de seguridad vigile a partir de ahora a Boris y ponga protección a cada uno de los oficiales. Que lleven los sospechosos a Toni.

Por último, Sascha leyó el mensaje que iba destinado a mí:

—Hasta nueva orden, eres mi portavoz en todos los asuntos. Si alguien quiere algo de mí, que acuda a ti. Cuando les digas algo a los demás, que asuman que viene de mí.

Cuatro de los cinco oficiales estaban aliviados. Y convencidos de que Dragan seguía vivo. Y de que no quería que estallara una guerra. Y de que daba la impresión de que ocultarse le sentaba bien. Y de que yo era el tío guay que había posibilitado que él se ocultara. Y de que yo contaba con su plena confianza. El ambiente sin él era mucho más agradable que con él. De manera que, en el caso de la mayoría de los allí presentes, los dos primeros puntos de mi agenda se habían resuelto de un modo más que satisfactorio.

Toni fue el único que no se pudo contener más:

—¿Qué pasa con Boris? ¿Cuándo vamos a devolver el golpe?

—¿Cómo que qué pasa con Boris? —inquirí yo a mi vez, haciéndome el sorprendido.

—Murat, de quien respondo, averiguó que Boris quería quedarse con mi territorio. Ahora Dragan se da a la fuga y Murat aparece muerto. De un disparo de Boris.

—¿Ponía algo de eso en alguna de las instrucciones? —pregunté.

—No, y por eso pregunto.

—Carla, ¿nos puedes decir cuáles eran las instrucciones de Toni? —pedí, dirigiéndome a Carla.

Esta las leyó de nuevo, encantada:

—Estate calladito y quietecito.

Miré al resto.

—¿Más preguntas?

Carla levantó la mano y la invité a hablar con un gesto.

—¿Qué pasa ahora con los planes del burdel fino? Se suponía que iba a estar en esta casa, ¿no?

—Sí, y esos planes siguen en pie, pero el burdel no estará aquí.

—¿Puedo preguntar por qué no?

Gracias a la información que me había facilitado Peter el día anterior, la respuesta era muy sencilla:

—El director de la Delegación de Urbanismo trae a sus dos hijos a esta guardería. Si cerrara la guardería, no obtendríamos el permiso necesario para reformar la villa. Pero si seguimos explotando la guardería, ese hombre se mostrará tanto más abierto a cualquier otra cosa que le propongamos en cualquier otro sitio.

—De eso no sabía nada —me dijo en voz baja Sascha.

—Lo sabrías, pero más adelante —le susurré yo a mi vez—. Al fin y al cabo eres el oficial de este sitio.

—Ah, ¿el bueno del señor Breuer? —quiso saber Carla, que parecía divertirse—. Hasta ahora siempre bastaba con que mis chicas lo convencieran...

—Ese es el quid de la cuestión con respecto a la guardería —proseguí—. Cuando lo que está en juego son los hijos de uno, resulta mucho más fácil convencer a las personas. Esta mañana, por ejemplo, ni más ni menos que el jefe de la brigada de homicidios ha inscrito aquí a su hijo. Y eso es justo lo que se propone Dragan con la guardería. En su opinión, lo suyo es que en el futuro se gane a las personas también por el corazón, no solo por putas y heroína. Esto es algo tan importante para Dragan que esta guardería la llevará como ramo independiente un oficial que sabe del tema. En este caso se trata de Sascha.

Tres cabezas asintieron en señal de admiración por la perspicacia de su jefe ausente. El punto tercero de mi lista de convencimientos estaba solucionado.

—¿Significa eso que todavía hay plazas? —quiso saber Walter, que tenía tres hijos de dos mujeres distintas. Dos de ellos eran mayores de edad y vivían en Francia con su exmujer. Una hija ilegítima tenía quince años y vivía en Alemania, como él.

—Claro. ¿Es que tienes un hijo pequeño en alguna parte?

—Yo no, pero mi hermana sí. No te imaginas lo difícil que es encontrar plaza en una buena guardería en esta ciudad...

—Este kotz.de es una auténtica vergüenza —coincidió Stanislav.

Miré con cara de sorpresa a Stanislav.

—¿De qué conoces kotz.de?

—Mi nueva novia está buscando plaza para su hija...

—¿Qué hay de Lara y Alexander, los hijos de Natascha? ¿No necesitan un sitio ellos también? —preguntó Carla a Sascha.

—Ya están en la lista —respondió Sascha.

El ambiente agradable había funcionado. Tenía al grupo —salvo a Toni— convencido de todos los puntos.

Tan solo un día después de hacernos con la guardería, Sascha y yo no solo teníamos cinco solicitudes más, sino también al jefe de la brigada de homicidios, al jefe de la Delegación de Urbanismo y a los oficiales responsables de las armas, la prostitución y el tráfico de personas de nuestra parte. Y yo había introducido una cuña entre

Toni y el resto sin formular una sola acusación personal contra Toni.

—Bien, si están aclaradas todas las preguntas, podemos pasar a la parte agradable —zanjé. La reunión había terminado. Por desgracia no desde el punto de vista de Toni. Las humillaciones que había sufrido esa tarde probablemente lo superaran un tanto.

Aunque estaba que ardía, Toni dijo con absoluta frialdad:

—Que nadie se levante. Tengo algo que contaros: el lunes, la policía encontró el dedo anular de Dragan en el lago. El picapleitos este nos está engañando a todos.

Conque había llegado el momento. Toni también sabía lo del dedo, por Möller. Como estaba entre la espada y la pared, ahora jugaba su última carta. Ahora que ese dedo ya no suponía un problema para la policía, Toni lo convertía en un problema para el clan.

En la habitación se hizo un silencio glacial. Ahora todos los oficiales me miraban. Puesto que la mejor defensa es el ataque, abordé directamente a Toni.

—¿Y por qué has esperado hasta ahora para contar algo tan importante? —le grité.

—Porque primero quería ver la farsa que ibas a hacer aquí para jugárnosla a todos. Dragan está muerto. La policía tiene su dedo anular en una bolsa de plástico. Y su pulgar lo puede sellar todo antes de que se pudra. Tú mataste a Dragan.

Walter fue el primero en recuperar el habla.

—Björn, ¿es verdad lo del dedo?

—Naturalmente que sí —respondí. Todos los oficiales me miraron sorprendidos—. Al menos en lo que respecta a que la policía ha encontrado un dedo que tiene el anillo de Dragan, pero no el dedo de Dragan.

—Deja de tomarnos por tontos a todos y di de una vez lo que está pasando —bramó Toni.

Yo seguí como si tal cosa.

—¿Lo que está pasando? Lo que está pasando es que, a diferencia de ti, yo estoy haciendo mi trabajo. Dragan quería darse a la fuga. Desaparecer del mapa. Por desgracia, contra él pesa una investigación inequívoca por homicidio. Básicamente solo hay tres posibilidades para poner fin a una investigación de este tipo. Primera: mediante una condena, cosa que Dragan no quería. Segunda: por sobreseimiento, que con la prueba del vídeo resulta del todo impensable. Y tercera: por la muerte del inculpado. Así que si la policía encuentra en el lago un dedo con el anillo de Dragan, es porque Dragan quería que ese dedo se encontrase allí. Para que la policía crea que Dragan ha muerto. Así que tranquilízate, capullo: el anillo es de Dragan, pero el dedo no.

Por lo menos había conseguido que Carla, Walter, Sascha y Stanislav no se pusieran de parte de Toni en el acto. Mi argumentación los convenció. O yo era un asesino y un traidor, o un héroe y un genio. Pero, por lo visto, todavía no estaban seguros.

Toni insistió:

—Ya, y dime, ¿cómo se quitó Dragan el anillo de esa salchicha que tiene por dedo?

—Igual que te metiste tú hace años en el culo de Dragan: con muchas ganas y un cubo de vaselina.

Toni se levantó hecho una furia y Walter y Stanislav tuvieron que contenerlo para que no se me echara encima.

—Que te den, gilipollas. No hay nada que demuestre que no fuiste tú el que le cortó el dedo a Dragan y que no nos la estás jugando a todos con la patraña del periódico.

Pese a la contundencia de todos mis argumentos, con esa afirmación Toni tenía razón, por desgracia. No había nadie que pudiera demostrar que Dragan de verdad seguía con vida. Y como a mí no se me ocurría nada que decir a ese respecto, guardé silencio. Los demás me miraron, miraron a Toni y de nuevo clavaron la vista en mí. Era evidente que esperaban una aclaración. Querían la prueba irrefutable... que yo no tenía.

«Bien —pensé—. Me limitaré a observar la cuestión sin efectuar valoraciones. He conseguido liquidar a mi jefe y conservar la vida del sábado al jueves. Probablemente este sea el final. El final de las mentiras. El final del estrés. Se acabó. Relájate.»

Justo cuando pensaba que podía despedirme tanto del estrés que, pese a haber obrado con atención plena, había provocado mi charada, como de mi futuro, una voz tomó la palabra y afirmó justo lo contrario.

—Sí que existe una prueba. —La voz era de Sascha. Todos los ojos se clavaron en él—. Esta mañana mismo Dragan me llamó por teléfono. Y tú, capullo... —dijo, señalando a Toni—, será mejor que te largues.

Toni me dirigió una mirada asesina y escupió:

—Hasta el lunes, tío. O veo a Dragan antes del lunes o ya te puedes ir olvidando de esta guardería. —Dio media vuelta y se fue.

Después, todos exhalaron un suspiro de alivio.

Yo sonreí con valentía y pensaba decir a los demás que también se podían ir, pero Carla, Walter y Stanislav querían ver a toda costa el resto de la guardería.

30

Delegar

Si tiene la sensación subjetiva de que las circunstancias lo abruman, puede que exista un motivo muy sencillo: que de verdad sea todo un poco abrumador. Libérese no solo de manera subjetiva. Hágalo también con sus cometidos. Liberarse es bueno. Liberarse no significa largarse. Dejar algo en manos de otro no significa perder. La palabra mágica es *delegar*. Ceda amablemente parte de su trabajo a alguien que lo asuma con esa misma amabilidad. Y en la mitad del tiempo que tardaría en conseguirlo solo, si delega obtendrá dos veces el liberador resultado.

Joschka Breitner,
Desacelerar en el carril de adelantamiento:
mindfulness *para ejecutivos*

—¿Qué fue lo que te dijo al final el lerdo ese? —quiso saber Sascha cuando veinte minutos después estábamos en la terraza de la guardería.

Sascha fumaba un cigarrillo que acababa de liarse y yo me bebía el zumo de manzana sin filtrar que había despreciado Toni. Carla estaba en el cuarto de baño, y Walter y Stanislav se abastecían en el despacho de material publicitario para la hermana y la novia respectivamente.

—Lo que era de esperar: Toni quiere ver a Dragan antes del lunes o soy hombre muerto.

—Ese cerdo cobarde. Pero el resto ha salido a pedir de boca.

Me alegré de que Sascha sacara el tema. Yo sabía que era imposible que hubiese hablado por teléfono con Dragan, pero no sabía si Sascha sabía que yo lo sabía. ¿Por qué había mentido? ¿Solo para jugarle una mala pasada a Toni? ¿O acaso sabía la verdad?

La curiosidad de averiguarlo se impuso.

—Dime, entonces has hablado hoy con Dragan —dije con voz inexpresiva.

Sascha me miró un instante a los ojos antes de contestar.

—Björn, no sé lo que está pasando aquí. Yo solo sé que contigo podemos sacar más provecho todos que con Toni. Así que no hagas preguntas y yo tampoco las haré.

—Muy bien, señor oficial. Ya que estamos, aprovecho para darte la enhorabuena oficialmente por el ascenso.

—Gracias, señor abogado. Y, por cierto: para los demás eres el héroe por lo del dedo. Para mí también. Hacer creer a la policía que Dragan ha muerto es una jugada genial.

Eso estaba bien. Ahora necesitaba el respaldo de todos. Y es que había mucho que respaldar. Había que eliminar a Toni. Había que tranquilizar a Boris. Había que taparle la boca a Möller, el topo de la policía. Y había que acabar con Malte, el alemán del este autor de los atentados. Y todo ello antes del lunes. Eso era mucho trabajo para mí solo. Era mucho trabajo incluso para Sascha y para mí juntos. Ni siquiera poniendo en práctica el *mindfulness* habría sabido cómo lograrlo sin el respaldo de los demás oficiales.

Por suerte, *mindfulness* no es solo hacer lo que uno está dispuesto o es capaz de hacer. *Mindfulness* también es subdividir las cosas que uno quiere hacer en cosas que uno mismo es capaz de hacer y en cosas que otros son mucho más capaces de hacer. Esas cosas se pueden poner tranquilamente en manos de personas de confianza.

Yo ya había hablado con Sascha de cómo queríamos repartir los cometidos. Había prometido a Sascha hablarlo con Dragan. Y Dragan, quién lo iba a decir, había aprobado ese reparto de cometidos y había añadido alguna que otra sugerencia de mejora.

—¿Cuándo se lo decimos al resto? —preguntó Sascha

mientras apagaba el cigarro que se había fumado restregándolo contra las baldosas del suelo. La colilla no la tiró, se quedó con ella en la mano.

Sascha y yo decidimos conjuntamente enseñar el vídeo del interrogatorio de Malte a Carla, Walter y Stanislav en cuanto Toni se hubo ido. Los tres habían visto cómo se había columpiado Toni para culpar de la situación a Boris. Ya no habría que esforzarse mucho para tirarlo de ese columpio. Sobre todo, después de su pérdida de papeles final.

Sascha y yo estábamos junto a una moderna barbacoa abierta en la que los niños de la guardería probablemente hubiesen tostado pan vegano con los hípsteres en otoño. Anoté mentalmente pedir salchichas de Turingia para hacer eso mismo el próximo otoño. Cuando Carla, Walter y Stanislav se unieron a nosotros fuera, Sascha estaba echando al fuego las páginas de periódico selladas para reducirlas a ceniza.

—Es una pena que siempre las tengamos que quemar —se lamentó Carla—. Dentro de unos años serían documentos históricos.

—Por los que podrías acabar en la cárcel durante un periodo de tiempo histórico si terminaran en el archivo de la policía —no pude evitar mencionar—. Pero el documento histórico más importante de esta tarde ni siquiera lo he leído aún.

Blandí otra página de periódico.

—¿Y Toni? —planteó Carla—. ¿No tendría que estar presente ese aguafiestas, para guardar las formas?

—Justo de eso se trata. Escuchad.

Abrí el periódico sellado con el pulgar de Dragan. La fecha indicaba que era de ese mismo día. Es decir: tenía un día menos que las noticias de antes. En cambio, la hoja casi resultaba ilegible con tanto círculo y tanta línea.

Leí en voz alta:

—«Si, como es de esperar, Toni os ha dejado antes de tiempo, ved el vídeo que Björn me ha enviado esta mañana.»

Los tres se miraron con expresión de inseguridad. Yo les puse en mi iPhone la grabación del interrogatorio de Malte del día anterior.

El contenido del vídeo causó indignación. No por la tortura, sino por todo lo que había salido a la luz con las descargas. O sea: que Toni era un traidor. Que Toni había intentado eliminar a Dragan, Sascha y —con ayuda de Malte— también a Murat y a mí. Que en el caso de Murat lo había conseguido, no así en el mío. Sin embargo, no hacía ni media hora, delante de todos los allí reunidos, Toni había puesto la mano en el fuego por Murat, su asistente, al que él mismo había dado orden de pegar un tiro. Delante de todos los allí reunidos había intentado culpar a Boris de la muerte de Murat. Quería, como había querido siempre, desencadenar una guerra entre bandas.

Nos había engañado a todos.

—Ese cerdo se hizo con las granadas a través de mí —dijo Walter, mirándome afligido—. No tenía ni idea de lo que pretendía hacer ese mierda.

—Vamos a buscarlo y lo liquidamos *in situ*.

—Deberíamos ponerle en el cerebelo los electrodos que le pusieron al tal Malte —sugirió Carla.

Levanté las manos en ademán tranquilizador.

—Escuchemos primero lo que tiene que decir Dragan al respecto. —Desdoblé otra página de periódico.

Era un texto más largo que contenía instrucciones

enérgicas sobre, en primer lugar, cómo delegar distintos cometidos en todos los oficiales para obtener al final un resultado conjunto perfecto.

Debatimos durante media hora los detalles del plan de Dragan. Después de que cada uno de nosotros supiera lo que tenía que hacer antes del lunes, Sascha quemó también esas páginas y la reunión se terminó.

31

Gratitud

Existe un sentimiento que se crea muy deprisa y que se superpone a todos los pensamientos negativos. Este sentimiento se llama gratitud. Pese a las cargas que lleva en este momento, piense espontáneamente en tres cosas por las que esté agradecido. Pueden ser el sol cuando mira por la ventana nada más levantarse, el último aumento de sueldo o, sencillamente, una buena conversación. Sienta esa gratitud de manera muy concreta. No es posible estar agradecido y frustrado a la vez.

Joschka Breitner,
Desacelerar en el carril de adelantamiento: mindfulness *para ejecutivos*

Esa noche no dormí bien. Soñé con amenazas y traición, con tortura y violencia. Cuando desperté, supe con claridad a qué se debía. Por una parte, como era de esperar, a que debía ahondar un poco más en esos temas si quería sobrevivir al lunes siguiente. Pero ¿por qué la mente se sometía siempre a lo negativo? Quizá porque la atención plena también requería cierta disciplina. Justo una semana antes había asistido a mi última sesión de *mindfulness* con Joschka Breitner. El día anterior había sido el primer jueves por la tarde desde hacía meses que no realizaba un ejercicio de *mindfulness* guiado.

Pero Joschka Breitner había llamado mi atención sobre algunos ejercicios de su guía que también podía realizar yo solo. Leí el párrafo correspondiente:

> Existe un sentimiento que se crea muy deprisa y que se superpone a todos los pensamientos negativos. Este sentimiento se llama gratitud. Pese a las cargas que lleva en este momento, piense espontáneamente en tres cosas por las que esté agradecido. Pueden ser el sol cuando mira por la ventana nada más levantarse, el último aumento de suel-

do o, sencillamente, una buena conversación. Sienta esa gratitud de manera muy concreta. No es posible estar agradecido y frustrado a la vez.

Así pues, me senté de forma plenamente consciente en la cama, cerré los ojos e intenté pensar en tres cosas por las que estaba agradecido.

Estaba agradecido por mi hija, mi salud, la nevera llena, el expreso que me iba a tomar dentro de un momento, mi libertad profesional, el libro de Joschka Breitner, el respaldo de Sascha, de Carla, de Walter, de Stanislav, la plaza en la guardería para Emily, el vínculo que no se había roto entre Katharina y yo, mi futuro como abogado en un bonito bufete, el hecho de haber cumplido el ultimátum que me dio Katharina y prácticamente también el de Boris...

¡Vaya! Sin pensarlo me habían salido muchas más de tres. En mi primera sesión de *mindfulness* no había sido capaz de limitarme a cinco cosas que me estresaban. Una semana después de la última sesión, lo positivo me salía con facilidad.

Ahora intenté sentirme agradecido por cada uno de los puntos de mi lista de cosas positivas. El intento salió bien. El sentimiento de gratitud casi fue físico. La gratitud se extendió desde el plexo solar con una calidez que hizo que se disiparan las frías preocupaciones que tenía escasos momentos antes. Quería pasar el día con esa sensación. Quería compartir la gratitud que sentía. Y decidí compartirla con Katharina y Emily.

Por motivos dramáticos, sin duda habría sido oportuno no informar a Katharina hasta el 30 de abril de que, con respecto al vencimiento del ultimátum que me había dado, satisfaría su petición. Sin embargo, el dramatismo no me había interesado nunca, ni siquiera antes de que el *mindfulness* entrara en mi vida. Desde mi punto de vista, no tenía ningún sentido ocultar una buena noticia a alguien para que se alegrara tanto más en un momento determinado.

Un ejemplo: su abuelo, que fuma como un carretero, cumple ochenta y cinco años dentro de tres días. Desde hace una semana tose sangre. Debido a ello, hace tres días usted lo acompañó al oncólogo. Hoy han recibido el resultado: el abuelo solo tiene neumonía. Es desagradable, pero no una sentencia de muerte. Naturalmente, puede esperar tres días para dejarle el diagnóstico bien empaquetado en la mesa de los regalos por su octogésimo quinto cumpleaños. Pero lo que en realidad le estará regalando de ese modo son tres días de angustia mortal. Si este efectismo le merece la pena, usted mismo.

Dramatismo es lo contrario de *mindfulness*.

Como ese día había experimentado por mí mismo que la gratitud me sentaba bien, me apetecía que Katharina fuese partícipe de mi gratitud haciéndole saber que Emily tendría plaza en la guardería que queríamos.

La llamé y Katharina propuso vernos en una cafetería de nuestro barrio.

En ese local, «los niños eran bienvenidos». Esto se traducía en que, en una de cada dos sillas, madres de todas las edades y pesos se desabrochaban abiertamente el sujetador de lactancia mientras tomaban *latte macchiatos* descafeinados y sin lactosa. Se permitía que cochecitos infantiles de todos los precios bloquearan el carril bici delante de la cafetería. En el servicio de señoras había un cambiador de dimensiones generosas; a costa del servicio de caballeros, donde había un único inodoro. Y ningún cambiador, por pequeño que fuese. Las madres desmigajaban cruasanes veganos de 3,90 euros sobre la ropa de marca de sus hijos y se compadecían entre ellas de la situación económica crítica en que se encontraban.

Justo igual que la clientela de Como pez en el agua. Sin embargo, a Emily le encantaba ese sitio porque podía pintar las paredes con tiza y después limpiarse los dedos en la tapicería de los muebles. Más allá de eso, todo tenía un aspecto muy cuidado. Puede que una parte de los elevados precios se reservase sencillamente para las frecuentes renovaciones.

—¿Desde cuándo vienes a estas cafeterías? —pregunté a Katharina cuando encontramos un sitio para sentarnos desde el que podíamos ver a Emily mientras pintaba.

—Desde que mi marido se fue de casa.

—¿Qué tiene que ver que yo me fuera con la gente con la que te codeas aquí? Este no es tu ambiente.

—De vez en cuando necesito tener la impresión de que hay personas por las que no me gustaría cambiarme. Aunque probablemente en su vida no haya jefes mafiosos y burdeles finos. En cambio, me da lo mismo si las manchas de leche de soja en un chaquetón de Jack Wolfskin saldrán a treinta grados. En comparación con los problemas irreales que sufren las madres que vienen a este sitio, nuestros problemas conyugales son tangibles y meritorios.

Otras personas van a la cafetería que sea porque les gustan las personas que la frecuentan. Katharina iba porque odiaba a las personas que la frecuentaban. Así era ella.

—Tengo dos cartas para ti —dije, pasando por alto su comentario.

En primer lugar le di una de Como pez en el agua escrita en nombre de los hípsteres:

Estimada señora Diemel:

Por la presente nos gustaría disculparnos formalmente con usted. La semana pasada rechazamos la solicitud de plaza de su hija en nuestra guardería. Fue un error. Su hija es la niña más increíble del mundo. Usted es la mujer más increíble del mundo y su marido, que también es el hombre más increíble del mundo, tiene además la profesión más increíble del mundo. Admitimos habernos dado cuenta de todo ello demasiado tarde. Con el objeto de despejarles el camino hacia un nuevo comienzo, le comunicamos que, a partir del día 1 del próximo mes, cedemos voluntariamente la dirección de la iniciativa de padres Como pez en el agua. La nueva dirección se pondrá en contacto con usted para ofrecer a su hija Emily una plaza en la guardería.

Un saludo, también a Emily,

Firmas

Katharina me miró con cara de incredulidad.

—¿Es eso sangre?

—¿Dónde?

—Ahí, entre «hombre más increíble» y «profesión más increíble del mundo».

Miré la carta con más atención. Puesto que, a decir verdad, poco antes de que firmaran la carta todos los hípsteres aún se estaban aplicando el pañuelo en la nariz que les acababan de romper, no podía descartar lo de la sangre.

—Ni idea. Pero, si quieres, les pido que la impriman otra vez.

—No hace falta. Me gusta mucho la carta. Quiero saber cómo has conseguido que esa gente la escribiera.

—Con ayuda del *mindfulness*.

—¿Cómo?

—Ahondé en sus necesidades y los perdoné. Después, ellos se mostraron dispuestos a admitir el error que habían cometido y enmendarlo.

—Y, ahora mismo, ¿qué significa eso para Emily?

Le di a Katharina la segunda carta de Como pez en el agua:

Estimados señor y señora Diemel:

Me complace comunicarles que, a partir del 1 de agosto de este año, hay una plaza a disposición de su hija Emily en nuestro centro. Estamos seguros de que Emily supondrá un gran enriquecimiento para Como pez en el agua. Por favor, pónganse en contacto con nosotros a la mayor brevedad posible a efectos de gestionar la matrícula.

Atentamente,

Sascha Ivanov

Katharina volvió a mirarme con expresión de incredulidad.

—Un momento. Sascha Ivanov... ¿no es ese el chófer de Dragan?

El estómago se me revolvió. Respiré hondo.

—Sí.

—¿Y ahora dirige la guardería?

—Dragan me debía un favor.

Katharina no paraba de mirar una carta y la otra y yo

empecé a temerme que me las fuera a tirar a la cabeza en cualquier momento. Pero de repente a sus ojos asomó un brillo húmedo y, acto seguido, Katharina me abrazó.

—Has hecho cosas bastante peores. Gracias.

El *mindfulness* puede matar a personas y romper narices. Y también derretir témpanos de hielo.

32

Celos

Una de las emociones más primitivas e intensas del ser humano son los celos. Este sentimiento va unido a la ira, el odio, el miedo y la impotencia. Por regla general, los celos impiden pensar de manera clara y racional. Y todo ello se basa en el pensamiento de que el responsable es otro.

Una manera de lidiar con sus celos es la aceptación consciente. Acepte el dolor que siente como un dolor propio. Nadie salvo usted es el responsable de ese dolor. Nadie salvo usted puede acabar con él.

Joschka Breitner,
Desacelerar en el carril de adelantamiento:
mindfulness *para ejecutivos*

Mientras seguíamos en la cafetería imaginando cómo sería todo cuando, en verano, Emily fuese a la guardería, recibí un SMS de Carla en mi móvil de prepago, que no estaba pinchado.

Hotel Domino. Ahora mismo.

De pronto, el humor de Katharina cambió como por acto reflejo.

—¿Es que el dichoso móvil no va a parar nunca?

Katharina sabía que había asistido al curso de *mindfulness* por la familia, me atenía a los horarios que acordaba con Emily y para entonces había dejado mi trabajo e incluso había peleado por la plaza que necesitábamos en la guardería.

Por supuesto, lo que ella no sabía era que para ello había asesinado a Dragan, extorsionado a mis exjefes del bufete y amenazado a los propietarios de la guardería. Y menos aún sabía que debido a todo ello mi propia vida estaba amenazada.

Sin embargo, podría haberse dado cuenta de lo bien

que me sentía en ese momento que ella acababa de hacer añicos con su comentario.

Pese a ello, consideraba oportuno echarlo todo por tierra con una frase trillada carente de sentido: «¿Es que el dichoso móvil no va a parar nunca?».

En ese momento supe que sería imposible cambiar mi vida por mi mujer mientras ella no cambiara la suya. Así que no cambiaba mi vida por mi mujer. La cambiaba por Emily y por mí. Y eso era más que suficiente.

Como reacción al oportuno comentario de Katharina miré el reloj: las once. Después eché un vistazo al local: era el único hombre. Después dije:

—Digamos que el hecho de que yo sea el único hombre que a las once de la mañana está sentado en una cafetería donde los niños son bienvenidos, junto a su mujer y su hija, tomando un expreso caro de narices, en realidad tiene mucho que ver con este teléfono y con mi profesión. Porque en este momento todos los demás hombres están ocupados delante de un ordenador en la oficina. Sin que les importe una mierda la plaza de la guardería de su hija.

Por lo visto, el ambiente del café le hacía mucho bien a Katharina: miró a las otras madres. Miró las dos cartas. Me miró a mí. Y entonces dijo algo que hacía años que no decía:

—Lo siento. Tienes razón. No sé cómo lo has conseguido, pero gracias. —Bien, así que funcionaba—. Si tienes que contestar, hazlo, tranquilo.

Bienintencionado, pero en realidad insolente. Katharina no era capaz de entender que ese permiso en el fondo entrañaba la presunción de que también tenía el derecho de prohibirlo.

En ese momento me daba lo mismo. De hecho, tenía cosas más importantes que hacer. Según el SMS de Carla, el primer paso de la primera parte del plan que se había gestado el día anterior por la mañana en el bosque y se había debatido el día anterior por la tarde había salido bien.

Carla había citado a la pareja de Klaus Möller, el agente de policía que trabajaba para Toni, a las tres de la tarde en el hotel Domino. Ello respondía a una idea meditada con atención plena.

Durante mi lluvia de ideas paseando el día anterior por el bosque había llegado a la conclusión de que quería servirme del tal Möller para que Toni estuviese donde yo quería. Lisa y llanamente, quería que Möller cambiara de chaqueta y utilizarlo.

Pero ¿cómo conseguir que me obedeciera un policía corrupto sirviéndome de los recursos que me proporcionaba el *mindfulness*? Por de pronto era importante hacerse cargo de cuál era la vida sentimental del policía en cuestión.

Los policías son funcionarios. En general, los funcionarios piensan de manera racional y no se dejan llevar por las emociones. Manipular a una persona racional es más difícil que manipular a una irracional. Así que primero debía conseguir que el tal Möller tirase su racionalidad por la borda.

Ahora bien, como es natural, el *mindfulness* está pensado principalmente para lo contrario: la idea de la atención plena es acabar con las emociones irracionales. Justamente lo bonito del *mindfulness* es que sirve de vía pacífica para desactivar incluso los arrebatos emocionales más violentos y explosivos.

Pero, suerte para todos, esta vía no es una calle de sentido único.

Los sentimientos se pueden desactivar igual que las bombas. La diferencia fundamental entre aplicar el *mindfulness* y desactivar una bomba es que quien desactiva bombas puede palmarla en el desempeño de su actividad. Y con el *mindfulness* eso no pasa. Si con los métodos del *mindfulness* no se logra solucionar un problema hoy, se logra mañana.

Si quien desactiva bombas tiene un mal día hoy, ya no hay mañana.

Pero lo decisivo es: quien desactiva bombas sabe cómo está hecha una bomba, lo que significa que también puede decidir activar de nuevo una bomba que ha sido desactivada.

Y lo mismo es válido para el *mindfulness*. Con los conocimientos que proporciona para alcanzar un estado de paz interior también se puede conseguir lo contrario: que una persona racional se convierta en un manojo de nervios irracional. Llevando al otro de manera plenamente consciente a que experimente una emoción que lo desestabilice.

Así que me puse a buscar una emoción que ofuscara de tal modo el cerebro del bueno y racional señor Möller que yo pudiera hacer con él lo que quisiera. Para ello había elaborado un bonito plan con Sascha, Carla, Walter y Stanislav en nombre de Dragan.

El señor Möller tenía una compañera tremendamente atractiva, Bascha, con la que vivía como si estuviese casado sin haber pasado por la vicaría. Tenía diez años menos que él, era polaca y consideraba un símbolo de estatus las ventajas que proporcionaba un sueldo de funcionario con derecho a recibir pensión. Y el atractivo de ella para Möller era más que un mero símbolo de estatus. Según lo que yo sabía, su relación era muy feliz, aunque físicamente no pegaran nada. Bascha evitaba en la medida de lo posible que los tíos intentaran ligar con ella.

Lo que no quería decir que no estuviese abierta a recibir cumplidos. O que no se dejase abordar por mujeres.

Por ese motivo decidimos que Carla abordara a Bascha en la calle, como directora seria de una agencia de modelos que buscaba caras nuevas. Pediría a Bascha que se tomara un café con ella en el hotel Domino —una casa de citas seria que no lo parecía para las *escorts* del nivel de Carla— para barajar la posibilidad de ganar un dinero adicional siendo ama de casa con fotografías publicitarias.

En cuanto Carla me confirmó que Bascha había picado —y Katharina me dio permiso para escribir unos SMS—, Sascha y yo entablamos un diálogo por SMS cuyo guion habíamos escrito con antelación. En los móviles que había pinchado el señor Möller.

¿Sabes dónde está Toni?
No consigo dar con él.

Seguro que se está cepillando
otra vez a la piba del poli ese.

¿A quién?

A la rubia joven del gilipollas soso
ese de homicidios.

¿La mujer de Möller?

Esa.

¿Está liada con Toni?

Siempre que el bueno de Möller está de servicio. Siempre en el hotel Domino. Suite 812.

Está bien saberlo. Gracias.

Puesto que para entonces yo ya sabía algunas cosas sobre el equilibrio entre trabajo y vida personal, después de enviar esos SMS de trabajo volví a centrarme en mi familia. No solo me había convencido de la necesidad de delegar, sino que había interiorizado la idea y la había puesto en práctica de tal modo que podía dejar que el resto de las cosas siguieran su curso con la mayor relajación. Satisfecho, me guardé el móvil.

Katharina me habló de los planes que tenía de ir a ver a sus padres con Emily el sábado. Los dos sabíamos que yo podría haber ido con ellos. Los dos sabíamos que no lo haría. Decidimos hacer una excursión en familia el domingo. Propuse enseñarle la guardería a Emily. Aunque la conocía del día que habíamos acudido a la entrevista, por aquel entonces su papá todavía no mandaba allí.

Así que el domingo sería un día familiar. Eso si el domingo papá seguía vivo. Algo que dependía, entre otras cosas, de lo que sucediera ese viernes.

Al delegar era importante, sobre todo, el *feedback* sincero de los participantes. De lo que sucedió después me pudo informar Sascha con tanto lujo de detalles como regocijo.

En un primer momento, leer el diálogo por SMS que mantuvimos tuvo que ser para Möller, como habíamos previsto, una experiencia profundamente estremecedora desde el punto de vista emocional. Mientras yo me guardaba el móvil en la americana y esperaba a que en el rostro de Katharina asomase al menos una sonrisa forzada, Möller hacía desaparecer la información que acababa de interceptar en mi móvil para correr a su coche e ir pitando al hotel Domino. En cuyo aparcamiento, en efecto, se hallaba el coche de su compañera.

Ciego de ira, odio y miedo, subió a la octava planta y echó abajo la puerta de la suite de una patada. De la habitación salían los sonidos sexuales más salvajes, pero la de la habitación era una puerta corredera de doble hoja maciza. Cerrada con llave... y sencillamente imposible de abrir a patadas.

Lo que sucedió después tuvo que ser más emocionante aún en directo que lo que yo vi inmediatamente después en vídeo. Por supuesto, Carla había escondido minicámaras en todas las habitaciones del hotel. No hay recuerdos más valiosos que los que se tienen cuando se es infiel. Al menos desde el punto de vista del que graba al que es infiel.

En el salón de la suite se veía a un policía que, dejándose llevar por la ira, ya no era responsable de sus actos y sacudía la puerta cerrada con llave de una habitación.

Dentro se encontraban Sascha, Stanislav y la parejita de seguridad, así como un televisor al máximo volumen sintonizado en el canal de porno del hotel. Sascha y Stanislav estaban apoyados en la pared que separaba la habitación del salón de la suite. La parejita esperaba desnuda en el cuarto de baño.

El señor Möller gritaba al oír los sonidos que él no atribuía al canal de televisión, sino a su mujer y a Toni.

—Toni, ¡abre la puerta ahora mismo, cabrón traicionero!

No pasó nada. Tras la puerta se seguían escuchando gemidos.

—Te paso toda esa información ¿y así me lo pagas? ¿Quitándome a mi mujer?

No pasó nada. A excepción de un grito lujurioso tras la puerta.

—Me he jugado el puesto por ti. ¡Sal de ahí ahora mismo y juégate tú la vida, cerdo cobarde!

No pasó nada. A excepción de un berrido a dos voces que iba en aumento rítmicamente.

—¡Como no abras la puerta os liquido en la cama a esa puta y a ti!

No pasó nada. A excepción de un «¡Sííí...!» prolongado tras la puerta.

—Una..., dos..., tres...

Cegado por la ira, Möller disparó un cargador entero contra la puerta de la habitación. Los disparos atravesaron la cama de matrimonio vacía y de todos modos vieja.

Cuando se hizo patente que en el cargador no quedaban balas y la ira sorda de Möller no surtía ningún efecto, Sascha apagó el televisor. Después de que la cama pareciera un lugar seguro, Stanislav indicó por señas a la parejita de seguridad que se metiera en ella y abrió las puertas de la habitación.

Delante tenía a un policía que temblaba de ira, con espuma en la boca y unas manos que asían con fuerza una pistola descargada.

—¡Sorpresa! —exclamó Sascha.

—Ahí está la cámara —añadió Stanislav mientras señalaba al detector de humos, donde estaba instalada la cámara de vigilancia.

—Pero... ¿qué...? ¿Dónde...? —balbució el policía.

—Eso quizá nos lo pueda explicar usted, señor Möller, ¿no cree? —respondió Sascha—. Acaba de vaciar un cargador de su arma reglamentaria contra la puerta cerrada de la habitación de una suite de hotel en la que ha entrado usted de manera ilegal para atacar a una pareja a la que no conoce usted de nada. ¿Se puede saber qué significa esto? ¿Qué modales son esos?

Möller no podía estar más perplejo.

—Pero Bascha... y Toni..., ¿dónde están?

—Dónde está Toni es algo que desconocemos, y ahora mismo tampoco nos interesa —lo informó Sascha.

—Sin embargo, Bascha... —prosiguió Stanislav.

—O, como usted dice, «la puta»... —añadió Sascha.

—... está aquí, en este hotel —contó Stanislav—. Acaba de mantener una conversación ocho plantas más abajo con la directora de una agencia de casting. Si lo desea, podemos pedir a Bascha que suba. Así sabrá que, por unos celos infundados, ha estado usted a punto de acribillar a tiros a una pareja de desconocidos.

—Las imágenes y el sonido son buenos.

—Y, de paso, Bascha también sabrá que la cree usted capaz de liarse con el gilipollas integral de Toni —apuntó Sascha—. Y que le habría pegado un tiro a la «puta» a la primera de cambio. Si quiere que le diga lo que pienso, cuando vuelva a la planta baja Bascha ya se habrá hecho a la idea de que es su ex.

—Y si Bascha no mostrara ningún interés en las grabaciones, seguro que al comisario le interesan. Es más, no tendrá más remedio que verlas cuando esta amable parejita lo denuncie a usted por intentar matarlos.

—Pero... —balbució Möller.

—De ser así, es probable que pierda su trabajo y a su compañera, ¿no? A fin de cuentas, sin trabajo usted solo sería la mitad de hombre para su novia —opinó Sascha.

—Por más vueltas que se le dé, este es un día de mierda para usted, señor Möller, ¿no le parece?

Se supone que hay experiencias cercanas a la muerte en las que el que agoniza ve desfilar por su cabeza la película de su vida. En ese momento, en la cabeza del señor Möller se proyectaba la que podía ser la película del resto de su futura vida. Era una película de terror. Puesto que sus sentimientos eran una auténtica montaña rusa («Mierda, mi novia me pone los cuernos... ¡Yuju!, mi novia no me pone los cuernos... Mierda, mi novia no me pone los cuernos, pero me va a dejar... ¿Cómo? ¿Me he quedado sin trabajo?»), el señor Möller no ofreció resistencia alguna a lo que Sascha le propuso a continuación.

El señor Möller pasaría información policial a Toni una última vez. Una información falsa. A continuación, el señor Möller no volvería a saber nada de Toni, no volvería a saber nada de la parejita que ocupaba la cama del hotel y tampoco volvería a ver el vídeo de su actuación en la suite del hotel.

Porque quería casarse con Bascha y ser feliz y comer perdices con ella hasta que se jubilara.

Lo de casarse y jubilarse no sucedería, claro, pero era una bonita imagen. Y solo con amenazas no se motivaba a nadie a colaborar con uno, pero con mentiras la cosa iba mucho mejor.

33

Mentiras

Las mentiras cargan la conciencia; la verdad libera. O eso dicen. Pero no es cierto. Manejar la verdad a menudo es más difícil que manejar la mentira. La verdad puede hacer más daño que la mentira. Hay verdades que, además, no incumben a nadie y se pueden proteger con una mentira. Lo importante es desde qué postura decide usted optar por la mentira o por la verdad.

Joschka Breitner,
Desacelerar en el carril de adelantamiento:
mindfulness *para ejecutivos*

Tal como habíamos planeado, Sascha y Stanislav no tardaron en tener al señor Möller donde queríamos. Era como cera en las manos de Sascha. Solo hacía falta darle la forma que necesitábamos deprisa, antes de que se derritiera y se fundiese definitivamente.

—¿Cómo llamas a tu novia cuando no la llamas puta? —le preguntó Sascha.

—Pues... Bascha. Mi novia se llama Bascha —contestó Möller.

—Eso ya lo sé, pero por lo visto hay personas que utilizan apelativos cariñosos con su mujer. Ya sea porque, por ejemplo, la mujer se llama Hildrun y ese nombre no es nada erótico. O porque de verdad huele como una rosa. Entonces, ¿cómo llamas tú a Bascha cuando te pones romántico?

—Conejita.

—¿Y cómo te llama ella a ti?

—¿Viene eso a cuento?

—No, pero no olvides que soy el tío que tiene el vídeo gracioso, así que también hago las preguntas graciosas.

—Me llama... conejote.

Sascha reprimió una risotada al imaginar al conejote Möller poniéndose romántico con su conejita polaca.

—Bien, pasemos entonces al dictado, señor Conejote.

Sascha puso un bolígrafo y papel en el pequeño escritorio que había contra la pared e indicó a Möller que se sentara.

—¿Qué va a pasar ahora?

—A partir de ahora ya no eres el señor «Mato-a-la-puta», sino el señor «Quiero-pasar-mi-vida-contigo». Por eso le vas a escribir a tu conejita una nota para explicarle por qué vas a desaparecer el fin de semana.

—¿Qué significa... desaparecer?

Sascha pasó por alto la pregunta de Möller.

—Escribe lo siguiente: Mi querida conejita, voy a pasar el fin de semana fuera por nuestro amor. No preguntes por qué. Solo te diré que se trata de nuestro futuro. El lunes lo sabrás todo. Tu conejote, que te quiere.

En lo que respectaba a esa parte del plan me remordía un tanto la conciencia. Moralmente no estaba bien obligar al señor Möller a que mintiese a su compañera, que era del todo ajena a aquello. Pero una novia que no sabía nada y que buscaba histérica a su conejote policía, que había desaparecido, tampoco estaría bien si uno ya tenía bastante que ver con la eliminación de ese policía en concreto y de dos mafiosos. Por suerte, la guía de Joschka Breitner me aseguró que las mentiras en sí mismas no eran malas. En este caso, desde luego no lo era en absoluto.

Las mentiras cargan la conciencia; la verdad libera. O eso dicen. Pero no es cierto. Manejar la verdad a menudo es más difícil que manejar la mentira. La verdad puede hacer más daño que la mentira. Hay verdades que, además, no incumben a nadie y se pueden proteger con una mentira. Lo importante es desde qué postura decide usted optar por la mentira o por la verdad.

Habría sido un disparate considerable que Möller hubiese escrito en el papel: «Conejita, soy un poli corrupto. No sé si nos volveremos a ver. Quizá ya esté muerto. Tu conejote».

Y según me informó más tarde Sascha, fue completamente innecesario esgrimir argumentos basados en la atención plena para motivar a Möller.

Después de insultar a Bascha llamándola puta y estar a punto de pegarle un tiro, al señor Möller le resultó bastante sencillo incluso mentirle por escrito. Sobre todo porque en ese momento dos mafiosos lo amenazaban con acabar con su existencia y esa mentira era la única posibilidad de que Bascha no llegara a saber nunca lo de la puta y los tiros. La mentira le facilitaba una barbaridad la situación incluso sin saber nada del *mindfulness*.

Escribió lo que le pedimos con su mejor letra.

Sascha leyó la nota y se la dio a la mujer de la parejita de seguridad, que para entonces ya se había terminado de vestir.

La parejita salió de la suite y fue al bar del hotel. Allí, la nota fue a parar discretamente al bolso de mano de Bascha, que quizá la encontraría una hora después, cuando buscase las llaves de casa.

—Bien, ha llegado el momento de que nos ocupemos de la llamada que vas a hacer a Toni... —dijo Sascha.

—¿Por qué iba a llamar yo a Toni? —quiso saber un atemorizado Möller.

—Bueno, será la última que le hagas. Supondrá el final de muchos años de colaboración.

—¿Qué quiere que le diga?

—Dile que nuestro simpático abogado, el señor Diemel, tiene a un tal Malte encerrado en el sótano de la empresa de seguridad de Walter.

—Pero... —a todas luces Möller seguía la argumentación—, ¿cómo se supone que sé yo eso?

—Porque el señor Diemel me mandó antes un SMS para decírmelo y tú, como es natural, al ser uno de los agentes que participan en la investigación lo leíste —replicó Sascha.

—¿O también quieres que escribamos ese SMS falso para que te pongas en marcha? —sugirió Stanislav.

—Pero ¿qué le digo exactamente?

—Está bien, simularemos la conversación y listo. —Sascha cogió con la mano izquierda el florero que estaba en la mesa.

—Este es el señor Diemel.

Después cogió con la mano derecha el mando a distancia, que estaba encima del televisor.

—Y este soy yo.

Sostuvo el mando en alto.

—Yo le digo al señor Diemel: «El tipo que está en el sótano de Walter está empezando a despertar».

Ahora echó mano del florero.

—El señor Diemel dice: «¿Ya ha dicho algo?». Yo: «No. Solo que se llama Malte. Todavía está muy atontado. ¿Se lo digo a Toni?». El señor Diemel: «Aún no. Antes quiero hablar a solas con ese tipo». Yo: «¿Cuándo?». Él: «Dentro de dos horas». Nosotros dos: nada más.

Sascha miró a Möller:

—¿Entendido?

Möller, que estaba familiarizado con ese nivel de conversación básico, asintió.

—Venga, pues llama.

Möller sacó el teléfono y llamó a Toni, que lo cogió en el acto. Se tragó sin hacer ninguna pregunta que el asesino al que él había contratado —por la razón que fuese— estaba en el sótano de Walter. Y que a todas luces estaba a punto de desembuchar. Dentro de dos horas como mucho se lo contaría todo a Diemel, es decir, a mí.

Toni le dio las gracias a Möller y colgó.

Según el plan que habíamos desarrollado el día anterior por la tarde, Stanislav se hizo cargo de Möller, y Sascha me llamó para informarme de todo. Para entonces, Toni ya iba camino de la empresa de Walter.

Sascha y yo también nos pusimos en marcha. Y el resto volví a vivirlo en directo.

34

Sonreír para uno mismo

En su cuerpo hay músculos cuya tensión provoca de inmediato una relajación plenamente consciente. Se trata de los músculos que utiliza usted para sonreír. Sonría para usted mismo. Siga el desarrollo de esa sonrisa. Sienta cómo la tensión de los músculos que le rodean la boca provoca que la tensión de su cuello desaparezca de manera automática. Siga sintiendo cómo esa relajación recorre su cuerpo como si de una pequeña ola se tratase. Su sonrisa se extenderá por todas las partes de su cuerpo.

Sonría para usted mismo lo más a menudo posible.

Joschka Breitner,
Desacelerar en el carril de adelantamiento: mindfulness *para ejecutivos*

Mientras Sascha y yo, por un lado, y Toni, por otro, nos dirigíamos hacia la empresa de Walter, Stanislav iba con Möller en el coche del oficial hasta un aparcamiento para camiones que se encontraba en un polígono industrial muy tranquilo. Aparcaron detrás de un camión pesado con matrícula polaca. Stanislav pidió al señor Möller que él mismo se esposara al volante.

Como Möller era un poco terco y Stanislav estaba un poco nervioso, se produjo un pequeño forcejeo durante el cual Möller se rompió el pulgar izquierdo, el índice izquierdo y el hueso metacarpiano.

Cuando Möller vio que Stanislav no solo tenía más huesos intactos, sino que además disponía al menos de un arma reglamentaria más que él, el policía acabó accediendo a la petición de esposarse él mismo al coche. Para su gran sorpresa, a continuación se abrieron las puertas de la caja del camión polaco y dejaron a la vista un gran espacio interior, medio vacío. En la mitad delantera había un todoterreno. Dos empleados de Stanislav afianzaron dos rampas al camión, cargaron en él el vehículo junto con Möller, lo aseguraron debidamente y cerraron las puertas.

Sascha y yo llegamos juntos al aparcamiento de la empresa de Walter, bajo un sol radiante. El coche de Toni ya estaba allí, a la misma puerta. Esperamos cinco minutos más y fuimos a la central de información de Walter, en la planta baja; a la sala en la que se recogía toda la información de sus hombres, de los objetivos de vigilancia y también las señales de todas las cámaras internas.

Walter estaba con uno de sus interventores —un tipo avispado y atlético con barbita de tres días y gafas con montura al aire— detrás de un panel de control, observando la pantalla de la sala de interrogatorios del sótano.

En la habitación, Malte estaba tendido en un sofá, inconsciente. En ese momento, Toni estaba comprobando si la cámara estaba apagada. El muy idiota ni siquiera reparó en las cámaras del techo, con las que lo estábamos observando. Y, por lo visto, tampoco se le pasó por la cabeza que los bafles del intercomunicador solo tenían sentido si en la habitación había micrófonos.

—¿Desde cuándo está ahí? —pregunté a Walter.

—Ha llegado diez minutos antes que vosotros. Ha armado un escándalo bestial, preguntando a grito pelado por qué nadie le había informado de la presencia del «prisionero». Le he aclarado que no había ningún prisionero, tan solo un tío al que los nuestros vigilaban porque te había estado siguiendo un día entero. Le he dicho que los nuestros abordaron al tipo y él sacó el arma en el acto y los míos se la quitaron de una patada. Por desgracia, el pie de uno de los nuestros no pudo detenerse en la mandíbula del tipo, que desde entonces está inconsciente. Probablemente ahora le duela la cabeza y esté empezando a recobrar el sentido.

—¿Y? ¿Se lo ha tragado Toni? —quiso saber Sascha.

—Del todo. Se ha puesto a pegar gritos. Me ha recordado delante de los míos que Dragan lo había hecho responsable a él y solo a él de los interrogatorios. Ha preguntado tres veces si el tío había dicho algo y después ha bajado pitando.

Y ahora lo estábamos viendo allí abajo.

Toni examinó a Malte y después le dio una bofetada. Nada. Que, en efecto, Malte estuviera fuera de combate se debía, en primer lugar, a las gotas de escopolamina que Walter le había administrado con ese fin. Ahora, Toni escudriñaba la mandíbula de Malte, hinchada, azulada y abierta en un punto.

—¿Cómo le habéis hecho eso? La mandíbula tiene toda la pinta de haber recibido un patadón —pregunté con interés.

—Es que le han dado un patadón —confirmó Walter.

—¿Pero...? —Puse cara de sorpresa.

—Después de que las gotas empezaran a surtir efecto, cuando estaba tirado en el suelo. Casi era como si lo estuviese pidiendo. Más bien fue como un... tiro libre flojo.

—¿Era necesario?

—También podríamos haber dejado que una maquilladora se encargara de él, pero nada parece más una patada en la mandíbula que una patada en la mandíbula. Además, es más rápido y sale más barato que una maquilladora. Y yo diría que el tío no se ha enterado de nada. Ya estaba KO antes.

—Vale, vale. Un enfoque pragmático. A Dragan le gustará.

Ahora, todos los que estábamos en la sala esperábamos en tensión para ver cómo reaccionaría Toni. Estábamos seguros de que Toni quería cargarse a Malte para eliminarlo como testigo. En eso se basaba el plan de Dragan. O sea, el mío. Sin embargo, no coincidíamos en lo tocante a cómo lo haría Toni. Yo opinaba que liquidaría a Malte en el acto. Walter opinaba que primero torturaría a Malte para averiguar si se había ido de la lengua y después se lo cargaría. Y Sascha apostaba a que Toni, por cuestión de principios, torturaría a Malte hasta matarlo, tanto si durante el proceso decía algo como si no.

Cada uno de nosotros se apostó cincuenta euros.

Debido a mis experiencias positivas con la concentración intencionada y la superación de la resistencia interna, no me suponía un gran problema el hecho de que una persona fuese a morir de un momento a otro. A fin de cuentas, ese era el resultado deseado después de abordar con atención plena los problemas «Malte» y «Toni». Y en consecuencia en ese caso no había emociones no resueltas. Así y todo, me provocaba cierta tensión la cuestión de cómo sería la muerte de Malte. La tensión no era tanta como para librarme de ella poniéndome a hacer ejercicios de respiración delante de todo el mundo, pero sí era lo bastante marcada para menoscabar mi sensación de bienestar. A la memoria me vino otro ejercicio de relajación de Joschka Breitner. Lo denominaba «sonreír para uno mismo»:

> En su cuerpo hay músculos cuya tensión provoca de inmediato una relajación plenamente consciente. Se trata de los músculos que utiliza usted para sonreír. Sonría para usted mismo. Siga el desarrollo de esa sonrisa. Sienta cómo la tensión de los músculos que le rodean la boca provoca que la tensión de su cuello desaparezca de manera automática.

Siga sintiendo cómo esa relajación recorre su cuerpo como si de una pequeña ola se tratase. Su sonrisa se extenderá por todas las partes de su cuerpo.

Sonría para usted mismo lo más a menudo posible.

Así que empecé a sonreír para mí con el objeto de liberarme con gran rapidez y efectividad de la inminente tensión. Menos mal que empecé cuanto antes a realizar mi pequeño ejercicio.

Vimos que Toni se inclinaba sobre Malte y le tomaba el pulso. Después lo bajó del sofá y lo dejó tirado en el suelo. Acto seguido le volvió la espalda y, durante un instante, dio la impresión de que se iba. Pero, en un abrir y cerrar de ojos, se dio la vuelta mientras cogía impulso con el pie derecho, que tenía enfundado en un zapatón con puntera de acero, y golpeó con todas sus fuerzas a Malte en la cabeza. La cabeza formó un ángulo tan antinatural con el tronco que todos supimos sin lugar a dudas que Toni le había partido la crisma a Malte y este había muerto.

Walter, Sascha y el interventor dieron un paso atrás, asustados, y miraron hacia otro lado con cara de asco. Gracias al ejercicio de «sonreír para mí» que había realizado, yo estaba relajado al máximo y pude seguir con serenidad lo que se veía en la pantalla. Cuando Walter y Sascha se percataron de que yo me limitaba a sonreír en una situación que les repugnaba hasta a ellos, debieron de sacar unas conclusiones del todo equivocadas. No entendían que si podía soportar las imágenes era solo porque sonreía. Un malentendido que no le vino mal a mi creciente reputación de líder. No solo era el genio estratega capaz de hacer creer a la policía que Dragan había muerto. También podía sonreír al verme frente a la muerte. Otro punto positivo para mí era que hubiese acertado en una cosa: Toni se había cargado a Malte directamente, sin molestarse en torturarlo.

Sin decir palabra, Walter y Sascha me dieron cincuenta euros cada uno.

Observamos que Toni volvía a tomarle el pulso a Malte: al parecer, no tenía. Después, Toni volvió a colocar a Malte en el sofá y lo dejó como lo había encontrado. Acto seguido, cuando fue a salir de la sala, constató que la puerta estaba cerrada.

Ese era el momento que yo había estado esperando. Pulsé el botón del intercomunicador y hablé con una voz dos registros más graves de lo normal.

—Hola, Toni.

Este se estremeció visiblemente.

—Menudo susto, ¿eh?

—¿Quién eres?

—Soy muchas personas. Puede que sea Malte, que está un pelín cabreado porque acabas de matarlo. O Murat, al que Malte pegó un tiro por orden tuya. O Dragan, al que intentaste matar.

—¿Qué gilipollez es esta?

Seguí hablando, ahora con voz normal.

—Está bien, Toni, dejémonos de gilipolleces. Solo soy el tipo a cuya hija amenazaste porque querías ver a Dragan. Y que, por eso, no te llevará con él, sino con alguien que te espera con muchas más ganas.

Toni le dio varias patadas con todas sus fuerzas a la puerta de acero, que no se impresionó lo más mínimo.

—Escúchame bien, abogado: o abres esta puerta ahora mismo o te dejo tieso, capullo.

—Hola, Toni —saludó Walter—. Como no tengo estudios ni nada que se le parezca... te lo preguntaré sin rodeos: ¿cómo piensas matar a Björn si la puerta está cerrada?

—A mí también me gustaría saberlo —coincidió Sascha.

—¡Sacadme de aquí! Ese tío os la está jugando. Dragan ha muerto.

—Vale... —empezó diciendo Walter—. Pero, espera un momento: si Dragan está muerto, ¿cómo es que nos ha dado la orden de que te tendiéramos esta trampa con cámara oculta?

—¿Habéis grabado esto?

—Pues sí —repuso Sascha—. Igual que grabamos la confesión de Malte.

—Y debo decir que a Dragan no le hizo ninguna gracia —apunté yo.

—Abre la puerta ahora mismo, capullo, te voy a dejar tieso. Te voy a partir...

Apagué el intercomunicador. Tenía a Toni justo donde quería. Para alguien como él, que pretendía solucionar todos los problemas con violencia, lo peor era no poder utilizar más violencia porque todas las demás personas que estaban en la habitación habían muerto y el resto del mundo no le hacía el menor caso. Más que no poder pelear, para él sería un auténtico suplicio que nadie le prestara atención.

Dejaríamos a Toni el fin de semana entero encerrado en esa sala del sótano en absoluto silencio. Con Malte, que por culpa de la violencia excesiva de Toni ya no era un buen interlocutor. El domingo por la noche, siguiendo métodos archiconocidos, Malte iría a parar a la planta de incineración de residuos. Al parecer, el domingo era el mejor día para hacer tal cosa, según me había explicado Sascha. Constaté que la vida era un proceso de aprendizaje que no terminaba nunca. En cuanto a Toni, lo llevaríamos el lunes con Boris. En suma: estábamos cumpliendo con los plazos previstos.

Cuando nos dirigíamos hacia el aparcamiento, Walter me llevó aparte un momento.

—Oye, Björn. La verdad es que no es cosa mía, pero... —empezó, con rodeos.

—Dispara, ¿qué sucede?

—Pues se trata de Dragan y las páginas de periódico...

De pronto sentí frío, a pesar de que el sol continuaba brillando. ¿Qué demonios había averiguado ahora Walter?

—¿Qué pasa?

—No pretendo darte consejos...

—Habla de una vez, anda.

—Pues es que... la verdad es que mi gente te sigue desde hace unos días, y llama bastante la atención que solo haya un sitio al que vas a diario y del que sales con algo a diario.

—¿Qué sitio es ese?

—Un McDonald's.

Estaba más que desconcertado. No sabía adónde quería llegar Walter.

—¿Y qué me quieres decir con eso?

—Pues que si hasta mi gente ha caído en que la entrega de mensajes de Dragan solo es posible que se dé en un McDonald's, la policía también caerá. Quizá debierais hacerlo de un modo un poco más sutil...

Me quedé perplejo: el hecho de que desde hacía una

semana fuese a diario al McDonald's y comprase un periódico allí de pronto era una prueba más de que Dragan seguía con vida.

Sonreí para mí. Porque sí. Porque me apetecía.

35

Dolor

Hay dos clases de dolor: el dolor que producen las heridas y el dolor que produce hurgar en las heridas. Las heridas ya no las podemos evitar, pero si renunciamos a hurgar en ellas, sanarán mucho antes.

Joschka Breitner,
Desacelerar en el carril de adelantamiento:
mindfulness *para ejecutivos*

El sábado siguiente fue muy relajado. Por lo menos para mí. Empecé el día realizando un sencillo ejercicio de respiración delante de la ventana abierta. Sentí lo cerca que estaba el árbol cuya corteza chamuscada no tardaría en sanar. Vi el lago en el que hacía justo una semana había dado el primer paso por el camino que me conduciría a una profunda paz interior.

Sentí la respiración y la vida en mí.

Experimenté un sentimiento de gratitud.

Dos de los tres ultimátums que me habían dado ya no revestían la menor importancia para mí, y eso que aún no era lunes, la fecha límite. Emily tenía su plaza en la guardería y Toni estaba a buen recaudo en el sótano de la empresa de Walter y ya no suponía ningún peligro. También había conseguido no abrigar odio o rencor alguno hacia Toni. Más bien lo consideraba un regalo. A ver, no en el sentido de: «Menudo regalo es este ser, Toni, para la humanidad». Sino en un sentido más concreto: Toni era un regalo para Boris. Solo había que entregarlo formalmente. Boris se alegraría de poder hacer con Toni lo que quisiera. Y yo me alegraba de poder participar de esa alegría. Tanto más cuanto que de ese modo también desaparecería la primera mitad del tercer ultimátum: Boris podría vengarse de Toni, y después ya solo querría ver a Dragan. Pero a esas alturas ya ni eso me preocupaba demasiado. Con un poco de suerte también saldría bien.

Ese día no vería a Emily, porque los padres de Katharina las habían invitado a las dos a tomar café. Y a mí también. Pero mi atención era lo bastante plena para saber que aceptar esa invitación no me haría ningún bien. Mi semana había estado a rebosar de vivencias, con cinco muertes e importantes cambios profesionales. No quería aguar estas experiencias con dos horas de charla insustancial con personas que jamás habían entendido mi vida ni la entenderían.

Y eso que la terapia también me había ayudado mucho con respecto a la postura emocional que debía adoptar con mis suegros. Antes de que Joschka Breitner me iniciase en las artes del *mindfulness*, yo iba a visitar a mis suegros con regularidad, aunque los odiaba.

Ahora no iba a visitar a mis suegros porque los quería.

Este cambio de actitud era doblemente bueno. Por una parte, porque ya no iba a visitar a mis suegros. Por otra, porque no me remordía la conciencia por no hacerlo.

Y en lo relativo a ellos, Joschka Breitner me había convencido muy deprisa esgrimiendo el amor como argumento.

—Con independencia de lo que opine usted de sus suegros: le han dado la vida a su mujer —me explicó Breitner en una de nuestras primeras sesiones.

—Ya, ¿y? Si eso fuese tan bueno, yo ahora no estaría aquí con usted.

—Después, usted le ha dado la vida a Emily con su mujer.

—¿Y qué tiene eso que ver con mis suegros?

—El jurista es usted. Conoce mejor que yo la teoría de la *conditio sine qua non*.

Revolví entre los conocimientos del primer semestre de carrera.

—Según esta teoría, todo resultado es consecuencia de unas condiciones sin las cuales dicho resultado concreto no se produciría.

—Exacto. Y ahora aplíquelo a sus suegros y a Emily.

—Es una verdad pura y dura que Emily no existiría sin mis suegros.

—Así que debería estar usted agradecido a ambos y quererlos por haber contribuido a la existencia de su hija.

—Y lo del amor, ¿cómo va concretamente? —inquirí.

—¿Que cómo va el amor? No creo que me esté pidiendo en serio que se lo explique. El amor no va de ninguna manera. El amor es un sentimiento. Por consiguiente, el amor no tiene nada que ver con tomar café, con hacer visitas por obligación o con aceptar consejos bienintencionados. Olvide todo eso. Quiera a sus suegros y quédese en casa. Regáleles por amor unas horas de calidad con su hija y su nieta, en las que no esté sentado a la mesa un yerno malhumorado, sino en las que un yerno que los quiere piensa en ellos quedándose en casa.

—Suena bien.

A partir de entonces me quedé en casa, y las reuniones fueron mucho más distendidas para todos los participantes.

De modo que ese sábado por fin disponía de la tranquilidad y la ocasión para volcarme de forma placentera en los aspectos prosaicos de la vida profesional que, entre la práctica de la atención plena y las amenazas de muerte, había descuidado durante la semana. Debía fundar un bufete. Ya tenía un cliente y un inmueble estupendo en perspectiva. Que, para más inri, el inmueble perteneciera a mi cliente y este hubiese muerto eran dos circunstancias concomitantes positivas.

Por de pronto redacté un acuerdo básico entre Dragan y yo. Le prestaría mis servicios de abogado a cambio de una cantidad mensual fija y de unos honorarios reducidos debido a esa suma fija, pero así y todo desorbitados. Tras imprimir el acuerdo en una de las hojas en blanco firmadas por Dragan y firmarlo yo también, redacté un contrato de alquiler entre Dragan y yo de la primera planta de la villa en la que se encontraba la guardería, donde instalaría mi bufete. La ventaja de este proceder era que podía cargar ya mismo en la cuenta de Dragan el borrador del contrato de alquiler.

Comuniqué por escrito al colegio de abogados mi nueva dirección, contraté por internet un seguro de responsabilidad civil para abogados, abrí una cuenta para el bufete y, de ese modo, me establecí por mi cuenta.

Y también por mi cuenta fui después al centro. En una juguetería compré lo último que necesitaba para impedir que Boris me liquidase. Y acudí a Sascha para que pudiera practicar con él.

Me sentía bien.

Sintiéndose menos bien empezó ese día el bueno de Klaus Möller, según me contó por la noche Stanislav. El camión polaco en el que se encontraba el coche de Möller, donde a su vez se encontraba el propio Möller, quejándose de la mano que tenía rota, en el curso de la noche anterior había cruzado Polonia y en ese momento, mientras yo firmaba mi seguro de responsabilidad online, se hallaba a unos setenta kilómetros de la frontera con Bielorrusia.

Möller, que no tenía la menor idea ni del destino que lo esperaba ni de los principios del *mindfulness*, sufría por ambos motivos de cierta tensión generalizada. En lugar de aceptar sin más que estaba esposado a su coche, que sentía dolor y que no podía ni debía hacer nada, a Klaus Möller la cabeza le daba vueltas como un tiovivo. Estaba enfadado por haber ofrecido una resistencia absurda frente a su agresor, con lo que solo había conseguido empeorar la situación. Puesto que no tenía la menor idea de lo que iba a ser de él, probablemente imaginara los escenarios más atroces. Así, por ejemplo, durante todo el trayecto temió que lo llevaran a un desguace y que acabara en una prensa hidráulica junto con el coche. Cuando, después de más de dieciocho horas de viaje, Stanislav por fin lo soltó, Möller supo que esa preocupación era infundada. El camión se hallaba en un aparcamiento en las afueras de un lugar llamado Sokolka, en el este de Polonia. En la frontera con Bielorrusia. La ciudad de la que era Bascha.

Llevado por una mezcla de desconcierto y un incipiente síndrome de Estocolmo, Möller contó a su secuestrador que había tenido miedo de acabar en una prensa hidráulica sin que nadie llegara a enterarse nunca. En ese momento, a Stanislav le enfadó que no se le hubiese ocurrido a él esa idea; le habría ahorrado las dieciocho horas de viaje.

El camión polaco estaba en un aparcamiento de las afueras de la ciudad. Stanislav y su copiloto habían acoplado de nuevo a la caja la rampa para automóviles y habían dejado que el coche de Möller y el todoterreno se deslizaran marcha atrás.

Möller se bajó, obtuvo permiso para abrir las esposas y se frotó la mano, que tenía muy hinchada. Se llevó una buena sorpresa cuando reconoció el aparcamiento. A fin de cuentas, Möller conocía bien la zona de distintas visitas que había hecho a sus futuros suegros. La casa de estos estaba justo al otro lado de la calle. Entonces, ¿era verdad que Sascha solo quería que el señor Möller se casara de una vez?

—¿Qué estamos haciendo aquí? —preguntó a Stanislav.

—Estamos, no. Estás. Vas a cruzar la calle y llamar al timbre de tu futuro suegro para pedirle la mano de Bascha.

—Pero ¿por qué?

—En primer lugar, porque quieres a Bascha. En segundo lugar, porque los hombres casados son menos propensos a cagarla y cometer delitos. Y en tercer lugar, porque nos da la gana.

Stanislav le puso en la mano al desconcertado policía una botella de whisky para el padre de Bascha y un ramo de flores para la madre de Bascha. El señor Möller se sentía tan perplejo como aliviado. Todo saldría bien. A partir de ese día dejaría de ser un poli corrupto. Había dejado atrás de una vez por todas su pasado delictivo. Aunque ello le había costado una mano rota, era un precio que estaba dispuesto a pagar.

De puro alivio, el señor Möller no se dio cuenta de que el todoterreno cambiaba de sentido en la carretera a unos cien metros de distancia. Tampoco se dio cuenta de que el todoterreno pisaba el acelerador a fondo justo cuando Stanislav le daba el ramo de flores.

Möller más bien estaba pensando en lo que le diría a su sin duda sorprendido suegro. Esa carretera era lo único que lo separaba de su nueva vida. Tan solo unos veinte pasos. Cuando iba a dar el primero, Stanislav lo retuvo.

—Ahí viene un coche a toda pastilla.

—Bueno, todavía está bastante lejos...

—Por eso —adujo Stanislav, agarrando a Möller por el cuello de la camisa.

Este miró a Stanislav sin dar crédito y después al coche. Y en ese preciso instante supo que, al menos en esa vida, ya no pediría la mano de Bascha. Cuando el coche estaba a unos tres metros de distancia, Stanislav lo empujó a la carretera.

El todoterreno golpeó con toda su fuerza al señor Möller, lo lanzó contra el asfalto y lo arrolló. No cabía la menor duda de que no había sobrevivido al accidente. El todoterreno se detuvo, Stanislav se subió a él y se dirigieron hacia las afueras, donde aguardaba el camión con la rampa.

Ese mismo día, por la noche, el camión, el todoterreno y Stanislav y sus muchachos estaban de nuevo en Alemania. Del todoterreno se deshicieron en la prensa de un desguace. Y Stanislav se propuso tomar en consideración esa opción para la siguiente víctima.

36

MINIMALISMO

Deje que solo forme parte de su vida aquello que le haga a usted bien. Deje pasar sin miedo, como si fuesen nubes, a aquellas personas, cosas, pensamientos y conversaciones que le supongan una carga. En especial, apártese siempre de todo cuanto no lo haga avanzar, sea un lastre para usted o no le sea de ayuda.

Gracias a esta atención plena minimalista, no tardará en darse cuenta de que usted se basta a sí mismo.

JOSCHKA BREITNER,
Desacelerar en el carril de adelantamiento:
mindfulness *para ejecutivos*

—Lo raro es lo del cuentakilómetros —comentó Peter Egmann.

Estábamos en el jardín de Como pez en el agua tomando café. Nuestros hijos jugaban felices y contentos en la piscina de bolas del grupo Flipper mientras nuestras esposas recorrían la guardería.

Peter me había llamado el domingo por la mañana porque su mujer tenía algunas preguntas relacionadas con la guardería. Puesto que, de todas formas, en ese momento yo iba con Emily y Katharina en el coche de ella hacia la Herderstrasse, lo invité sin más a que fuese también para enseñarle a su familia las instalaciones. Quedamos directamente allí. A las mujeres y a los niños les entusiasmó el lugar. Ni siquiera Katharina puso ninguna pega a la guardería.

Cuando Peter y yo nos quedamos solos en el jardín, al sol, me contó lo que le había sucedido a Klaus Möller.

—Sabes quién es Möller, ¿no?

Asentí, con sentimientos encontrados.

—Ayer murió en un accidente de tráfico.

—Vaya. —Fingí estar sorprendido—. ¿Mientras estaba de servicio?

—No. En Polonia.

—¿En Polonia?

—Es todo muy raro. Le escribió a su novia una nota en la que le decía que iba a pasar el fin de semana fuera «por su amor». Lo atropellaron a la puerta de la casa de sus suegros, en la frontera con Bielorrusia. Todo apunta a que llevaba una botella de whisky y un ramo de flores. Su coche estaba aparcado en la acera de enfrente.

—Iría a pedirle al padre la mano de su novia, ¿no? ¿Qué hay de raro en eso?

—Lo raro es lo del cuentakilómetros.

—¿El cuentakilómetros?

—Möller había ido contando por todas partes que cuando llevó a revisión el coche, el cuentakilómetros marcaba 100.000 kilómetros exactos. Era muy suyo para esas cosas.

—¿Y?

—Los compañeros polacos dicen que, cuando lo encontraron en el aparcamiento, el coche tenía exactamente 100.058 kilómetros.

—¿Y?

—A Möller no le dieron el coche hasta el jueves por la tarde, y el taller no está a 58 kilómetros de la ciudad polaca de Sokolka.

Había que ver los detalles con los que se comía la cabeza la policía. Sin embargo, lo único importante era que el cuentakilómetros de la vida de ese poli traidor había dejado de correr para siempre.

—¿Y por qué le das vueltas a algo así? Si te he entendido bien, el cuentakilómetros no fue lo que causó la muerte de Möller, ¿no?

—No. A Möller lo tuvo que atropellar un coche de gran tamaño y rápido. El conductor se dio a la fuga. Sin embargo... el último número que marcó Möller fue el de Toni.

—Peter, ¿qué me quieres decir con eso? ¿Que Möller, enamorado hasta las trancas, después de un viaje en coche largo y hecho un flan, cruzó una carretera polaca sin mirar a izquierda y derecha, con una botella de whisky y un ramo de flores en las manos, y lo atropellaron? ¿O que Möller llamó a Toni, huyó en su coche a Polonia y allí lo atropellaron adrede? ¿Casualmente delante de la casa de los padres de su novia?

—Bueno, solo es un presentimiento. Sobre todo porque Toni está desaparecido desde el viernes.

Le pasé un brazo por los hombros a Peter.

—Peter, si has venido a ver una guardería para tu hijo, has venido a ver una guardería para tu hijo. Si quieres buscar a un asesino que ni siquiera existe, busca a un asesino que ni siquiera existe. Pero hazme el favor de no buscar a un asesino que ni siquiera existe mientras estás viendo una guardería para tu hijo, ¿de acuerdo?

—¿Qué filosofía es esa? —Peter me miró con cara de asombro.

—*Mindfulness*. Pero dime, ¿qué es más importante para ti? ¿El asesino o la guardería?

Peter no dudó ni un segundo:

—La guardería. Quizá el cuentakilómetros se estropeara.

Quizá el cuentakilómetros se estropeara. Quizá Peter Egmann empezaba a entender los principios del *mind-*

fulness. Quizá Peter Egmann no quería poner en peligro la plaza en la guardería para su hijo formulando más preguntas.

Sea como fuere, la investigación del fallecimiento de Klaus Möller no era algo con lo que yo deseaba o tenía que cargar.

Después de que se fueran los Egmann, enseñé a Emily y Katharina el resto de la villa vacía. A Katharina le entusiasmó la guardería vista a la luz del día y también mi bufete, en una planta más arriba. La idea de que yo fuese a trabajar en el mismo edificio en el que estaba mi hija, distribuyendo el tiempo a mi antojo, era algo sumamente positivo no solo para mí, sino también para ella. Con absoluta independencia de cómo nos fuese a los dos como pareja en el futuro, en lo que respectaba a Emily esa solución era perfecta.

—Tengo hambre, ¿vosotras?

—Un poco. ¿Qué propones? —quiso saber Katharina.

—¿Os apetece ir al McDonald's? —Por un lado, eligiendo ese sitio quería complacer a Emily. Por otro, naturalmente, me convenía hacer también ese día como si fuese a intercambiar información con Dragan.

Katharina iba a lanzarme una mirada pedagógicamente indignada por lo primero, pero Emily se le adelantó:

—Quiero McNuggets de pollo, helado de vainilla y un batido de chocolate.

Mi mujer y yo la miramos y no pudimos evitar reírnos.

—Vaya, creo que es innegable que Emily ha ido conmigo al McDonald's.

—Puesto que, como abogado vuestro que soy, debo guardar secreto profesional, nadie lo sabrá fuera de este bufete.

Katharina me dio un abrazo espontáneo.

—Me gusta verte tan relajado. No te reconozco.

Y tenía razón. Poco más de una semana después de finalizar mi curso de *mindfulness*, me alegraba ver que poco a poco todos mis problemas profesionales se iban desvaneciendo. Joschka Breitner me había dado un consejo muy abstracto con respecto al minimalismo:

> Deje que solo forme parte de su vida aquello que le haga a usted bien. Deje pasar sin miedo, como si fuesen nubes, a aquellas personas, cosas, pensamientos y conversaciones que le supongan una carga. En especial, apártese siempre de todo cuanto no lo haga avanzar, sea un lastre para usted o no le sea de ayuda. Gracias a esta atención plena minimalista, no tardará en comprobar que usted se basta a sí mismo.

Comprobar que, en la práctica, este principio abstracto podía adoptar formas muy reales fue de lo más satisfactorio. Me había apartado de mi cliente. Me había apartado de mi bufete. Había dejado pasar a Klaus Möller. Esa misma noche, Malte se desvanecería en la planta incineradora y pasaría por delante de mí en forma de nube perfectamente filtrada. Y al día siguiente por la noche Toni también dejaría de existir. No habría podido conformar mi entorno profesional de manera más minimalista, al menos no si quería seguir teniendo unos cuantos mandatos posibles.

Tras una copiosa comida en familia en el McDonald's, Emily y Katharina me llevaron a mi apartamento. Katharina aparcó en la plaza donde ese miércoles había explotado mi coche de empresa. Observó con desconcierto el árbol carbonizado.

—Pero ¿qué ha pasado?

—Se quemó un coche. Pero seguro que el árbol retoña.

—¿El coche de quién?

—Fuese de quien fuera, mío no.

Ni siquiera era mentira.

Por la tarde llamé a Boris.

—¿Sí? —gruñó este con aspereza.

—Soy yo, Björn. Estaba mirando el calendario y me he dado cuenta de que mañana es lunes.

—Exacto. Y si llamas para ganar tiempo, señor abogado, ya puedes ir empezando a googlear lo que significa *niet*.

—No llamo por eso. Al contrario, Boris. Para empezar, me gustaría darte las gracias.

—Ah, ¿sí? ¿Por qué?

—Por cumplir tu parte del acuerdo y dejar que pudiéramos encontrar tranquilamente al traidor.

La gratitud no es solo un sentimiento que te alivia. La gratitud también relaja al otro y, de ese modo, el ambiente en general.

De pronto, Boris se mostraba bastante más receptivo.

—No es lo que se dice habitual que en nuestro ramo alguien dé las gracias por cumplir un acuerdo. Pero de lo que dices deduzco que has pillado al capullo.

—Así es.

—¿Cuándo va a estar en mis manos?

—Eso depende: ¿Golden Delicious o Granny Smith?

—¿Eh?

—Que si la manzana que tengo que meterle al cerdo en la boca quieres que sea una Golden Delicious o si prefieres una Granny Smith. Golden tengo en casa.

—Por lo que a mí respecta, como si le metes una mierda de caballo. Lo principal es que pueda hacer lo que me dé la gana con ese idiota.

—Está todo aclarado con Dragan. Tendrás el periódico sellado con su pulgar, al traidor y una manzana Golden.

—Y ¿cuándo veré a Dragan?

—Después. Podemos ir todos juntos: tú con tus oficiales y yo con los de Dragan. Y solucionamos todos los problemas a todos los niveles.

—Suena bien. ¿Dónde se supone que será eso?

—Comprenderás que no se lo diga a nadie antes de que llegue el momento. Los oficiales de Dragan tampoco lo saben. Se enterará todo el mundo cuando estemos allí. A cambio, puedes decidir dónde quieres que te entreguemos al traidor.

—¿Por qué no nos vemos en el área de descanso en la que empezó toda esta mierda?

—¿Donde quemaron a Igor?

—Ahí. Si no para ningún autobús lleno de niños, por la noche es un lugar muy tranquilo.

—¿Esta noche o mañana por la noche?

—Esta noche, a las tres. ¿Irás solo?

—No, será todo muy oficial: con todos los oficiales.

—Y el capullo.

—El capullo es uno de los oficiales.

—Lo que yo pensaba.

—Bueno, a fin de cuentas eres listo, Boris.

—Ahórrate el jabón para más tarde. Cuando estemos con Dragan, si te da la gana le podrás decir lo increíble que te parezco.

Ese precisamente era mi plan.

37

Muerte

Todo el mundo considera que la muerte es algo malo. Sin embargo, la muerte es su mejor amigo. Puede confiar en ella al cien por cien. A la muerte le da absolutamente lo mismo lo que haya conseguido usted en la vida. Y lo que es aún mejor: sobre todo le da absolutamente lo mismo lo que haya dejado de hacer usted en la vida. La muerte lo acepta a usted tal y como es. ¿Por qué demonios cree usted que la vida no lo haría?

Joschka Breitner,
Desacelerar en el carril de adelantamiento:
mindfulness *para ejecutivos*

—La manzana no aguanta.

Carla empezaba a ponerse nerviosa. Dado que, como cabía esperar, Toni no estaba dispuesto a sujetar la manzana en la boca, teníamos que arreglárnoslas para colocársela como fuera. A Carla se le ocurrió utilizar una pinza para el pelo para sujetar la manzana por el rabillo a la nariz de Toni. Así al menos la manzana le colgaría delante de la boca. Pero, aunque estaba maniatado, aún podía sacudir la cabeza con tanta fuerza que la manzana siempre se terminaba cayendo.

—¿No hay ninguna aguja de punto en el coche? —preguntó Walter—. Porque entonces le meto a este hijo de puta la manzana en la boca, le atravieso la mejilla y la manzana por el lado izquierdo y saco la aguja por el otro lado. Seguro que así aguanta.

—Coge la cinta americana, que está ahí abajo, y listo —sugirió Sascha.

En efecto, por la alfombrilla de la furgoneta Transit rodaba un rollo de cinta americana a medio terminar gracias al cual Carla y Walter consiguieron sujetarle la manzana en la boca a Toni.

Yo iba sentado delante, junto a Stanislav, y observaba a los otros cuatro por el espejo retrovisor.

Toni se había defendido con manos y pies cuando lo sacamos de la sala de interrogatorios. Y eso que en realidad tendría que haberse alegrado de que por fin le diese el aire. Aunque solo fuese unos minutos antes de morir. Como Malte empezaba a descomponerse, en la habitación olía que apestaba.

Los caminos de Malte y Toni se separaban en ese momento. A Toni lo tranquilizó la descarga de una pistola táser. Sascha indicó a los muchachos de Walter a qué empleado de la planta incineradora debían entregar a Malte, bien empaquetado. Mientras nos dirigíamos hacia el área de descanso recibimos la noticia de que Malte ya había salido por el filtro de la cámara de combustión.

Cuando la manzana por fin se sujetó en la boca de Toni, ya estábamos llegando al área de descanso de la autopista, donde, en efecto, a las tres de la madrugada no había ni un alma y donde el viernes anterior había empezado todo aquel dilema. Delante de los aseos —una especie de caseta que incluso en la oscuridad daba la impresión de estar sucia—, había aparcadas dos limusinas Mercedes. Ante ellas esperaban Boris y cuatro de sus oficiales.

Stanislav aparcó nuestra Transit al lado y, a excepción de Toni, nos bajamos todos.

A unos metros de nuestra furgoneta, detrás de una pequeña arboleda, había un Opel Kadett abandonado en el que las autoridades ya habían adherido la pegatina roja que indicaba que dentro de poco sería retirado.

Boris no podría haber elegido un lugar mejor. Allí donde tendría que estar Igor, un precinto policial suelto golpeaba una estaca de madera que alguien había olvidado. Justo en ese punto, hacía nueve días, Igor había ardido como una tea y había recibido una paliza mortal. A manos de Dragan. Porque el capullo al que íbamos a entregar ahora les había tendido una trampa a ambos.

Pero en lugar de que Boris y sus oficiales ahora dejaran tiesos a los oficiales de Dragan, todos se dieron cordialmente la mano.

—Boris —dije—. Saludos de parte de Dragan. También te pide disculpas formalmente de nuevo por lo sucedido. Pero ahora ya sabe quién es el culpable. Y, por supuesto, cuentas con su bendición para que castigues al traidor como creas oportuno; con independencia del puesto que ocupaba en su organización.

Le di a Boris la página de periódico sellada con el pulgar de Dragan, en la que ponía exactamente eso, y un *smartphone*.

—¿Para qué me das el móvil? ¿Quiere hablar conmigo Dragan? Pero si lo voy a ver dentro de nada. ¿O es que el muy cobarde quiere suspender la reunión?

—No. En el móvil hay una confesión.

Boris vio la confesión de Malte al torturarlo.

—Conque Toni. Lo supe desde el principio. ¿Por qué no está aquí el hombre que lo incrimina tan a lo bestia?

—Porque el propio Toni lo mató delante de nuestros ojos, justo para que no sucediera tal cosa. Esa era la confesión que nos faltaba para despejar todas las dudas. Por eso te entregamos en persona a Toni aquí y ahora.

Sascha abrió nuestra furgoneta y sacó a Toni, que se defendía con uñas y dientes. Dos oficiales de Boris se hicieron cargo de él en el acto.

Boris parecía impresionado.

—Dragan mata a mi número dos y a cambio me da a su número dos. Es justo. ¿Cómo habéis conseguido sujetar la manzana? ¿Es cinta americana eso?

—Sí —confirmó Clara—. Las pinzas del pelo no aguantan.

—Y, por desgracia, no teníamos ninguna aguja de hacer punto —añadió Walter.

—¿Os queda cinta? —quiso saber Boris.

—Sí. —Hice una señal a Sascha.

Este le lanzó el rollo.

Boris lo cogió y se lo pasó a los suyos, que en ese preciso instante le estaban bajando los pantalones a Toni. Nadie le prestaba atención ya a Sascha, que en ese momento, sin ser visto, fue tras la arboleda y abrió el maletero del Opel Kadett.

—Me gusta la cinta americana —afirmó Boris—. Me va a ayudar a resolver el último problema que tenía: cómo sujetarle las granadas de mano en las pelotas al traidor.

—¿De verdad vas a...? —se me escapó.

—Yo cumplo lo que prometo.

—Y eso te honra —repuse con profundo respeto mientras veía cómo le pegaban a Toni en los huevos dos granadas con esa misma forma.

—¿Cómo lo vas a hacer con el seguro? Me refiero a que alguien tendrá que quitárselo, ¿no? —Era una cuestión que me interesaba desde un punto de vista puramente técnico.

Boris señaló dos rollos de hilo de cometa cuyos extremos estaban anudados a los respectivos seguros de las granadas. Mientras tanto, a Toni lo estaban atando cabeza abajo en una cruz de San Andrés que, a todas luces, los hombres de Boris habían sacado de un burdel.

—¿Qué me dices de las astillas y el puré? Cargárselo va a ser una cerdada como el tipo salga volando por toda el área de descanso. Me refiero a que va a poner perdidos los coches, y es una lástima. —Nadie hizo caso de mi objeción.

En ese instante, los oficiales de Boris levantaron la cruz y la llevaron detrás de la caseta de los aseos. Entre nosotros y la porquería que cabía esperar solo se interponían ocho metros cuadrados de hormigón mugriento.

—Este hombre siempre pensando en todo —elogió Carla.

En realidad, el frío proceder de Boris en la ejecución de Toni no podía ser más distinto del exceso de violencia con el que, dejándose llevar por las emociones, Dragan había mandado al otro mundo a Igor en ese mismo sitio. Sin embargo, el resultado apenas difería. Ni en el caso de la víctima ni tampoco en el de quienes más tarde se encargaran de limpiar el desaguisado.

Los oficiales regresaron y entregaron a Boris los extremos enrollados del hilo.

—¿No le quieres decir algo? ¿Unas últimas palabras? Algo teatral —lo insté yo, si bien en vano.

Boris dio un tirón de ambos hilos.

—¿Por qué iba a hacer tal cosa?

—En fin, como nos hemos tomado tantas molestias para colocarle la manzana y...

Dos explosiones simultáneas tras la caseta acallaron mi frase. Los restos de Toni y de la cruz de San Andrés salieron volando varios metros en todas las direcciones, excepto las que bloqueaba la caseta de aseos.

Cuando dejó de oírse el doble estallido de la explosión, de pronto se percibió un zumbido arrítmico. Miré hacia arriba y Boris hizo otro tanto: un dron. Salió del aire tambaleándose, se dirigió hacia nosotros, se estrelló justo entre los pies de Boris y los míos y se rompió. Tenía una cámara. Y una antena.

—¿Se puede saber qué mierda es esta? —exclamó Boris.

—Es... un dron. Nos han grabado ajusticiando a un hombre —constaté, procurando fingir la mayor sorpresa posible.

Técnicamente, el dron era idéntico al que hacía unos días yo había derribado con un palo en el bosque. Solo que a este yo le había puesto una pequeña pegatina en la que ponía: POLICÍA. Y la pegatina surtió efecto.

—¡Es un dron de la pasma! —afirmó Boris.

—Algún mamón nos ha traicionado —apunté.

Boris levantó un pie y lo estampó con fuerza contra el dron y la cámara.

—¡A mí nadie me graba matando a alguien!

Contuve a Boris.

—Eso no sirve de nada. ¿Ves la antena? Las imágenes ya están en poder del que manejara el dron, almacenadas en un ordenador.

—¿Me quieres decir qué significa esto? ¿Estamos jodidos? ¿Qué, nos vamos a quedar aquí pasmados, esperando a que vengan a detenernos? Largo de aquí todo el mundo. ¡Cagando leches!

Los hombres de Boris echaron a correr atolondradamente hacia los coches. Mis oficiales también se subieron a la Transit. Yo intenté estar a la altura de mi nuevo papel de líder.

—¡Alto! Si nos entra el pánico y nos largamos ahora, no podremos hablar las cosas. Si ese dron lo ha grabado todo, significa... —Me volví hacia Boris, fingiendo estar aterrado—. Significa que la policía sabe que tú eres el responsable de este asesinato. Y todos los demás estamos metidos hasta el cuello. Lo más importante es que te quites de la línea de tiro. Y tendremos que ponernos de acuerdo para que nuestras declaraciones coincidan.

—¿Y cómo lo vamos a hacer?

—Primero tendrás que esconderte. El resto lo solucionaremos por teléfono.

—¿Esconderme? ¿Dónde?

Hice como si tuviera que pararme a pensar. Al final se me ocurrió la genial idea.

—Te llevaré ahora mismo con Dragan. Desde aquí. Su escondrijo es seguro y ahora los dos estáis en el mismo barco. Pero tenemos que darnos prisa. Dentro de unos minutos esto estará lleno de policía.

Boris me miró; primero atemorizado, después pensativo, finalmente con expresión de reconocimiento. Lo había pillado. A su rostro asomó una sonrisa satisfecha.

—Eres un genio, señor abogado. Eso haremos. Vosotros, largo de aquí ahora mismo. Björn me llevará con Dragan. Me pondré en contacto con vosotros. Vladi, dale al abogado las llaves del coche.

Vladimir, uno de los oficiales de Boris, me lanzó las llaves de uno de los Mercedes. Todos los demás se repartieron entre la otra limusina y la Ford Transit. Boris y yo salimos corriendo hacia nuestro coche. Sascha apareció a mi lado.

—Un vuelo estupendo —le susurré.

—Gracias. Es que he estado practicando.

—Coge los restos del dron y hazlo desaparecer.

—Lo que hablamos.

Sascha entró en la caseta de los aseos. La Ford Transit y el segundo Mercedes salieron del área de descanso haciendo chirriar los neumáticos. Boris iba a subirse a su coche cuando le puse una mano en el hombro.

—Boris, lo siento, pero a partir de ahora no te puede ver nadie. Es preciso que desaparezcas aquí y ahora.

—¿Cómo? —inquirió con nerviosismo Boris.

Abrí el maletero.

—Cómodo no es, pero sí seguro.

Boris se metió en el maletero.

—Veré a Dragan dentro de un momento, ¿no?

—Dentro de un momento.

Conforme conmigo mismo, cerré el maletero. Sin juzgar y con amabilidad. Prestando atención plena, vaya.

Agradecimientos

Esta es mi primera novela. Quien la lea con un espíritu abierto se dará cuenta de que el *mindfulness* —pese a todo el humor— es importante para mí. Una actitud vital regida por una atención plena facilita muchas cosas. El *mindfulness*, no obstante, no es la panacea, aunque a estas alturas Google le ofrezca un ejercicio oportuno relacionado con el concepto «*mindfulness*», o «atención plena», para cualquier problema que se le ocurra. Agradezco todos esos consejos, que han sido una fuente de inspiración para mí. La novela bebe de esta profusión de bondades.

Hasta llegar a la versión definitiva de este libro, me han servido de inspiración muchas personas a las que me he encontrado por el camino. Todos esos encuentros han sido pilares necesarios. Todas esas personas cuentan con mi agradecimiento. Algunas las menciono a continuación.

Cuando sentí por primera vez la necesidad de plasmar en palabras las vagas ideas que me rondaban para esta novela, me encontraba en mi bar preferido en mi isla preferida. Me gustaría dar las gracias a la camarera que, a petición mía, me prestó bolígrafo y bloc de comandas. Las seis hojas que llené por completo ese día ahora cuelgan enmarcadas de una pared. La novela empieza exactamente con lo que escribí esa tarde.

Marco, esa misma tarde, en el teatro de tu cafetería, fuiste mi primer público. Me escuchaste y me regalaste *Der Mob* (La mafia), de Dagobert Lindlau, para que me documentase. Además, uno de tus clientes —sin sospecharlo— inspiró de manera sustancial uno de los personajes secundarios del libro. Gracias.

Marcel, muchas gracias por la acogida y la atención que me han sido prodigadas con cariño en tu agencia.

Anvar, te has ocupado de mí y de mi trabajo de maravilla. Si los libros se bautizaran, tú serías el padrino.

Mi agradecimiento a Oskar Rauch, lector de la editorial Heyne, por creer desde el primer momento en la novela. Y mi agradecimiento a Joscha Faralisch, que ha mantenido la fe en ella durante el periodo posnatal.

A Heiko Arntz le agradezco la revisión detallada y estimulante que ha llevado a cabo. Ha sido divertido trabajar de nuevo en mi propia obra con tanta intensidad.

Y le doy las gracias a usted por leer la novela, al parecer, hasta la última página.

Afectuosamente,

KARSTEN DUSSE